Katy Birchall lebt nach einem Studium der Englischen Literatur- und Sprachwissenschaft wieder in ihrem Geburtsort London, England, und ist als Schriftstellerin und freiberufliche Journalistin tätig. Mit der Serie *Plötzlich It-Girl* gelang Birchall ihr erfolgreiches Debüt als Jugendbuchautorin. Katy Birchall liebt ihre drei Labradore abgöttisch, begeistert sich für Marvel-Comics ebenso wie für Jane-Austen-Romane und würde zu gerne einmal als Elfe die magische Welt aus *Der Herr der Ringe* hautnah erleben.

Eva Schöffmann-Davidov ist eine der renommiertesten Kinder- und Jugendbuchillustratorinnen Deutschlands. Nach ihrem Studium an der Fachhochschule für Gestaltung in Augsburg machte sie sich in der Kinder- und Jugendliteratur schnell einen Namen und gewann im Lauf ihrer Karriere zahlreiche Preise für ihre Gestaltungen. Als Fachhochschuldozentin gab sie ihr Wissen und ihre Erfahrung auch an junge Künstler weiter. Heute illustriert sie Kinderbuchserien und Jugendbücher unter anderem von Bestsellerautoren wie Kerstin Gier oder Tanya Stewner. Sie lebt mit ihrer Familie in Augsburg.

Alle Bände über *Emma Charming:*
Band 1: *Nicht zaubern ist auch keine Lösung*
Band 2: erscheint im Frühjahr 2022

Weitere Informationen zum Kinder- und Jugendbuchprogramm der S. Fischer Verlage finden Sie unter *www.fischerverlage.de*

Katy Birchall

NICHT ZAUBERN IST AUCH KEINE LÖSUNG

Band eins

Aus dem Englischen
von Verena Kilchling

Mit Vignetten von
Eva Schöffmann-Davidov

FISCHER | KJB

Aus Verantwortung für die Umwelt hat sich der Fischer Kinder- und Jugendbuch Verlag zu einer nachhaltigen Buchproduktion verpflichtet. Der bewusste Umgang mit unseren Ressourcen, der Schutz unseres Klimas und der Natur gehören zu unseren obersten Unternehmenszielen.

Gemeinsam mit unseren Partnern und Lieferanten setzen wir uns für eine klimaneutrale Buchproduktion ein, die den Erwerb von Klimazertifikaten zur Kompensation des CO_2-Ausstoßes einschließt.

Weitere Informationen finden Sie unter: www.klimaneutralerverlag.de

Das gleichnamige Hörbuch, gelesen von Nana Spier, ist im Argon Verlag, Berlin, erschienen und im Buchhandel erhältlich.

Erschienen bei FISCHER KJB

Die englischsprachige Originalausgabe erschien 2019
unter dem Titel *Morgan Charmley: Teen Witch*
bei Scholastic Children's Books, London
Text © Katy Birchall, 2019
The right of Katy Birchall to be identified as the author
of this work has been asserted by her.

Für die deutschsprachige Ausgabe:
© 2021 Fischer Kinder- und Jugendbuch Verlag GmbH,
Hedderichstraße 114, D-60 596 Frankfurt am Main
Umschlaggestaltung: Eva Schöffmann-Davidov
unter Mitarbeit von Dahlhaus & Blommel Media Design, Vreden
Umschlagillustration: Eva Schöffmann-Davidov
Satz: Dörlemann Satz, Lemförde
Druck und Bindung: CPI books GmbH, Leck
Printed in Germany
ISBN 978-3-7373-4248-3

Für Ben

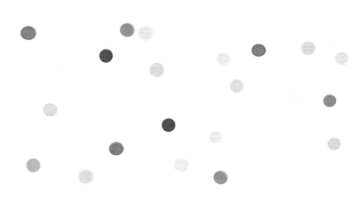

Kapitel eins

Das ist er. Der Moment, auf den ich mein ganzes Leben gewartet habe.

Ich knie vor der Großen Hexenmeisterin, die sich nun erhebt und die Arme gen Himmel streckt. Die langen schwarzen Ärmel ihres Gewands blähen sich im Wind. Das einzige Geräusch, das die gespenstische Stille des nächtlichen Waldes durchbricht, ist das Knistern des Feuers hinter mir. Als die Große Hexenmeisterin einen Schritt auf mich zu macht, heben die anderen Hexen, die um uns herumsitzen, die Köpfe und beobachten sie erwartungsvoll.

»Emma Charming.«

Meine Hände zittern, und mein Herz klopft laut in meiner Brust. Jetzt wird es ernst. Ich blicke auf und sehe ihr in die Augen.

»Emma Charming«, wiederholt sie. »Der Hexenrat ist zu einer Entscheidung gelangt. Hiermit verkünde ich, dass …«

Sie zögert. Die anderen Hexen werfen sich gegenseitig verwirrte Blicke zu. Mir bleibt vor Aufregung die Luft weg. Warum spricht sie nicht weiter?

Nein. Das darf nicht sein. Es darf nicht vorbei sein. Nicht so.

»Hiermit verkünde ich, dass …«

Sie hält erneut inne. Die eintretende Stille ist unerträglich.

»Oh, Schätzchen«, sagt sie seufzend, und ihre Stimme nimmt sofort einen sanfteren Tonfall an. »Du hast da einen schwarzen Fleck im Gesicht! Wahrscheinlich Asche vom Feuer. Komm her.«

Sie leckt sich den Daumen und streckt die Hand aus, um mir über die Wange zu reiben.

»Mum!«, zische ich und schiebe ihre Hand weg. Die anderen Hexen fangen an zu kichern. »Lass das! Was machst du denn da?«

»Siehst du, schon weg.« Sie lächelt zufrieden. »Also, wo war ich stehengeblieben?«

»Du wolltest gerade das Ergebnis verkünden«, hilft ihr Dora fröhlich auf die Sprünge. »Und zieh es bitte nicht so in die Länge, Maggie. Mein Rücken tut schon weh vom Sitzen auf dem harten Waldboden.«

»Genau«, meldet sich Sephy zu Wort. »Mein Hintern ist auch schon ganz taub.«

»Wir könnten uns doch einfach ein paar schöne, bequeme Sitzgelegenheiten herbeihexen. Wozu ist man denn eine Hexe?« Dora grinst. »Zum Beispiel so etwas.«

Sie schnipst mit den Fingern und sitzt plötzlich auf einem gemütlichen Sofa.

»Schon besser«, sagt sie seufzend. »Fahr doch bitte fort, Maggie.«

»Dora, das ist nicht erlaubt«, tadelt Mum sie lachend. »Wir müssen uns an die Tradition halten, und die Tradition verlangt nun mal, dass wir auf dem *Boden* sitzend einen Kreis bilden, während ich das Ergebnis der Junghexenprüfung verkündige. Du kennst doch die Regeln.«

Mum schnipst nun ihrerseits mit den Fingern, und das Sofa verschwindet. Dora kauert wieder im Schneidersitz auf der nackten Erde.

»Mit den Hexen, die diese Tradition zu verantworten haben, würde ich gern mal ein Wörtchen reden«, schnaubt Dora entrüstet und verschränkt die Arme, wobei sie sich versehentlich ihren viel zu weiten Ärmel ins Gesicht schlägt. »Bei der Gelegenheit würde ich auch gleich nachfragen, warum wir beim Beurteilen der Junghexen diese dämlichen Gewänder tragen müssen! Unpraktischer geht es kaum!«

»Bitte, tu dir keinen Zwang an«, fordert Sephy sie mit einem frechen Grinsen auf und zeigt auf die Hexe neben sich. »Meine Mutter war eine dieser Hexen.«

Ihre Mutter hebt verwirrt den Kopf. »Was? Was hast du gesagt?«

»Ich habe Dora nur mitgeteilt, dass du einst die Tradition mitbegründet hast, dass wir zu diesem Anlass auf dem Boden im Kreis sitzen, stimmt's nicht, Mutter?«, sagt Sephy laut. »Weißt du nicht mehr? Damals, vor rund zweihundert Jahren.«

»Ist die dämliche Zeremonie endlich vorbei?«, fragt die betagte Hexe zurück, ohne auf die Frage ihrer Tochter einzugehen. »Ich glaube nämlich, es fängt gleich an zu regnen.«

Sephy seufzt. »Das sagst du *immer*, Mutter.«

»Es stimmt ja auch immer.« Ihre Mutter verschränkt würdevoll die Arme.

»Oh, tatsächlich!«, ruft eine junge Hexe auf der gegenüberliegenden Seite des Sitzkreises. »Ich glaube, ich habe gerade einen Regentropfen auf der Nase gespürt.«

Die beiden Hexen neben ihr murmeln zustimmend.

»HALLO!«, rufe ich und winke mit den Armen. Alle sehen mich verwundert an, als hätten sie ganz vergessen, dass ich da bin. »Wir sind hier noch nicht fertig. Wäre es zu viel verlangt, dass ihr den heutigen Anlass wenigstens ein *kleines bisschen* ernst nehmt?«

»Entschuldige, Emma«, sagt Mum und wirft Dora und Sephy strenge Blicke zu. »Du hast vollkommen recht. Dies ist ein sehr wichtiger Moment für dich. Also, ich wollte gerade meine Verkündigung machen, nicht wahr?«

Sie räuspert sich und verfällt wieder in einen sachlicheren Tonfall.

»Emma Charming, der Hexenrat ist zu einer Entscheidung gelangt. Hiermit verkünde ich, dass ...«

»WARTE!«, brüllt Sephy und jagt der gesamten Runde einen gewaltigen Schrecken ein. Sie hebt theatralisch die Hände, schließt die Augen und holt tief Luft.

»Was ist denn, Sephy?«, fragt Mum verdutzt. Alle Hexen starren Sephy erwartungsvoll an. »Stimmt etwas nicht?«

Nach einer Weile reißt sie die Augen wieder auf und verkündet feierlich: »Ja! Es regnet *wirklich*!«

Ich vergrabe stöhnend meinen Kopf in den Händen, während die Runde einhellig über das englische Wetter zu schimpfen beginnt.

Regenschirme tauchen auf und breiten sich schützend über die im Kreis sitzenden Hexen. Mum schnipst mit den Fingern und richtet ihren Blick dabei fest auf das Feuer. Dann zwinkert sie mir zu. »Jetzt kann der Regen den Flammen nichts mehr anhaben.«

»Toll«, murmele ich leise. »Könnt ihr mich nicht einfach auch ins Feuer werfen?«

»Das würde ich dir nicht empfehlen, Emma«, mischt sich Dora ein. Der Schirm über ihrem Kopf hat die Form eines Flamingos und ist knallpink und glitzert. »Es dauert ewig, bis man den Ruß wieder aus den Haaren bekommt.«

Die Hexen um mich herum beginnen sich angeregt über das Wetter und die besten Haarpflegetipps zu unterhalten, während ich mich aus meiner knienden Position in die Hocke erhebe und einen schweren Seufzer ausstoße. Mir schwant nichts Gutes. Vielleicht verzögern die Hexen die Verkündigung meines Ergebnisses absichtlich, weil ich durch die Prüfung gerasselt bin und sie sich davor drücken wollen, mir die schlechte Nachricht zu überbringen.

Wäre nicht das erste Mal.

Eigentlich müssten sie inzwischen Übung im Überbringen schlechter Nachrichten haben, schließlich ist es bereits das achte Mal, dass ich die Junghexenprüfung, auch JHP genannt, in Angriff nehme. Bei meinem ersten Versuch war ich fünf Jahre alt, und es lief ziemlich schlecht. Spektakulär schlecht sogar. Dora gab mir die Anweisung, eine Steckrübe drei Sekunden in der Luft schweben zu lassen und sie danach vorsichtig wieder auf dem Boden abzusetzen. Eine Standardaufgabe bei der JHP, die ich zu Hause viele Male geübt hatte. Wie immer versuchte ich, mich ganz auf die Steckrübe zu konzentrieren, ohne mich von meiner Nervosität beirren zu lassen. Mühsam schluckte ich den Kloß in meiner Kehle herunter. Mein Mund war staubtrocken, und meine Hand zitterte, als ich mit den Fingern schnipste und …

… Dora in eine Steckrübe verwandelte. Eine zutiefst traumatische Erfahrung für uns beide.

Sie war dennoch sehr verständnisvoll, und Mum machte den misslungenen Hexenzauber sofort wieder rückgängig. Dora musste also nicht besonders lange als Steckrübe herumlaufen. Hinterher ließ sie sich wortreich darüber aus, was für große Hexenkräfte es doch erahnen lasse, wenn man bereits mit fünf Jahren in der Lage sei, jemanden in eine Steckrübe zu verwandeln. Ich bewies ihr schon bald das Gegenteil, denn im darauffolgenden Jahr fiel ich erneut durch die Prüfung, genau wie zwei Jahre später, drei Jahre später … und so weiter und so fort.

Ich habe nicht die geringste Ahnung, ob meine Bemühungen dieses Mal endlich von Erfolg gekrönt sein werden. Jedenfalls habe ich während der heutigen Prüfung niemanden in eine Steckrübe verwandelt, das ist schon mal vielversprechend. Als Dora nach vorn trat und mir die Anweisung gab, »einen Korb Birnen mit Mini-Zylindern auf dem Kopf« herbeizuhexen, zögerte ich allerdings kurz und warf ihr einen zweifelnden Blick zu. Für zögerliches Ausführen von Prüfungsaufgaben gibt es Punktabzug, das weiß ich.

Aber was ist das auch für eine merkwürdige Prüfungsaufgabe? Wann werde ich jemals plötzlich einen Korb Birnen mit Zylindern brauchen in meinem Leben? Mir entging nicht, dass auch Mum die Augen verdrehte, doch sie bat Dora nicht, mir eine neue Aufgabe zu stellen.

Dora wirkte ganz zufrieden mit den Birnen, die ich herbeihexte, mein Zögern hat mein Abschneiden also hoffentlich nicht allzu sehr beeinträchtigt. Sie nahm eine Birne aus dem Weidenkorb, den ich ihr präsentierte, betrachtete sie eingehend und brach in Gekicher aus. Dann hielt sie die Birne für die anderen Hexen hoch und rief: »Seht euch mal diese Birne an! Die hat einen Zylinder auf dem Kopf! Eine Birne mit einem Zylinder! Hihi!«

Als Nächstes verlangte sie von mir, einen großen Ast, der vor mir auf dem Boden lag, durch die Luft schweben zu lassen und ihn dann sanft wieder auf dem Boden abzusetzen, eine Aufgabe, die ich mit Bravour meisterte.

Bei der dritten Aufgabe mache ich mir hingegen ein wenig Sorgen, dass ich zu lange gebraucht haben könnte. Ich sollte eine kaputte Dusche, die wie aus dem Nichts vor mir auftauchte, wieder funktionstüchtig hexen. Letztendlich gelang mir das auch, allerdings nicht, ohne zwei Hexen mit dem unkontrolliert herumschießenden Duschkopf völlig zu durchnässen. Die beiden warfen Dora, die mühsam ein Lachen unterdrückte, äußerst unwirsche Blicke zu, bevor sie mit den Fingern schnipsten und sich wieder trocken hexten.

Ich hoffe einfach nur inständig, dass ich gut genug abgeschnitten habe, um die Prüfung endlich zu bestehen!

Die JHP ist die wichtigste Prüfung, die man als Hexe ablegen kann, denn wenn man sie besteht, bedeutet das, dass man seine magischen Kräfte gut genug beherrscht, um auf eine öffentliche Schule gehen zu dürfen. Die anderen Hexen trauen einem dann zu, ihr Geheimnis – nämlich dass Hexen bis heute existieren – sicher zu bewahren. Einer der größten Vorteile einer bestandenen JHP ist jedoch, dass man lernen darf, auf einem Hexenbesen zu fliegen.

Da ich bisher immer durch die Prüfung gerasselt bin, durfte ich noch nicht zur Schule gehen oder fliegen lernen. Stattdessen bin ich mein ganzes Leben lang zu Hause unterrichtet worden. Nicht, dass das besonders schlimm wäre. Dora, die beste Freundin meiner Mutter und unsere direkte Nachbarin, ist meine Hauslehrerin, und es ist immer lustig mit ihr, weil sie so verrückt ist.

Trotzdem muss ich jeden Tag mit meinen Büchern zu Hause herumsitzen, während andere Hexen in meinem Alter zur Schule gehen und Freundschaften schließen dürfen.

Dora ist echt super, aber auch ein bisschen schrullig. Neulich hat sie ihr Handy als »tragbare Kommunikationsmaschine« bezeichnet. Außerdem findet sie Birnen mit Zylindern auf dem Kopf zum Totlachen. Es wäre daher schön, zur Abwechslung mal Zeit mit Gleichaltrigen zu verbringen.

Na ja, wenn ich ehrlich bin, habe ich in den letzten Jahren vielleicht nicht immer dazu beigetragen, besonders verantwortungsbewusst und vertrauenswürdig zu erscheinen. Mir sind da so ein paar Missgeschicke passiert, rein versehentlich natürlich. Mum nimmt es mir beispielsweise bis heute übel, dass ich damals diesen Jungen in eine Kröte verwandelt habe – dabei hatte er es absolut verdient! Dazu gekommen war es folgendermaßen: Ich war mit Dora und Mum im Park und probierte mein neues Fahrrad aus. Als ich gerade meinen Helm anzog, kam der besagte Junge auf seinem Skateboard vorbei und rief laut: »HAHA, DU EIER-KOPF!«

Daraufhin ballte ich wütend die Fäuste und muss dabei ZUFÄLLIG mit den Fingern geschnipst haben.

Jedenfalls fuhr vor mir plötzlich eine Kröte auf einem Skateboard durch den Park.

Ich fand den Anblick ziemlich lustig, und wenn irgendjemand mit einem Handy vor Ort gewesen wäre und die Kröte auf ihrem Skateboard gefilmt hätte, wäre das mit Sicherheit *der* Hit auf YouTube geworden. Leider ging Mum komplett an die Decke deswegen. Sie verwandelte den Jungen umgehend in sein bescheuertes Ich zurück, aber seine Erinnerung an den Vorfall konnte sie nicht auslöschen, denn das geht nur mit Zaubertrank. Und Hexen brauen keine Zaubertränke. Zauberer brauen Zaubertränke.

Unglücklicherweise hassen Hexen Zauberer, und diese Abneigung beruht auf Gegenseitigkeit.

Mum war stinksauer, weil sie zum Großen Zaubermeister gehen und ihn bitten musste, ihr bei der Beseitigung des von mir angerichteten Chaos zu helfen. Es gibt nichts Demütigenderes für eine Hexe, als einen Zauberer um Hilfe bitten zu müssen. Ich hatte danach EWIG Hausarrest und bekam noch wochenlang Strafpredigten zu hören.

»Du kannst nicht einfach herumlaufen und Leute in Kröten verwandeln!«, schimpfte Mum immer wieder.

»Wenn sie mich *Eierkopf* nennen, muss ich mich doch wehren!«, argumentierte ich.

»Aber nicht mit Magie«, widersprach Mum aufgebracht.

»In der realen Welt sind uns Hexen solche Dinge nicht erlaubt.«

»Was hat es denn für einen Sinn, eine Hexe zu sein, wenn ich einen Jungen, der mich *Eierkopf* nennt, nicht in eine Kröte verwandeln darf?«, protestierte ich lautstark.

Darauf hatte sie keine Antwort. Obwohl ich heute, ein paar Jahre später, durchaus verstehe, warum es besser gewesen wäre, nicht gleich auszurasten und gedankenlos herumzuhexen, stehe ich nach wie vor zu meiner Meinung, dass der Junge es verdient hatte und als Kröte sehr viel netter war.

Aber egal.

Im Moment zählt nur, dass ich in ein paar Tagen dreizehn werde und eine SEHR reife und SEHR begabte Hexe bin, die problemlos auf eine normale Schule gehen und normale Freundschaften schließen kann, ohne gleich auszuplaudern, dass sie über magische Kräfte verfügt. Eigentlich hätte ich die JHP schon vor Jahren bestehen müssen, doch aus irgendeinem Grund habe ich es immer wieder vermasselt. Vielleicht, weil ich mit dem Prüfungsdruck nicht umgehen konnte.

Was übrigens nicht besonders toll ist, wenn man zufällig die Tochter der Großen Hexenmeisterin ist. Dadurch wirkt eine nicht bestandene Prüfung gleich tausendmal schlimmer.

»Sei nicht albern, Emma«, sagte Mum, nachdem ich letztes Jahr im Anschluss an die wieder einmal verhauene Prüfung mit ihr über dieses Thema sprach. »Dass ich die Große Hexenmeisterin bin, spielt doch überhaupt keine Rolle.«

»Mum«, erwiderte ich seufzend. »Du bist so gut im Hexen, dass du von allen Hexen Großbritanniens dazu auserkoren wurdest, dem Hexenrat vorzustehen und sämtliche wichtigen Hexenentscheidungen zu treffen.«

»Als jüngste Kandidatin, die jemals zur Großen Hexenmeisterin erwählt wurde«, fügte Mum mit einem versonnenen Blick hinzu, bevor sie sich beim Anblick meines frustrierten Stirnrunzelns zusammenriss. »Nicht, dass das von Bedeutung wäre. Ist doch nur ein Titel, nichts weiter.«

»Trotzdem. Alle erwarten von mir, dass ich genauso glänzend bestehe wie du damals. Stattdessen bin ich als Hexe eine absolute Vollkatastrophe.«

»Nein, bist du nicht«, widersprach sie bestimmt. »Du bist eine großartige Hexe, du glaubst nur nicht genug an dich. Während der Prüfung bist du den aufmerksamen Blicken des Hexenrats ausgesetzt und lässt dich davon unter Druck setzen. Du gerätst in Panik und machst Fehler, genau wie unzählige großartige Hexen vor dir. Nächstes Jahr bestehst du mit Bravour, du wirst sehen.«

Nun, ein Jahr nach diesem Gespräch, hocke ich hier im Wald und warte darauf, dass mir endlich das Ergebnis einer Prüfung verkündet wird, die, seit ich denken kann, wie eine finstere Wolke über mir schwebt – und alle sind nur damit beschäftigt, über den Regen zu plaudern!

»Ich erinnere mich noch gut an das große Unwetter von 1859«, erklärt Sephys Mutter in düsterem Tonfall. »Ihr hättet sehen sollen, wie es damals stürmte! So etwas habe ich davor und danach nie wieder erlebt.«

»O ja, ich erinnere mich«, nickt eine ebenfalls betagte

Hexe auf der anderen Seite des Sitzkreises. »Fast wäre mir der Schornstein vom Dach geweht.«

»MUM!«, übertöne ich verzweifelt das Stimmengewirr. »Bin ich wieder durchgefallen? Kannst du mich nicht endlich von meinem Elend erlösen? Es ist absolut okay, wenn ich auch diesmal nicht bestanden habe, ich komme damit klar.«

Schweigen senkt sich über die Runde herab. Mum holt tief Luft.

»Nein, Emma Charming«, sagt sie mit einem liebevollen Lächeln. »Du hast es geschafft. Du hast bestanden!«

Kapitel zwei

Der laute Jubel und die Glückwunschrufe des Hexenrats hallen durch den Wald, und ich hüpfe aufgeregt auf der Stelle und rufe: »JUCHHU! ENDLICH!«

»Gut gemacht, Emma«, lobt mich Mum lachend und tritt nach vorn, um mir die Hände auf die Schultern zu legen. Sie sieht mir fest in die Augen. »Du hast dich wacker geschlagen. Ich bin stolz auf dich!«

»Glückwunsch, Emma«, sagt Dora, steht mit laut knackenden Gelenken auf und umarmt mich überschwänglich.

Als wir uns wieder voneinander lösen, sehe ich, dass ihr dicke Tränen übers Gesicht kullern.

»Dora? Warum weinst du?«, frage ich. »Ist das nicht die BESTE NACHRICHT ALLER ZEITEN? Du kannst endlich dein normales Leben weiterführen und musst dich nicht mehr täglich mit mir als Schülerin herumschlagen!«

Doras Gesicht verzieht sich, und sie bricht in lautes, heftiges Schluchzen aus. Ich blicke ratlos zu Mum hinüber. Sie lächelt nur teilnahmsvoll und legt ihrer besten Freundin den Arm um die Schultern.

»Sieht aus, als würde deine Hauslehrerin unter Trennungsschmerz leiden, Emma.«

»Unsinn«, widerspricht Dora resolut und schnäuzt sich in ein blaugepunktetes Taschentuch. »Ich könnte nicht begeisterter sein von der neuen Situation. Ab jetzt habe ich jede Menge Zeit zur Verfügung, zum Beispiel für neue, interessante Hobbys. Und du, Emma … na ja, du … wirst zur Schule gehen … und erwachsen werden und …«

Dora bricht ab, weil ihr die Stimme versagt. Sie schlingt die Arme um mich und zieht mich erneut an sich, hält mich so fest umklammert, dass ich kaum Luft bekomme.

»Wir werden uns trotzdem ganz oft sehen, Dora, du wohnst doch nebenan«, murmele ich an ihrer Schulter. »Wahrscheinlich wird es mir ganz guttun, endlich mal ein paar Gleichaltrige kennenzulernen. Und mal etwas ganz allein zu machen.«

»Ganz allein bestimmt nicht«, sagt eine nüchterne, gelangweilte Stimme zu meinen Füßen. »Ein unglücklicher Zufall will es, dass wir auf immer und ewig aneinander gekettet sind.«

Merlin. Fast hätte ich vergessen, dass es ihn gibt.

Auch wenn es viele magische Vorteile hat, *einen* entscheidenden Nachteil bringt das Hexendasein mit sich: Man hat stets ein *Begleittier* an seiner Seite.

Genau das hat uns Hexen oft verraten, damals im sechzehnten Jahrhundert, als plötzlich alle durchdrehten und Jagd auf uns machten. Jede Hexe besitzt nämlich einen sogenannten *Vertrauten*, der sie führt und begleitet, und so wurden schnell alle rätselhaften Frauen mit schwarzen Katzen auf der Schulter zu Verdächtigen.

Ich wünschte, ich könnte statt Merlin ein süßes, flauschiges, stinknormales Hauskätzchen haben, aber leider ist mein Vertrauter genau wie das meiste andere in meinem Leben eine absolute Katastrophe. Ihr stellt euch jetzt vielleicht einen liebenswerten, wohlgesinnten Begleiter vor – *gemeinsam durch dick und dünn, bedingungslose Freundschaft* und so. Weit gefehlt. Merlin verbringt den Großteil des Tages damit, mich auf meine vielen Unzulänglichkeiten hinzuweisen und sich über mich lustig zu machen. So wie neulich, als er mich fragte, ob mir auch schon aufgefallen sei, dass ich für ein Mädchen ziemlich behaarte Hände hätte.

Nein, es war mir noch nicht aufgefallen, aber von da an konnte ich an nichts anderes mehr denken.

Merlin kann wie alle Vertrauten nach Belieben seine Gestalt verändern. Vertraute können sich zwar nicht in Menschen verwandeln, aber in so ziemlich jedes andere Wesen. Und sie bleiben für immer bei der ihnen zugewiesenen Hexe. Ich werde Merlin also nie wieder los, mein ganzes restliches Leben nicht.

Ganz schön deprimierend.

Während der heutigen Prüfung hatte Merlin beschlossen, die Gestalt einer Wespe anzunehmen und die Hexen zu nerven, indem er ihre Ohren umschwirrte, bis Mum ihm einen ÄUSSERST strengen Blick zuwarf. Daraufhin hatte er sich schnell in eine Ratte verwandelt und es sich neben dem Feuer gemütlich gemacht.

Meine Mutter kann sehr einschüchternd wirken, wenn sie will. Sie ist nicht umsonst die Große Hexenmeisterin.

»Ach, Merlin«, sage ich nun seufzend. »Ich weiß genau, dass du dich insgeheim freust, egal, was du sagst. Nachdem ich endlich die Prüfung bestanden habe, wird unser Leben deutlich interessanter, meinst du nicht auch?«

»Unser Leben? Das Leben ist doch generell völlig überbewertet«, antwortet er gähnend, wofür er einen bösen Blick von Mums Vertrauter Helena kassiert, die in Gestalt einer Bengalkatze neben ihrer Herrin steht.

»Du könntest Emma ruhig ein bisschen mehr unterstützen«, zischt ihm Helena zu. »Sie hat hart auf dieses Ziel hingearbeitet, und als ihr Vertrauter solltest du dich darüber freuen, dass sie so erfolgreich ...«

»Bla, bla, bla«, unterbricht Merlin sie unhöflich. »Sind wir hier endlich fertig?«

»Ich verstehe echt nicht, wie du diesen Kerl erträgst, Emma!«, faucht Helena mit gesträubtem Fell.

»Es ist ein täglicher Kampf«, gebe ich zu.

»Wenn ich nur daran denke, dass ich jetzt mit dieser reizenden Lydia Cooper auf Bora Bora sein könnte!«, mault Merlin. »*Das* ist mal eine richtige Hexe!«

Ich sehe Mum an und verdrehe genervt die Augen. Merlin erinnert mich gern und oft daran, dass er als Vertrauter für Lydia Cooper in Betracht gezogen wurde, eine junge Hexe, die auf Bora Bora lebt. Betrüblicherweise (so sieht er es) wurde er stattdessen mir zugeteilt und dazu verdammt, ein Leben im Elend zu führen.

»Schluss damit, Merlin«, rügt ihn Mum. »Wir wissen alle, dass das nicht stimmt. Jeder Vertraute ist vom Schicksal nur für eine ganz bestimmte Hexe vorgesehen. Es kann also gar nicht sein, dass du für eine andere in Betracht gezogen wurdest.«

»Ich wette, Lydia Cooper schlürft gerade Kokoswasser unter Palmen und blickt dabei aufs türkisblaue Meer hinaus.« Merlin seufzt. »Ich hingegen befinde mich mitten in einem englischen Wald, umgeben von Hexen, die um ein Feuer herumtanzen, und einem verwirrt dreinblickenden Mann mit miserablem Modegeschmack.«

»Was?«, fragt Mum erschrocken. »Was soll das heißen, *einem Mann mit* …«

Sie folgt Merlins Blick und schnappt nach Luft.

»Dora!«, ruft sie, packt ihre beste Freundin beim Arm und zeigt über meine Schulter hinweg.

Doras Ehemann steht mit einer dicken Fleecejacke, einer Stirnlampe und einer Kamera um den Hals im Wald und starrt uns entsetzt an.

Dora wirbelt herum und stößt bei seinem Anblick einen tiefen Seufzer aus. »Nein, nicht schon wieder!«

»D-Dora?«, stammelt er, mit Augen so groß wie Untertassen. Inzwischen haben auch die letzten Hexen aufgehört, vor Freude über meine bestandene Prüfung ums Feuer herumzutanzen. »W-was m-machst d-du …?«

»Hallo, Howard!«, begrüßt ihn Dora und winkt betont fröhlich. »Wieder mal auf Dachsbeobachtung? Du hättest mir sagen sollen, dass du noch raus willst!«

Sie dreht sich zu Mum um. »Keine Sorge, ich habe noch ein wenig Zaubertrank vom letzten Mal. Ich sorge dafür, dass er ihn heute Abend trinkt, dann ist bald alles nur noch ein ferner Traum. Wir sehen uns später zu Hause.«

»Danke, Dora«, antwortet meine Mutter lächelnd. »Hallo, Howard, schön, dich zu sehen!«

Dora nimmt ihren Mann beim Arm und zieht ihn von uns weg, während er weiter schockiert vor sich hin brabbelt. Mum wendet sich unterdessen an die versammelten Hexen.

»Tja, ich denke, wir sind dann fertig für heute Abend. Es war wunderbar, euch alle zu sehen, ich freue mich schon auf unsere nächste Versammlung!«

Wir winken den anderen Hexen zum Abschied zu und beobachten, wie sie nach und nach auf ihren Hexenbesen in der Nacht verschwinden, nicht ohne mir letzte Glückwünsche zuzurufen. Mum legt eine Hand auf meine Schulter und drückt sie liebevoll. Dann schlägt sie die Haube ihres Gewands zurück.

»Du hast es geschafft, Emma! Ich wusste es«, sagt sie mit einem stolzen Lächeln.

»Hat ja auch lange genug gedauert.«

»Allerdings«, murmelt Merlin, aber es ist mir ausnahmsweise egal. NICHTS könnte mein derzeitiges Glücksgefühl trüben, nicht einmal mein griesgrämiger Vertrauter.

»Wie lange es dauert, spielt keine Rolle«, versichert mir Mum und wirft Merlin einen bitterbösen Blick zu. »Am Ende warst du erfolgreich, nur das zählt. Bist du bereit für dein nächstes Abenteuer?«

Ich schnipse mit den Fingern und lasse kleine Feuerwerkskörper in den Himmel hinaufschießen, wo sie in einem Regenbogen aus Farben explodieren. Merlin, der sich inzwischen in ein kleines Äffchen verwandelt hat und auf meiner Schulter kauert, hält sich mürrisch die Ohren zu.

»Ja«, antworte ich grinsend. »Bin ich!«

Kapitel drei

Einige Tage nach meiner Prüfung wache ich morgens davon auf, dass lautes Flüstern durch meine Zimmertür dringt.

»Mach schon! Schnell, bevor sie aufwacht!«

»Ich komme ja.«

»Pass auf, dass du nicht auf die knarrende Bodendiele trittst!«

»Welche?«

»Die da vorne.«

»Welche da vorne?«

»Du weißt schon. Die da. Die da vorne!«

»Ach so. Na klar, ich steige drüber.«

Eine Sekunde später gibt die lockere Bodendiele auf dem Treppenabsatz ein lautes Knarren von sich. Totenstille. Ich grinse in mich hinein. Kurz darauf beginnt das Flüstern erneut.

»War ja KLAR, dass du die EINZIGE knarrende Diele erwischt!«

»Du hattest auf eine ganz andere Diele gezeigt!«

»Stimmt nicht. Ich habe sie ja fast schon mit dem Finger berührt!«

»Von wegen! Dein Finger hat viel weiter nach rechts

gezeigt! Kennst du deine eigenen Bodendielen nicht, oder wie?«

Merlin, der sich die ganze Nacht als Siebenschläfer neben mir ins Kissen geschmiegt hat, verwandelt sich in einen stacheligen Igel.

»Können die beiden mal endlich zum Ende kommen?«, faucht er und rollt sich zu einer Kugel zusammen.

»Pst!«, mache ich stirnrunzelnd, schließe die Augen und tue so, als würde ich schlafen.

»Okay«, höre ich meine Mutter flüstern. »Sollen wir jetzt reingehen?«

»Ja, legen wir los!«

»Ich zähle bis drei, und dann rufen wir laut *Überraschung!*.«

»*Überraschung!*? Meinst du? Sollten wir nicht lieber *Alles Gute zum Geburtstag!* rufen?«

»Aber es ist doch eine Überraschung.«

»Ja, eine Überraschung zum Geburtstag.«

»Also gut. Dann eben *Alles Gute zum Geburtstag!*.«

»Hm. Vielleicht ist *Überraschung!* doch besser. Klingt kürzer und prägnanter.«

»*DORA!*«

»Was denn? Ich bin bereit! Nichts wie rein!«

»Eins … zwei … drei!«

Die Tür geht ruckartig auf, und das Licht wird eingeschaltet. Auf ein Fingerschnipsen meiner Mutter hin fliegen bunte Luftschlangen durch mein Zimmer, Glitter rieselt von der Decke, und eine riesige Torte mit lila Zuckerguss kommt zu mir ans Bett geschwebt.

»ALLES GUTE ZUM GEBURTSTAG!«, ruft Mum.

»ÜBERRASCHUNG!«, ruft Dora gleichzeitig.

Die beiden sehen sich irritiert an, und ich breche in Gelächter aus, während Merlin sich griesgrämig unters Kissen verzieht. Er war immer schon ein Morgenmuffel.

»Wow, wie cool!« Ich beobachte lächelnd, wie überall um mich herum der Glitter durch die Luft schwebt und dann praktischerweise verschwindet, bevor er den Boden erreicht und für Unordnung sorgen könnte. Typisch Mum. »Danke!«

»Alles Gute zum dreizehnten Geburtstag, Emma!« Mum kommt zu mir, um mich fest zu umarmen. »Vor dir liegt ein aufregendes neues Lebensjahr!«

»Unglaublich, dass du jetzt ein echter Teenager bist!«, sagt Dora und umrundet mit feuchten Augen mein Bett, um mir einen dicken Kuss auf die Wange zu drücken. »Ich erinnere mich noch genau an den Tag, als du geboren wurdest.«

»Die Zeit vergeht wirklich wie im Flug«, bestätigt Helena und flattert in Gestalt eines Schmetterlings um die Torte herum, die immer noch vor mir in der Luft schwebt.

»Jetzt bestärke Dora nicht auch noch, Helena.« Mac, Doras Vertrauter, der in seiner Lieblingsgestalt als Corgi neben seiner Herrin steht, kichert. »Sie ist doch schon gerührt genug. Gleich öffnen sich alle Schleusen.«

»Sei still, du frecher Kerl!«, rügt ihn Dora und tätschelt ihm liebevoll den Kopf. »Ich habe nur ein bisschen Glitter ins Auge bekommen.«

»Komm, wir gehen runter und bereiten das Frühstück

vor«, fordert Mum sie lachend auf und zwinkert mir zu. Dann zieht sie Dora aus dem Zimmer, die sich mit ihrem Ärmel die Augen trocken tupft. »Bis gleich, Geburtstagskind!«

Ich freue mich so auf den heutigen Tag, dass ich im Handumdrehen angezogen bin und mir die Haare zusammengebunden habe. Fröhlich hüpfe ich die Treppe hinunter und gehe in die Küche. Merlin folgt mir lustlos in Gestalt eines schwarzen Katers.

Mum und Dora sitzen schon am Küchentisch. Mum nippt an einem Becher Kaffee – vermutlich bereits dem zweiten des Tages –, und Dora hat eine große Kanne Tee vor sich stehen. Wenn sie direkt nebeneinander sitzen, wirken sie so grundverschieden, dass kein Außenstehender sie für beste Freundinnen halten würde. Mum ist vernünftig, hat eine autoritäre Ausstrahlung und ein eher ruhiges Temperament. Dora ist hingegen laut, spontan und chaotisch. Der Kleiderstil der beiden könnte ebenfalls nicht gegensätzlicher sein. Im *normalen Leben* ist Mum nämlich Geschäftsführerin einer Werbefirma und daher immer schick gekleidet. Heute trägt sie eine weiße hochgeschlossene Bluse zu einer schwarzen Culotte, während Dora in einem ihrer typischen farbenfrohen Outfits steckt: neon-pink geblümtes Oberteil zu lindgrünem Rock.

Wenn Dora so einen Raum betritt, verbreitet sie automatisch gute Laune.

Mum und Dora sind schon seit Ewigkeiten beste Freundinnen. Als Mum mit mir schwanger wurde, beschloss sie, in das Haus neben Dora zu ziehen, die inzwischen Howard geheiratet hatte – der übrigens nicht weiß, dass sie eine Hexe ist – und zu ihm in eine Stadt in Essex gezogen war. Mum spricht nicht gern über meinen Vater. Ich weiß nur, dass er sie sitzengelassen hat, weshalb sie umzog, um in Doras Nähe zu sein. Ich habe keine Ahnung, ob ihm klar war, dass Mum eine Hexe ist. Auch wenn ich es gern wissen würde, frage ich lieber nicht näher nach. Mum tut zwar immer so, als wäre sie über die ganze Sache hinweg, aber wenn ich meinen Vater erwähne, verzieht sie unwillkürlich das Gesicht. Im Grunde ist es auch nicht so wichtig, denn ich habe nie das Gefühl gehabt, dass mir durch die Abwesenheit meines Vaters etwas entgeht. Schließlich habe ich als Ersatz sozusagen zwei Mütter.

Wenn ich sauer bin auf Mum, stürme ich manchmal aus dem Haus und gehe die fünf Schritte zu Dora hinüber. Sie schafft es immer, mich wieder aufzuheitern, und wenn es ihr doch einmal nicht gelingt, übernimmt Howard diesen Part. Mir ist noch nie ein Mensch begegnet, der sich derart begeistern kann, und zwar für absolut alles. Er ist ebenfalls Lehrer, allerdings kein Hauslehrer wie Dora, sondern Biologielehrer an einer öffentlichen Schule. Die beiden sind verrückt nach Tieren und haben jede Menge Pflegetiere bei sich aufgenommen. Im Moment tummeln sich in ihrem Haus zwölf Hunde, fünf Katzen, drei Schweine, ein Frettchen, mehrere Hamster und eine Würgeschlange.

Howard glaubt, dass sie außerdem einen Corgi namens Mac besitzen.

Mums und Doras Vertraute kommen genauso gut miteinander aus wie die beiden Hexen selbst. Helena macht gern Bemerkungen über die Tatsache, dass Mac ständig schläft, wohingegen er sie mit Vorliebe dafür aufzieht, dass sie so steif und überkorrekt ist.

Keiner der beiden mag Merlin, was ich absolut verstehen kann.

»Da ist sie ja!«, ruft Mum strahlend und winkt mich an den Küchentisch. »Was hättest du gern zum Frühstück? Pfannkuchen?«

Ich nicke begeistert, und Mum schnipst mit den Fingern und hext einen Teller vor mich auf den Tisch, auf dem sich vor Sirup triefende Pfannkuchen türmen. Während ich es mir schmecken lasse, werfe ich einen Blick auf die Wanduhr.

»Mum«, murmele ich kauend, »du kommst zu spät zur Arbeit.«

»Ich weiß, ich mache mich besser auf den Weg«, antwortet sie seufzend, steht auf und greift nach ihrer eleganten Handtasche, die schon auf dem Küchentresen wartet. »Sicher, dass es dir nichts ausmacht, wenn ich heute ins Büro gehe? Ich verspreche auch, dass wir heute Abend richtig feiern! Dann bekommst du deine Geschenke überreicht.«

»Alles gut, Dora fährt mit mir in die Stadt«, beruhige ich Mum, während sie mir einen Abschiedskuss gibt. »Wir gehen nämlich zur Feier des Tages shoppen.«

»O ja«, bestätigt Dora mit funkelnden Augen. »Und ich weiß auch schon genau, in welchem Laden!«

»Schon wieder?« Ich betrachte mit verschränkten Armen den Laden, zu dem mich Dora geschleift hat. »Dora!«,

stöhne ich genervt. »Ich will nicht in noch eine Zoohandlung! Wir waren doch heute schon in zweien!«

»Ja, aber in dieser gibt es diese tolle neue Frettchenschaukel!«, erwidert sie aufgeregt.

Ich zeige keine Reaktion.

Sie räuspert sich. »Diese Schaukel möchte ich unbedingt für unser Frettchen haben, und ich weiß, dass sie hier verkauft wird.«

»Warum schnipst du nicht einfach mit den Fingern und hext sie dir nach Hause?«

Sie wirft mir einen missbilligenden Blick zu. »Nicht so laut, Emma, es könnte uns jemand hören! Die Antwort ist ganz einfach: Es macht viel mehr Spaß, in Geschäften herumzustöbern, etwas Schönes zu entdecken und es zu kaufen, statt alles, was man sich wünscht, in Sekundenschnelle vor sich zu haben.«

Ich sehe mich in der Gegend um, auf der Suche nach einem interessanteren Geschäft. Ein Haus, das abseits des Gewimmels der Haupteinkaufsstraße in einer Seitengasse steht, erregt meine Aufmerksamkeit. Über der Tür hängt ein klappriges, abgeblättertes Schild, auf dem steht: *Blaze Books – gebrauchte Bücher und Antiquitäten.*

Dora hat mir einmal erzählt, dass es in manchen alten Buchläden in Essex – der Grafschaft, in der wir wohnen – noch Nachschlagewerke und Memoiren gibt, die vor Hunderten von Jahren von Hexen verfasst wurden. Sie schwärmt immer wieder davon, was für eine reiche Hexengeschichte Essex vorzuweisen hat. Leider war auch die Hysterie hier am größten, als wir Hexen im sechzehnten Jahrhundert verfolgt und gejagt wurden. Viele von uns wurden damals *getötet*, lebten jedoch in Wahrheit weiter – was Schauspielkünste angeht, konnte den damaligen Hexen niemand das Wasser reichen.

Sie alle überstanden die schlimme Zeit und konnten ihre Erlebnisse niederschreiben.

Angeblich enthalten viele dieser alten Erfahrungsberichte detaillierte Schilderungen der bösen Flüche, mit denen die Hexen die Leute damals belegten. Nach den Hexenprozessen steckten sie voller Verbitterung und hielten ihre Racheakte für die Nachwelt fest. Dora meint, ich solle einen großen Bogen um diese Bücher machen. Sie seien düster und blutrünstig.

Ich hingegen finde, dass sie MEGA-SPANNEND klingen! Gefunden habe ich noch keine, aber ich gehe trotzdem gern in Buchhandlungen und stöbere dort herum.

»Geh du ruhig in die Zoohandlung und kaufe deine Frettchenschaukel, Dora. Ich bummle ein bisschen in der Nähe herum, und wir treffen uns wieder, wenn du fertig bist«, schlage ich vor.

»Allein bummelst du mir hier auf keinen Fall herum«, antwortet sie. »Na gut, wir müssen nicht unbedingt in die Zoohandlung. Wo möchtest du denn hin?«

Ich zeige auf den Buchladen in der Gasse, und sie runzelt die Stirn.

»Nein, kommt nicht in Frage.«

»Warum nicht?«

Sie zögert. »Weil es ein miserabler Buchladen ist. Wahnsinnig schlecht sortiert. Ich habe mal versucht, dort ein

Weihnachtsgeschenk für Howard zu finden – keine Chance! Na komm, wie wäre es, wenn wir zu einem Kaufhaus fahren und uns in der Modeabteilung umsehen? Dann kannst du dir was zum Geburtstag aussuchen.«

Dora *liebt* Buchläden – sie ist schließlich Hauslehrerin. Es kann also nur einen Grund dafür geben, dass sie nicht in *diesen* speziellen Buchladen möchte: Sie weiß, dass es darin ein paar von diesen alten, angeblich so blutrünstigen Hexenbüchern gibt, und will nicht, dass ich sie aufspüre, lese und von ihrem Inhalt traumatisiert werde.

Was natürlich bedeutet, dass ich *unbedingt* in den Buchladen muss! Mir kommt plötzlich eine Idee.

»Weißt du was, Dora? Wir können doch in die Zoohandlung gehen. Es war dumm von mir, dass ich vorhin nicht wollte.«

Ihr Gesicht hellt sich auf. »Wirklich?«

»Ja! Ich freue mich schon total auf … das ganze Tierfutter und so.«

»Super! Es wird dir bestimmt gefallen, Emma!« Sie klatscht begeistert in die Hände, während ich mit vorgetäuschtem Enthusiasmus neben ihr den Laden betrete. »Es gibt hier eine ganze Abteilung nur mit Chinchilla-Spielzeug!«

»Cool! Diese Chenilla-Abteilung könnte ich mir doch anschauen, während du deine Frettchenschaukel holst.«

»*Chinchilla*-Abteilung, du Dummchen«, korrigiert sie mich kichernd, bevor sie in einen Gang abbiegt und davoneilt. »Die Chinchilla-Sachen sind ganz hinten. Wir treffen uns dort. Bis gleich!«

Sobald sie um die nächste Ecke verschwunden ist, flitze ich aus der Zoohandlung und eile die Gasse entlang zum Buchladen.

»Du bist aus einer öden Zoohandlung geflüchtet, um stattdessen einen stinklangweiligen Laden voll verstaubter Bücher aufzusuchen?«, stöhnt Merlin, der in Gestalt eines Käfers auf meiner Schulter sitzt. »Jetzt ist es amtlich: Ich habe die bekloppteste Junghexe aller Zeiten am Hals.«

Ich ignoriere ihn und öffne die Tür zum Buchladen. Eine alte Türglocke bimmelt über meinem Kopf, und ein großer Mann mit dunklen, zerzausten Haaren schielt hinter einem Bücherstapel hervor.

»Hallo!«, begrüßt er mich munter und schiebt den Bücherstapel beiseite, damit er sich über die Ladentheke beugen kann. »Willkommen bei *Blaze Books*. Suchst du irgendwas Bestimmtes?«

Ich schüttle den Kopf. »Ich wollte mich nur ein bisschen umsehen.«

»Dann viel Vergnügen!« Er weist lächelnd auf die Bücherregale, bevor er sich wieder seinem Stapel zuwendet.

Ich steuere als Erstes die Abteilung für historische Werke ganz hinten im Laden an, weil ich vermute, dass die ältesten Bücher sich dort irgendwo verstecken. Im ganzen Geschäft ist es leer und still. Verglichen mit dem Rummel auf der Haupteinkaufstraße herrscht hier eine angenehm ruhige und friedliche Atmosphäre.

»Warum fragst du den Mann nicht einfach, wo die Hexenbücher sind?«, will Merlin mit genervter Stimme von mir wissen.

»Das würde ja auch gar nicht komisch rüberkommen«, antworte ich sarkastisch und überfliege die Buchrücken vor mir im Regal. »Ich kann doch nicht einfach hingehen und sagen: *Entschuldigen Sie, Sie haben hier nicht zufällig ein paar alte Hexenbücher herumliegen?*«

»Wir haben hier aber wirklich Hexenbücher«, sagt plötzlich eine Stimme aus dem Nichts.

Ich kreische erschrocken auf und schlage mir am Regal hinter mir den Kopf an.

»Autsch! Hast du dir weh getan?« Ein Junge kommt hinter den Bücherreihen hervor, die ich gerade abgesucht habe.

»Nein, alles gut. Danke«, antworte ich rasch, reibe mir den Hinterkopf und ignoriere Merlins Gekicher, der sich rasch unter dem Kragen meines T-Shirts in Sicherheit gebracht hat. »Du hast mich nur erschreckt.«

»Sorry.« Der Junge grinst. »Ich dachte, du hättest mich gesehen. Mit wem hast du da eigentlich geredet?«

»Wann?«

»Gerade eben. Über die Hexenbücher.«

»Mit mir selbst«, behaupte ich. »Ich habe laut nachgedacht.«

Er nickt. »Das mache ich auch manchmal, wenn ich mich unbeobachtet fühle. Ich bin Oscar Blaze. Meinen Vater hast du vermutlich schon an der Ladentheke kennengelernt, als du reingekommen bist.«

Oscar scheint ungefähr in meinem Alter zu sein. Er ist ein wenig größer als ich und hat dunkle, wuschelige Haare, braune Augen und ein kleines Muttermal auf der Wange.

»Hi, ich bin Emma.« Ich lasse den Blick über die Regale gleiten. »Habt ihr hier drinnen wirklich Hexenbücher?«

»Ja. Volksmärchen über Menschen, die mit einem Fluch belegt wurden, und so was alles«, flüstert er mit Gruselstimme. »Interessierst du dich für sowas?«

»Nein, Quatsch, überhaupt nicht«, antworte ich eilig und schüttle den Kopf.

Ich habe noch nicht viel Erfahrung mit dem Kennenlernen von Gleichaltrigen, aber es macht bestimmt keinen tollen Eindruck, wenn man zugibt, auf alte Hexenbücher und Volksmärchen zu stehen.

»In solchen Büchern steht nur Müll, das weiß doch jeder«, füge ich beiläufig hinzu, um meine Aussage zu unterstreichen.

»Kann schon sein«, sagt er und betrachtet mich neugierig. »Ich finde sie trotzdem irgendwie cool. Wenn du willst, kann ich eins für dich heraussuchen.«

»Brauchst du nicht, war nur so ein dummer Gedanke.«

Ich tue so, als würde ich aufmerksam die Buchrücken vor mir im Regal studieren, und hoffe, dass er den Wink versteht und sich verzieht. Dann hätte ich vielleicht die Chance, die Bücher, von denen er gesprochen hat, selbst zu finden. Mein Handy fängt an, laut in meiner Tasche zu klingeln. Ich erschrecke mich so über das plötzliche Geräusch, dass ich mir schon wieder den Hinterkopf am Regal stoße.

Oscar verzieht mitfühlend das Gesicht und sagt: »Du solltest aufhören, dir ständig den Kopf anzuschlagen.«

»Danke für den guten Rat«, murmele ich und wühle in meiner Tasche nach dem Handy. Doras Name leuchtet auf dem Display auf. Sobald das Klingeln aufgehört hat, ruft sie erneut an.

»Ich muss los«, teile ich Oscar mit und zeige auf mein Telefon.

»Dann bis demnächst.«

Während er wieder im nächsten Gang verschwindet, nehme ich das Gespräch an. Dora beginnt sofort, mir eine aufgebrachte Standpauke zu halten – ich hätte auf keinen Fall einfach aus dem Zoogeschäft abhauen dürfen, sie hätte sich solche Sorgen um mich gemacht!

»Ich komme schon, Dora«, sage ich schnell, mache mich auf den Weg zur Tür und nicke Oscars Vater zum Abschied zu. Er winkt mir fröhlich hinterher. »Ich war nur schnell in einem Klamottenladen. Ich wollte dich nicht stören und dachte, ich schaue mir in der Zwischenzeit ein paar Jeans an ...«

Als ich aus dem Laden trete, verstumme ich und lasse das Handy sinken. Dora steht mit versteinerter Miene und zu wütenden Schlitzen verengten Augen vor mir. Sie sieht alles andere als begeistert aus.

»Erwischt!« Merlin kichert.

Warum muss ausgerechnet ich einen Vertrauten erwischen, der sich diebisch über jedes meiner Missgeschicke freut?! Warum habe ich keinen Begleiter, der mich TAT-SÄCHLICH BEGLEITET UND UNTERSTÜTZT?

»Weißt du, was für panische Angst ich hatte, als ich dich nirgendwo finden konnte? Ich habe auf der Suche nach dir die ganze Chinchilla-Abteilung auf den Kopf gestellt!«, ruft Dora aufgebracht, während Merlin sich ungerührt unter meinen Kragen zurückzieht, um ein Schläfchen zu halten.

»Tut mir leid, Dora, wirklich. Ich wollte dir keine Angst einjagen«, beteuere ich kleinlaut und beobachte aus dem Augenwinkel, wie Doras Gesichtsausdruck sofort weicher wird. Sie kann mir nie lange böse sein.

»Und?« Ihr Blick schießt nervös zur Tür von *Blaze Books*. »Hat es sich wenigstens gelohnt?«

»Nein«, antworte ich und hake mich bei ihr unter. »Ich habe nichts Interessantes gefunden.«

»Hab ich dir doch gesagt!« Sie lächelt erleichtert und zieht mich zurück zur Hauptstraße. »Es gibt viel bessere Buchläden in der Stadt.«

Während wir uns entfernen, blicke ich über die Schulter noch einmal zur Buchhandlung zurück. In einem Fenster im ersten Stock bewegt sich ein Vorhang. Obwohl niemand hinter uns geht, werde ich den ganzen Weg zur Hauptstraße das Gefühl nicht los, dass mich jemand beobachtet.

Kapitel vier

»Dann mal los!«, ruft Dora und lässt die riesige, mit dreizehn Kerzen geschmückte Geburtstagstorte direkt vor mir in der Luft schweben. »Du musst jemanden verfluchen!«

»Also wirklich, Dora«, tadelt Mum sie seufzend. »Diese alte Hexentradition ist doch schon vor vielen Jahren ausgestorben.«

»Ich möchte sie aber gern am Leben erhalten!« Dora grinst, und ihre Augen funkeln verschmitzt. »Wie könnte man seinen Geburtstag besser feiern, als damit, eine Person, die einen geärgert hat, mit einem Fluch zu belegen? Keine Ahnung, wie diese schöne Sitte jemals aus der Mode kommen konnte. Warum sollten wir Hexen uns stattdessen etwas wünschen? Wir können uns doch einfach alles herbeihexen, was wir haben wollen.«

»Kann ich Merlin verfluchen, obwohl er mein Vertrauter ist?«, frage ich.

»Vorsicht, junge Dame!«, warnt mich Merlin mit einem Fauchen. Er sitzt in Gestalt eines Stinktiers neben mir und hebt drohend seinen buschigen Schwanz. »Oder willst du an deinem ersten Schultag so widerlich stinken, dass sich keiner auch nur in deine Nähe traut?«

»Wenn du Merlin verfluchen würdest, würdest du damit automatisch auch dich selbst verfluchen. Tut mir leid«, erklärt Dora bedauernd.

»Man *kann* überhaupt niemanden verfluchen, indem man ein paar Geburtstagskerzen auspustet.« Mum schüttelt lachend den Kopf über uns. »Das ist ein Haufen Unsinn, das wisst ihr beide. Wenn du nicht bald diese Kerzen ausbläst, gehen sie übrigens von selbst aus, Emma.«

»Spielverderberin«, flüstert Dora Mum zu und wendet sich dann aufgeregt an mich: »Verfluch einfach trotzdem jemanden, Emma! Das bringt Glück!«

Mum verdreht die Augen und murmelt etwas von »dummen alten Hexenmärchen«. Ich schließe die Augen, hole tief Luft und blase alle Kerzen auf einmal aus. Dora und Mum johlen, und Mum umarmt mich noch einmal fest. Dann schnipst sie mit den Fingern, woraufhin die Torte sich selbst in Stücke schneidet. Drei davon landen auf Tellern und anschließend vor uns auf dem Tisch.

»Und? Wen hast du verflucht?«, fragt Dora neugierig und greift nach ihrer Gabel.

»Wenn ich dir das verraten würde, würde der Fluch nicht funktionieren.«

»Stimmt, du hast recht«, pflichtet sie mir nickend bei.

In Wahrheit habe ich natürlich überhaupt keinen Fluch ausgesprochen. Ich kenne ja noch nicht so viele Leute, und die, die ich kenne, mag ich alle. Da ich mein ganzes Leben lang zu Hause unterrichtet wurde, sind mir noch nicht allzu viele Personen begegnet, die ich gern verfluchen würde.

Wenn ich trotzdem jemanden verfluchen müsste, dann

wohl am ehesten diesen arroganten Jungen von gegenüber, der sich mal über mein Outfit lustig gemacht hat. Es war SEHR früh am Morgen gewesen, und ich hatte vor lauter MÜDIGKEIT vergessen, dass ich schon eine Jeans anhatte, und mir zusätzlich noch ein Kleid über den Kopf gezogen. Zum Glück hat sich Mum damals um die Angelegenheit gekümmert.

Sie starrte den Jungen total böse an und teilte ihm mit, wie cool sie es fand, dass ich meiner Individualität Ausdruck verlieh und mich nicht der gesellschaftlichen Norm beugte, ENTWEDER eine Jeans ODER ein Kleid zu tragen. Das habe er gefälligst zu respektieren.

Mum ließ mich nicht nach Hause zurückgehen und etwas anderes anziehen. Schon aus Prinzip nicht. Sie zerrte mich weiter die Straße entlang und zischte mir zu, ich solle das Kinn heben und mich »stolz zu meinem Look bekennen«. Ich bezweifle, dass mir das gelang. Wie auch immer, Mum schnipste jedenfalls im Davongehen mit den Fingern, woraufhin die Leute zwei Wochen lang mit dem Finger auf den Jungen zeigten und über sein Outfit lachten, wo immer er sich blicken ließ.

Mum behauptet, er habe es seither nie wieder gewagt, sich über die Kleiderwahl seiner Mitmenschen lustig zu machen.

»Sind jetzt die Geschenke dran?«, fragt Dora und klatscht so laut in die Hände, dass Mac, der als Corgi zu ihren Füßen gelegen hat, aus dem Schlaf schreckt. Er springt auf und fängt aufgeregt an zu bellen.

Merlin belächelt ihn mitleidig. »Haben wir etwa deinen

Schönheitsschlaf gestört, Mac? Du Armer, dabei hast du ihn wahrlich nötig.«

Er verwandelt sich in eine Hyäne und fängt an, laut kreischend über seinen eigenen Witz zu lachen und sich dabei auf dem Rücken zu rollen. Alle werfen ihm missbilligende Blicke zu, und ich vergrabe peinlich berührt mein Gesicht in den Händen. Mac seufzt, hüpft in Gestalt eines Äffchens auf Doras Schulter und schlingt ihr seinen Schwanz um den Hals.

»Darf ich Merlin in die Schranken weisen, Dora?«

»Leider nein«, antwortet Dora bedauernd. »Heute ist Emmas Geburtstag. Zu jedem anderen Zeitpunkt hätte ich es dir wahrscheinlich erlaubt.«

»Meinetwegen brauchst du dich nicht zurückzuhalten«, lasse ich sie fröhlich wissen.

Merlin hört auf zu kreischen und wirft mir einen bösen Blick zu. Dann verwandelt er sich in einen großen Braunbären und setzt sich auf meinen Schoß, wobei er mich mit seinem Gewicht fast erdrückt.

»RUNTER MIT DIR!«, brülle ich in sein stinkendes Fell hinein.

»Erst, wenn du dich entschuldigst«, erwidert er beleidigt.

»DU ZERQUETSCHST MICH!«

»Entschuldige dich. Sofort«, wiederholt er und wackelt mit dem Hintern.

»NA GUT. ENTSCHULDIGUNG!«

Er wird zu einem schwarzen Kater, rollt sich auf meinem Schoß zusammen und sieht mich aus großen, grünen, unschuldigen Augen an. Ich starre finster zurück. Mir entgeht nicht, dass Mum und Dora vergeblich versuchen, ein Kichern zu unterdrücken.

»Wenn ihr lacht, spornt ihr ihn nur noch mehr an, das wisst ihr genau!«, schimpfe ich und ertappe mich dabei, wie ich geistesabwesend Merlins Katzenohren kraule.

»Wo waren wir stehengeblieben?«, fragt Helena, die in Gestalt einer Bengalkatze auf dem Tisch thront, sich die Pfoten leckt und keinerlei Interesse für Merlins Eskapaden zeigt. »Wollten wir Emma nicht gerade die Geschenke übergeben?«

»Ja, danke dir, Helena.« Mum lächelt. »Dora, möchtest du vielleicht anfangen?«

»JA!« Dora zieht ein nachlässig verpacktes Geschenk aus der Handtasche und schiebt es mir über den Tisch hinweg zu. »Ich bin so froh, dass du tatsächlich die JHP bestanden hast, Emma! Was ich dir gekauft habe, wird nämlich der perfekter Begleiter für die Schule sein, denke ich.«

»Danke, Dora«, sage ich strahlend und reiße aufgeregt das Geschenkpapier auf. Als ich sehe, was sich dahinter verbirgt, halte ich abrupt inne. »Wow. Das ist … äh …«

»Gefällt er dir?«

Vor mir liegt ein großer Rucksack, der über und über mit Besen, schwarzen Katzen und Hexenhüten bedruckt ist.

»Ist der nicht genial?«, fragt Dora, und auch Mum wirkt angetan. »Ich habe ihn in einer kleinen Boutique in einem Örtchen namens Manningtree gefunden und konnte zuerst gar nicht glauben, wie perfekt er ist! Darin bringst du bestimmt alle deine Schulbücher unter, Emma!«

»Oh, danke. Echt toll«, sage ich und versuche, so begeistert wie möglich zu klingen. »Aber wird er mich nicht als Hexe verraten? Vielleicht sollte ich ihn lieber nicht mit in die Schule nehmen ...«

Dora schüttelt kichernd den Kopf. »Das ist doch gerade der WITZ! Alle werden sagen: *Oh, schaut mal, da kommt Emma mit ihrem coolen Hexenrucksack!* Keiner wird ahnen, dass du eine ECHTE Hexe bist!«

»Haha, ja, total witzig«, antworte ich mit einem gezwungenen Lächeln. »Danke, Dora.«

»Genauso gut könnte sie dir ein Schild auf den Rücken kleben, auf dem steht: *Bitte macht euch über mich lustig!*«, murmelt Merlin, aber Mum und Dora lachen zu laut, um es zu hören.

»So«, verkündet Mum, nachdem die beiden den Rucksack ausgiebig bewundert haben. »Jetzt bin ich an der Reihe.«

Sie schnipst mit den Fingern, woraufhin ein kleines, hübsch eingepacktes Geschenk aus einer Schublade herbeigeschwebt kommt und direkt vor mir auf dem Tisch landet.

»Danke, Mum«, sage ich und löse die Schleife.

Nachdem ich das Geschenkpapier aufgerissen habe, öffne ich den Deckel eines flachen Kästchens und schnappe nach Luft. Vor mir liegt eine wunderschöne zarte Goldkette mit einem leuchtend blauen Anhänger, dessen Farbe an das Meer erinnert. Als ich mich näher heranbeuge, sehe ich, dass das Blau des Steins in sanften Strudeln herumzuwirbeln scheint. Völlig überwältigt blicke ich zu Mum auf.

»Gefällt sie dir?«, fragt sie nervös. »Meine Mutter hat mir diese Kette geschenkt, als ich sechzehn wurde. Ich habe überlegt, ob ich sie dir auch erst an deinem sechzehnten Geburtstag geben soll, aber du hast so hart darauf hingearbeitet, deine JHP zu bestehen, und … der heutige Tag erschien mir einfach als der passende Zeitpunkt.«

»Mum«, sage ich leise und nehme die Kette aus dem Kästchen. »Sie ist wunderschön.«

»Zieh sie an«, fordert mich Helena auf, in deren Katzenaugen Tränen glitzern.

»Warte, ich helfe dir«, bietet Mum an. Sie nimmt mir vorsichtig die Kette aus den Händen, legt sie mir um den Hals und stellt sich hinter mich, um den Verschluss zuzumachen. »Fertig. Zeig mal. Ich finde, sie steht dir!«

»Oh, Emma!«, krächzt Dora mit tränenerstickter Stimme. Mac tätschelt ihr mit seinem Affenpfötchen tröstend die Schulter.

»Was für ein überaus rührender Moment«, höhnt Merlin. »Könnte mir mal jemand ein Taschentuch reichen?«

Ich ignoriere ihn und frage Mum: »Was ist das für ein Stein? So einen habe ich noch nie gesehen.«

»Ich glaube, es ist kein besonders wertvoller Stein«, antwortet sie und schnipst mit den Fingern, um Wasser aufzusetzen. »Aber für unsere Familie ist er von unschätzbarem Wert. Ich glaube, deine Urgroßmutter hat ihn einst von einem Zauberer geschenkt bekommen, der unsterblich in sie verliebt war. Seither wird er von Generation zu Generation weitergegeben.«

»Meine Urgroßmutter war in einen Zauberer verliebt?«

Allein der Gedanke scheint Mum zu entsetzen. »Nein! Natürlich nicht. Hexen würden sich niemals mit Zauberern einlassen. Dass sich umgekehrt ein Zauberer in eine Hexe verliebt, überrascht mich hingegen ganz und gar nicht. Wir sind diesen schrecklichen Leuten in jeder Hinsicht überlegen.«

»Sie hat ihn also nicht geliebt, aber trotzdem die Kette von ihm angenommen?« Ich betrachte noch einmal genau den Anhänger mit dem Stein. »Ist das nicht ein bisschen seltsam? Vielleicht hat sie seine Liebe insgeheim doch erwidert.«

»Auf keinen Fall«, schnaubt Dora entrüstet. »Zauberer sind absolut unerträglich. In welche Eigenschaften sollte man sich da schon verlieben? In die Tatsache, dass sie keinerlei Humor besitzen? In ihre schlechten Manieren oder ihr mangelndes Mitgefühl? Und dann die ganzen Beschimpfungen, mit denen sie um sich werfen!«

»Hör mir bloß auf mit Zauberern«, stimmt ihr Mum zu und setzt sich genau rechtzeitig zurück an den Tisch, um nach einer Tasse Tee zu greifen, die direkt vor ihr landet. »Letzte Woche wollte einer von ihnen ein neues Zaubertrankrezept ausprobieren, zu dem anscheinend zwingend Wasser aus der Themse gehörte. Da heutzutage jeder ein Smartphone mit Kamera besitzt, wurde er dabei gefilmt, wie er mitten in London mit seinem Kessel in den Fluss watete. Das Video verbreitete sich natürlich rasant im Netz. Ich musste mich mehrmals mit dem Großen Zaubermeister treffen und ihn daran erinnern, dass er seinesgleichen besser im Zaum zu halten hat.« Sie schüttelt den Kopf und seufzt. »Ich HASSE persönliche Gespräche mit dem Großen Zaubermeister. Er spuckt immer fürchterlich beim Reden.«

Dora rümpft die Nase. »Zauberer sind wirklich der Horror.«

Das ist eines der ersten Dinge, die man als Hexe lernt: Zauberer sind unsere Erzfeinde. Die unumstößliche Tatsache, dass sie allesamt egoistisch, unhöflich, machthungrig und zudem nur ungenügend mit magischen Fähigkeiten ausgestattet sind, wird uns von Anfang an eingeimpft. Hexen machen sich beispielsweise gern darüber lustig, dass Zauberer nicht einfach mit den Fingern schnipsen können, wenn sie etwas haben oder erreichen wollen, sondern erst umständlich einen Trank brauen müssen, um ihre Zauberkräfte freizusetzen – und das kann mitunter Tage in Anspruch nehmen.

Weil Zauberer uns Hexen die stärker ausgeprägten magischen Fähigkeiten neiden, sind sie verbittert und nur schwer zu ertragen. In jedem Märchenbuch für kleine Hexen ist der Bösewicht ein Zauberer.

Früher war ich bezüglich dieser ganzen Alle-Zauberer-sind-böse-Sache eher skeptisch. Ich hatte mich nämlich als kleines Mädchen einmal in Mums Arbeitszimmer geschlichen, wo sie als Große Hexenmeisterin haufenweise Bücher über Hexen und auch einige über Zauberer aufbewahrt. Es gelang mir, eine Geschichte aus einem Märchenbuch für kleine Zauberer zu lesen, bevor sie mich erwischte, mir das Buch aus den Händen nahm und sagte: »In diesen Büchern stehen nur Lügen und dummes Zeug.«

Und nun ratet mal, wer der Bösewicht in der Geschichte

war? Genau: eine Hexe. In dem Buch stand, wir Hexen würden im Dunkeln leuchten, weil die Bosheit durch unsere Haut scheine.

Dazu kann ich nur sagen: Schön wär's!

Erst neulich bin ich nämlich im Dunkeln ungebremst gegen meinen Kleiderschrank gerannt, als ich vom Bett zur Toilette wollte. Durch meine Haut leuchtende Bosheit hätte mir diesen schmerzhaften Zusammenstoß sicher erspart.

Wie dem auch sei, die Geschichte für kleine Zauberer weckte in mir jedenfalls Zweifel daran, ob all die schlechten Dinge, die ich über Zauberer gelesen und gehört hatte, wirklich stimmten. Vielleicht gab es dort draußen ja doch ein paar nette Zauberer?

Aber dann begegnete ich Daisy Hornbuckle – dass alle Zauberer männlich sind, ist ein weit verbreiteter Irrglaube –, was sämtliche Zweifel bezüglich Zauberern und der Frage, ob sie tatsächlich so schlimm sind, beseitigte.

Das Ganze kam so: Als ich acht Jahre alt war, waren Mum und ich gerade auf dem Weg nach London, um uns eine Nachmittagsvorstellung in einem Theater anzusehen, als eine Katastrophe passierte, die uns zum Umkehren zwang. Ein junger Zauberer hatte bei dem Versuch, einen Zaubertrank zu brauen, versehentlich seinen Kessel zum Schmelzen gebracht. Der Trank war daraufhin ausgelaufen und hatte dem gesamten Wohngebäude schwere Schäden zugefügt. Der Zauberer fand das furchtbar witzig und postete ein Foto des zerstörten Hauses im Internet.

Wir mussten also schnellstmöglich zu einer Krisensitzung beim Großen Zaubermeister. Mum war so wütend, dass sie auf dem Weg dorthin kaum sprechen konnte. Im Haus des Großen Zaubermeisters angekommen, wies sie mich an, vor dessen Arbeitszimmer zu warten, während sie hineinging und »diesem Möchtegern-Magier mal gewaltig den Marsch blies«, um es mit ihren Worten zu sagen.

Ich saß also da, während Merlin als Motte um mich herumflatterte, und dachte mir nichts Böses, als plötzlich eine Frau mit strengem Gesicht, grauen Haaren und großen runden Brillengläsern in den Vorraum platzte: Daisy Hornbuckle, die Cousine des Großen Zauberers, die für ein paar Tage zu Besuch war.

Als sie mich sah, blieb sie wie angewurzelt stehen.

»Hallo!«, sagte ich und winkte freundlich. »Ich bin Emma Charming.«

Ihr Gesicht verzog sich zu einer hässlichen Grimasse. Sie rümpfte die Nase, zog die Augenbrauen hoch und sog die Wangen ein, als hätte sie gerade in etwas Saures gebissen.

»ICH WEISS, WER DU BIST!«, brüllte sie und erschreckte mich damit so, dass ich mir vor Angst fast in die Hosen machte. »WIE KANNST DU ES WAGEN, AUF DIESEM STUHL ZU SITZEN? WIE KANNST DU ES WAGEN, MIT DEINEN HEXENBAKTERIEN DIESES HAUS ZU VERPESTEN? HEXE! HEXE! RAUS MIT DIR!«

Sie stürzte sich auf mich und begann, mich kreischend im Vorraum herumzuscheuchen. »HEXE! WIDERWÄRTIGE HEXE! STINKENDE HEXE!«

Noch nie in meinem Leben war ich so starr vor Furcht gewesen. Vor lauter Panik schnipste ich instinktiv mit den Fingern, als sie mich rückwärts in die Enge trieb.

Mum und der Große Zaubermeister hatten den Tumult inzwischen gehört und kamen aus dem Arbeitszimmer gestürzt. Sie fanden mich in einer Ecke kauernd vor, neben einer zu Eis erstarrten Daisy Hornbuckle. Merlin, der unterdessen die Gestalt eines Spechts angenommen hatte, bearbeitete heftig pickend ihren gefrorenen Kopf.

Nach diesem Vorfall kann ich leider nur bestätigen, dass Zauberer – genau wie Dora sagt – die mit Abstand SCHLIMMSTEN Leute überhaupt sind.

»Ich bin jedenfalls froh, dass dir die Kette gefällt, Emma«, sagt Mum lächelnd. »Dieses Wochenende besorgen wir dir alles, was du fürs erste Schulhalbjahr brauchst.«

»Einen Rucksack müsst ihr schon mal nicht mehr kaufen«, wirft Dora ein und zwinkert mir zu.

»Unglaublich, dass du schon ein Schulkind bist!« Mum schüttelt lachend den Kopf. »Du kommst mir noch viel zu jung vor.«

»Spinnst du? Ich bin dreizehn!«, protestiere ich und zeige auf die mit Kerzen gespickte, halb gegessene Torte. »Es wird allerhöchste Zeit, dass ich in die Schule komme.«

»Ja.« Dora nickt, greift nach Mums Hand und drückt sie. »Irgendwann musste dieser Tag kommen.«

»Hoffentlich finde ich schnell Freunde«, sage ich leise und beiße mir auf die Lippe. »Was, wenn mich niemand mag?«

Seit meiner bestandenen JHP schlafe ich nachts nicht mehr gut, weil mich eine Mischung aus freudiger Erregung und nervöser Unruhe wachhält. Einerseits kann ich es kaum erwarten, endlich in die Schule zu dürfen, und andererseits habe ich panische Angst davor, unangenehm aufzufallen. Ich MUSS einfach gut ankommen bei meinen neuen Mitschülern!

»Sei nicht albern, Emma, die anderen Kinder werden dich lieben! Am besten bist du einfach du selbst«, rät mir Dora.

»Aber auch nicht *zu* sehr du selbst«, schränkt Mum ein.

»Schon gut, ich weiß Bescheid«, versichere ich ihr. »Kein Hexenkram und so.«

»Genau.« Sie nickt. »Keine Magie in der Schule. Das ist einfach zu riskant. Es könnte etwas schiefgehen beim Hexen, oder es könnte dich jemand dabei beobachten, wie du …«

»Also, *ich* habe erst angefangen, in der Schule zu hexen, nachdem ich mit sechzehn meine Hexenprüfung für junge Erwachsene bestanden hatte«, unterbricht Dora sie, auf die nächsthöhere Prüfung Bezug nehmend, die alle Hexen im Teenageralter absolvieren müssen. »Man hat seine magischen Fähigkeiten nämlich erst danach so richtig unter Kontrolle. Dann ist es unwahrscheinlich, dass einem noch Fehler unterlaufen und man versehentlich unser Geheimnis preisgibt.«

»Da stimme ich dir absolut zu«, sagt Mum. »Versprich mir also bitte, Emma, dass du …«

»Mum, ich habe mein ganzes Leben darauf gewartet, endlich zur Schule gehen zu dürfen! Glaubst du im Ernst, dass ich alles aufs Spiel setze, nur um ein bisschen herumzuhexen? Keine Angst, ich werde in der Schule auf jegliche Magie verzichten«, verkünde ich zuversichtlich und lächle die beiden an. »Versprochen.«

Kapitel fünf

»Ich kann es nicht glauben«, flüstere ich und spähe durchs offene Schultor. »Endlich bin ich hier!«

Mum legt mir die Hand auf die Schulter. Vor dem Hauptgebäude der Schule stehen die Schüler in Grüppchen herum, halten ihre Bücher vor der Brust und lachen miteinander. Das Ganze sieht HAARGENAU aus wie eine Schulszene aus einem Film. Und ich darf in diesem Film mitwirken, nachdem ich so unendlich lange darauf gewartet habe!

»Auf geht's«, motiviere ich mich selbst und blicke lächelnd zu Mum. »Wir sehen uns dann heute Abend.«

»Viel Glück, Emma«, antwortet sie und versucht zu überspielen, dass sie blinzelnd gegen die Tränen ankämpft. »Dora holt dich ab, also warte heute Nachmittag einfach hier auf sie, okay? Ich bin rechtzeitig zum Abendessen zu Hause.« Sie hält zögernd inne. »Oder willst du, dass ich früher Feierabend mache und dich abhole? Das wäre gar kein Problem! Ich könnte heute auch Homeoffice machen, dann bin ich besser erreichbar, falls irgendwas ist. Am besten sage ich gleich meiner Assistentin Bescheid …«

»Mum, ich komme schon klar«, versichere ich ihr. »Mach

dir um mich keine Sorgen. Ich warte einfach nach dem Unterricht hier auf Dora.«

Mum schürzt die Lippen und holt tief Luft. »Gut. Dann lasse ich dich jetzt allein.«

Ich nicke. Sie nickt ebenfalls. Schweigend stehen wir voreinander.

»Äh, Mum? Du umklammerst immer noch meine Schulter, und zwar ZIEMLICH fest«, teile ich ihr mit.

»Entschuldige. Tut mir leid«, murmelt sie, lässt mich los und schnieft. »Mir war klar, dass das ein schwieriger Moment werden würde, aber … er fällt mir noch schwerer als erwartet. Wenigstens hast du Merlin dabei.«

»Mum, falls du denkst, dass mir das ein Trost ist, irrst du dich gewaltig.«

Merlin späht in Gestalt einer Spinne unter meinem Kragen hervor. »Keine Sorge, Maggie, ich mach das schon.«

»Wenn du irgendwas tust, um Emma diesen besonderen Tag zu verderben«, zischt Helena wütend, die als Marienkäfer auf Mums Schulter sitzt, »dann werde ich äußerst …«

»Langweilig?«, unterbricht Merlin sie und krabbelt zurück unter meinen Kragen. »Können wir jetzt endlich reingehen?«

»Unglaublich!«, schnaubt Helena entrüstet. »Gewisse Vertraute haben wirklich keine Ahnung, was für Glückspilze sie sind!«

»Wenn du mich brauchst, rufst du einfach an, okay, Emma? Egal, was es ist«, fordert mich Mum eindringlich auf. Dann senkt sie ihre Stimme und fügt hinzu: »Und denk dran: keine Magie.«

53

»Ja, danke, Mum. Das hast du erst zehn Millionen Mal gesagt. Und jetzt gehst du bitte zu deinem Auto und fährst zur Arbeit, und ich gehe in die Schule«, verkünde ich und zeige zum Schulhof. »Sonst stehe ich nämlich noch übermorgen hier herum.«

»Viel Glück, mein Schatz!«, wiederholt sie.

Ich verabschiede mich mit einem knappen Nicken und beobachte, wie sie sich mühsam zusammenreißt, auf dem Absatz kehrtmacht und zu ihrem Auto zurückmarschiert. Während ich quer durch den Schulhof auf die Eingangstreppe zugehe, bin ich gleichzeitig nervös und freudig erregt – ich habe einen Kloß im Hals, und mein Bauch fühlt sich an, als würden darin Schmetterlinge Zumba tanzen. Auf dem Schulhof herrscht lautes Stimmengewirr, alle scheinen sich gegenseitig zu kennen. Ich hoffe, dass noch ein paar andere Kinder in diesem Schuljahr anfangen und ich nicht die einzige Neue bin.

»Ich muss mich einfach anpassen und versuchen, nicht unangenehm aufzufallen«, ermahne ich mich leise und setze ein breites Lächeln auf, das mich hoffentlich selbstbewusster erscheinen lässt, als ich mich fühle. »Wenn ich mich ganz normal verhalte, lerne ich bestimmt im Handumdrehen nette Leute kennen. Der große Tag ist endlich gekommen! Das ist meine Chance. Endlich gehe ich zur Schule und werde Freunde haben. Echte Freunde!«

In diesem Moment kommt plötzlich ein Fußball durch die Luft geflogen und trifft mich seitlich am Kopf. Ich verliere das Gleichgewicht und falle taumelnd zu Boden.

»Das mit dem Nicht-Auffallen hast du wirklich super

54

hingekriegt. Jetzt reißen sich bestimmt scharenweise Mitschüler um deine Freundschaft«, brummt Merlin in mein Ohr, während ich benommen auf dem Rücken liege. »Du hättest mich übrigens fast unter dir zerquetscht.«

Jemand kniet sich neben mich, und über mir erscheint ein Gesicht, das mir bekannt vorkommt. »Hey! Hatte ich dir nicht gesagt, du sollst aufhören, dir den Kopf zu stoßen?«

Na toll. Es wird immer besser.

Nicht genug damit, dass ich in Anwesenheit von sämtlichen Schülern von einem querfliegenden Fußball zu Boden gerissen werde, sobald ich das Schulgelände betrete, es muss auch noch ausgerechnet dieser Oscar Blaze aus dem kleinen Buchladen anwesend sein und alles mitbekommen! Weil ich mich ja noch nicht genug vor ihm blamiert habe!

»Alles okay?«, fragt er mich.

»Mir geht's gut«, beeile ich mich zu antworten, während er mir wieder auf die Beine hilft. »Glaubst du, es hat außer dir noch irgendjemand gesehen?«

»Äh ...« Oscars Blick schweift über die auf dem Schulhof versammelten Schüler, die uns allesamt anstarren. »Nein, ich glaube, da kannst du ganz beruhigt sein.«

Ich hebe meinen Rucksack vom Boden auf und reibe mir die Schläfe, an der mich der Fußball erwischt hat. Oscars Blick fällt auf meinen Hexenrucksack. Er runzelt die Stirn, als er die Hexenbesen sieht, ist jedoch rücksichtsvoll genug, nichts dazu zu sagen.

»Mein Kumpel Felix ist leider eine echte Niete im Zielen«, erklärt Oscar entschuldigend und zeigt auf einen großen dunkelhaarigen Jungen, der sich inzwischen den Ball zurückgeholt hat und keine Veranlassung sieht, sein Spiel zu unterbrechen. »Es sollte ein Elfmeter werden, der Schuss war also ziemlich hart. Sicher, dass du dich nicht verletzt hast?«

»Ja, alles gut. Danke, Oscar. Bis dann«, antworte ich und husche mit gesenktem Kopf und glühenden Wangen davon. Die Schulglocke schrillt, und auf dem Schulhof ist allgemeines Stöhnen zu hören. Alle sammeln ihre Sachen ein und schlendern aufs Schulgebäude zu.

»Hey, warte doch mal!«, ruft Oscar mir lachend hinterher und schließt zu mir auf. »Wir gehen offenbar auf dieselbe Schule. Wie cool. Emma war dein Name, oder? Ist heute dein erster Tag?«

»Ja.«

»Weißt du schon, wo du hinmusst?«

»Na klar«, lüge ich und hoffe, dass er mich endlich in Ruhe lässt. Ich will einfach nur so tun, als wäre das mit dem Fußball nie passiert.

Als ich durch die Eingangstür den breiten Hauptflur der Schule betrete, bleibe ich zögernd stehen. Massenweise Schüler drängen an mir vorbei. Der Flur kommt mir endlos lang vor, mit Schließfächern auf beiden Seiten und zahllosen abgehenden Türen.

»Wohin denn?«, fragt Oscar und zieht mich zur Seite, damit wir nicht länger im Weg herumstehen.

»Ins Büro des Direktors«, antworte ich krächzend und drücke mich mit dem Rücken an die Schließfächer, weil sich gerade jemand unsanft an mir vorbeischiebt. »Herrscht hier immer so ein Gedränge?«

»Ja.« Er lächelt. »War es an deiner alten Schule nicht genauso? Oder hattet ihr dort weniger Schüler?«

»Weniger trifft es ganz gut. Ich wurde bisher zu Hause unterrichtet. Dort gab es nur mich.«

Er zieht erstaunt die Augenbrauen hoch. »Echt? Du betrittst heute also zum ersten Mal in deinem ganzen Leben eine Schule?«

Ich nicke und schlucke.

»Dann wundert es mich nicht, dass du es hier voll findest.« Er lacht und blickt zum Eingang. »Da ist Felix. Hey, Felix! Hier drüben!«

Er winkt dem Jungen, der mir den Fußball an den Kopf geschossen hat, damit er sich zu uns gesellt.

»Das ist Emma«, stellt mich Oscar vor. »Sie ist neu hier. Schön, dass du ihr zur Begrüßung gleich mal einen roten Fleck an der Schläfe verpasst hast.«

»Sorry«, sagt Felix. Sein Blick gleitet zu meinem Rucksack, und ein Grinsen erscheint auf seinem Gesicht. »Schickes Muster.«

»Aus Manningtree«, stammle ich, weil mir nichts Besseres einfällt.

Von meiner linken Schulter, wo sich Merlin versteckt, höre ich einen leisen, resignierten Seufzer.

»Okay …?«, sagt Felix und starrt mich verwirrt an. »Manningtree kenne ich gar nicht. Ist das eine Marke oder so was?«

»Nein, das ist … äh … ein Ort. In Essex. Aber na ja, ist ja auch egal«, schiebe ich schnell hinterher.

Ich fummle nervös an meiner Kette herum und überlege krampfhaft, was ich Cooles sagen könnte, um den dämlichen Manningtree-Kommentar wieder wettzumachen. *Komm schon, Kopf! So schwer ist das doch nicht!* Was sagt ein ganz normaler Mensch an seinem ersten Schultag, wenn er auf einen anderen ganz normalen Menschen trifft?

DENK NACH, GEHIRN, DENK NACH!

»Gehst du auch hier zur Schule?«, frage ich.

»Äh, ja«, sagt Felix langsam. »Deshalb bin ich hier. *In der Schule.*«

Ich hasse mein Gehirn.

Felix dreht sich weg, um in Oscars Richtung eine Grimasse zu schneiden, die ganz offensichtlich bedeutet: *Ist die zurückgeblieben?* Oscar wirkt viel zu amüsiert von unserem Gespräch, um es zu bemerken.

»Stimmt. Klar, natürlich«, kiekse ich.

»Hallo, Leute!« Zum Glück stößt in diesem Moment ein Mädchen zu uns und bewahrt mich davor, noch mehr dämliche Sätze von mir zu geben.

Aus der Art, wie sie Oscar und Felix begrüßt, schließe ich, dass sie in unserem Jahrgang ist, aber sie sieht viel älter und erwachsener aus als wir. Sie ist groß und gertenschlank, mit dunklen Locken und großen, strahlenden Augen, die von langen, stark getuschten Wimpern umgeben sind.

Bei meinem ersten und einzigen Versuch, mir ohne Zuhilfenahme von Magie die Wimpern zu tuschen, schrie Merlin – der in Gestalt einer Beutelratte in der leeren Badewanne gesessen und auf mich gewartet hatte – wie am Spieß und meinte dann: »O Gott, im ersten Moment dachte ich, du hättest es doch lieber mit Hexen versucht und deine Augen versehentlich in Spinnen verwandelt!«

Die Tatsache, dass dieses Mädchen sich ganz ohne Magie perfekt geschminkt hat, beeindruckt mich nachhaltig. Sofort fühle ich mich von ihr eingeschüchtert.

»Das ist Emma. Sie ist neu hier«, erklärt Felix und wendet sich dann mit einem Grinsen an mich: »Iris geht übrigens auch auf diese Schule. Deshalb steht sie hier neben uns. *In der Schule.*«

Iris macht ein verwirrtes Gesicht und will gerade etwas sagen, als sich ihre Augen plötzlich vor Schreck weiten. Sie starrt mit unverhohlenem Entsetzen auf meine Schulter.

»W-was ... ist ... d-d-das?«, stammelt sie heiser und zeigt mit zitterndem Finger neben mein Gesicht.

»AAAHHH!«, brüllt Felix und weicht angewidert vor mir zurück, während Iris seinen Arm umklammert und sich von ihm mitziehen lässt. In sicherer Entfernung bleiben die beiden stehen, die Blicke weiter auf meine Schulter gerichtet.

Die anderen Schüler auf dem Flur halten in der Bewegung und in ihren Gesprächen inne und versuchen zu erfahren, was der Grund für so viel Aufregung ist.

»Äh, Emma?«, sagt Oscar, der wie angewurzelt neben mir steht, und weist mit dem Kinn auf meine Schulter. »Gerate jetzt bloß nicht in Panik. Hast du ... hast du Angst vor Spinnen?«

O nein. Nicht das. Das würde er mir nicht antun! DAS WÜRDE ER MIR AN MEINEM ERSTEN SCHULTAG AUF KEINEN FALL ANTUN!

»Es sitzt nämlich eine auf deiner Schulter«, fährt Oscar mit bemüht ruhiger Stimme fort. »Eine ziemlich große.«

»Das ist eine VOGELSPINNE!«, kreischt Iris.

Auf dem Schulflur bricht Chaos aus. Schüler fangen an zu schreien und rennen in alle Richtungen davon, um möglichst schnell aus der Gefahrenzone zu kommen.

Unterdessen höre ich ein winziges Stimmchen an meiner Schulter sagen: »Hallo, Leute!«

Ich reiße die Hände hoch und rufe durch den Flur: »Kein Grund zur Panik, es ist alles okay!«

»Da sitzt eine VOGELSPINNE AUF DIR!«, wiederholt Felix noch einmal, für den Fall, dass es irgendjemanden auf diesem Planeten gibt, der es beim ersten Mal nicht mitbekommen hat.

»Ich weiß! Ich weiß, aber das ist in Ordnung. Sie ist … äh … sie ist mein Haustier. Ja, eine zahme Spinne. Es braucht also wirklich keiner vor ihr Angst zu haben.«

Ich lächle in ein Meer aus weit aufgerissenen, angeekelten Augenpaaren, die mich allesamt anstarren. Es herrscht atemlose Stille.

»Keine Ahnung, wie sie heute Morgen aus ihrem Käfig krabbeln konnte«, fahre ich fort und lache gequält. »Komm her, du … kleiner Schlingel!«

Ich will nach Merlin greifen, doch er verzieht sich unter meinen Kragen und flüchtet meinen Arm hinunter. Die umstehenden Schüler schnappen nach Luft.

»Die Spinne ist in deinen Klamotten!«, kreischt Iris. »EKELHAFT!«

»Äh, ja, wie auch immer«, krächze ich mit einem starren

Lächeln. »Ich muss dann mal los zum Büro des Direktors. Dort werde ich erwartet.«

Oscar hebt langsam seinen Arm und zeigt auf eine Tür, die ein Stück weiter vom Flur abzweigt. »Da durch und dann die Treppe hoch. Im ersten Stock die Erste rechts.«

»Super. Danke. Macht euch bitte keine Sorgen, Leute. Ich nehme mein ... Haustier natürlich mit. In meinem Ärmel ist es gut aufgehoben. Also dann, euch allen einen schönen ersten Schultag nach den Ferien! Echt cool, dass ich jetzt auch auf diese Schule gehe.«

Die Schaulustigen zerstreuen sich nach und nach, und ich mache mich auf den Weg zu der Tür, auf die Oscar gezeigt hat. Einige Schüler drücken sich theatralisch an die Wände, um mir so weit wie möglich auszuweichen.

Die Tür führt in ein Treppenhaus, und ich bleibe ans Treppengeländer gelehnt stehen und vergrabe meinen Kopf in den Händen. Wenn ich doch einfach mit den Fingern schnipsen und komplett von diesem Planeten verschwinden könnte!

»Wie heißt es so schön?«, sagt Merlin selbstgefällig und kommt aus meinem Kragen gekrabbelt. »Ein gelungener erster Auftritt ist der sicherste Weg zum Erfolg!«

Kapitel sechs

»Ich verstehe nicht, wie du so wenig Humor haben kannst«, sagt Merlin seufzend, während ich die Treppe in den ersten Stock hinaufsteige. »Ich persönlich fand den kleinen Vorfall extrem unterhaltsam! Wenn ich mich nicht völlig täusche, hat sich mindestens einer dieser Angsthasen vor Schreck eingenässt. Da war jedenfalls ein kleiner feuchter Fleck auf seiner Hose.«

»Erstens ist das eklig und zweitens: Könntest du BITTE einfach die Klappe halten und in deinem Versteck bleiben?«, zische ich ihm zu. »Ich bin erst seit einer Viertelstunde in dieser Schule, und schon hast du mir alles ruiniert! Hast du eine Ahnung, wie viel es mir bedeutet, hier zu sein?«

»Wenn du auch nur ein bisschen Spaß verstehen würdest, würdest du über die ganze Sache lachen und mir dann helfen, noch mehr Streiche auszuhecken, die wir diesen Armleuchtern spielen können.« Er kichert boshaft. »Denk doch nur, was wir alles anstellen könnten!«

»Merlin«, sage ich nachdrücklich und bleibe vor der Tür mit der Aufschrift REKTORAT stehen. »Ich will diesen Armleuchtern keine Streiche spielen. Ich will mit ihnen *befreundet* sein!«

»War ja klar, dass ich die langweiligste Hexe im ganzen Universum abbekommen musste«, nörgelt er.

»Bleib. In. Deinem. Versteck!« Ich hole tief Luft. »Ich habe auch so schon genug Probleme.«

Auf mein zaghaftes Klopfen hin höre ich jemanden von der anderen Seite »Herein!« rufen. Ich öffne die Tür und stehe vor einem Mann, der einen schlecht sitzenden Anzug trägt und hinter einem Schreibtisch sitzt. Ein kleines Schild weist ihn als *Chefsekretär des Direktors* aus. Zu meiner Rechten geht eine große Eichentür ab, von der ich vermute, dass sich dahinter das Büro des Direktors befindet.

Der Chefsekretär telefoniert und macht dabei einen äußerst besorgten Eindruck.

»Ja, Mrs. Smelton, wir tun, was wir können … Nein, natürlich nicht, wir sorgen dafür, dass … Absolut, das verstehe ich vollkommen … Nun, wir sollten nicht voreilig reagieren, Mrs. Smelton … Ich weiß, darüber spreche ich gern noch ausführlicher mit Ihnen, aber könnten Sie bitte einen Augenblick in der Leitung bleiben?«

Er drückt auf einen Knopf, um seine Gesprächspartnerin in die Warteschleife zu verschieben, und betrachtet mit einem Schaudern die vielen roten Blinklichter an seiner Telefonanlage, die auf wartende Anrufer hindeuten.

»Hallo, ich bin Emma Charming. Heute ist mein erster Schultag, und mir wurde gesagt, ich solle zum Direktor kommen, um …«

»Was soll ich nur tun? Was soll ich nur tun?«, jammert der Chefsekretär, ohne weiter auf mich zu achten. Er rauft sich die Haare, die bereits wild zu Berge stehen. »Was für eine KATASTROPHE!«

»Geht es Ihnen gut?«

»Ob es mir gut geht? Ob es mir gut geht? Nein, es geht mir NICHT gut!«, antwortet er aufgebracht und zeigt auf die heftig blinkende Telefonanlage. »Das sind alles erboste Eltern, die nur darauf warten, mich anzubrüllen! Dabei ist nichts von alldem meine Schuld!«

»Wenn Sie den Leuten die Situation erklären, haben sie doch sicher ...«

»Eine tödliche Spinne! Die frei herumläuft! An unserer Schule!«

»Was?«, frage ich mit kieksender Stimme.

»Wir haben eine TÖDLICHE SPINNE AN UNSERER SCHULE! O Gott – was, wenn wir schließen müssen?« Inzwischen ist er den Tränen nahe. »Was, wenn jemand gebissen wird und die Schule zumachen muss und ich meinen Arbeitsplatz verliere? WAS DANN?«

»Hören Sie, ich glaube, ich weiß, wie die ganze Sache zustande gekommen ist«, sage ich so ruhig wie möglich. »Es besteht keinerlei Anlass zu ...«

»Es werden immer noch mehr Anrufer, die versuchen, zu mir durchzudringen!«, ruft er und zeigt auf die blinkenden Lichter. »Die Nachricht verbreitet sich rasend schnell. Die Eltern geben sie untereinander weiter und ... Ich muss irgendwie diesen rasenden Mob unter Kontrolle bringen!«

»Ich kann Ihnen da ...«

Doch er hat bereits wieder nach dem Telefonhörer gegriffen und ignoriert mich einfach. Dieser Tag wird immer schlimmer und schlimmer, denke ich. Und das ist alles nur Merlins Schuld.

»Bitte hören Sie mir doch zu!«, flehe ich und trete dicht an den Schreibtisch heran, um die Aufmerksamkeit des Sekretärs zu erregen.

»Nein, nein, Mrs. Smelton, wir haben alles im Griff … Ja, ich weiß. Es war richtig, dass Ihre Tochter zu Hause angerufen und es Ihnen mitgeteilt hat, aber wir haben alles unter … Nein, Mrs. Smelton, es ist wirklich nicht nötig, dass Sie …«

Ich wedle mit der Hand vor seinem Gesicht herum. »Ich kann das alles erklä…«

»Geh einfach rein«, blafft er mich an, nachdem er die Hand auf den Hörer gelegt hat, und weist auf die Tür des Direktors. »Ich habe momentan wirklich genug andere Dinge, um die ich mich kümmern muss.« Er nimmt die Hand vom Hörer und versucht weiter verzweifelt, Mrs. Smelton zu beruhigen.

Da ich das Gefühl habe, hier nichts mehr tun zu können, lasse ich den panischen Chefsekretär hinter seinem Schreibtisch zurück und gehe zur Eichentür. Wie angeordnet öffne ich sie und betrete das Büro des Direktors.

Und bereue es sofort.

Denn nun erfahre ich den Grund dafür, dass der Direktor seinem Sekretär nicht längst zur Hilfe geeilt ist und ihn beim Entgegennehmen der erbosten Anrufe unterstützt: Er hat die Musik in seinem Büro so laut aufgedreht, dass gar keine anderen Geräusche zu ihm durchdringen können.

Auch mein Eintreten bemerkt er nicht. Der Direktor, ein

großer, kräftiger Mann im dunkelblauen Anzug, ist viel zu sehr damit beschäftigt, mit einem großen Teddybär Salsa zu tanzen.

Kein Witz.

Ich stehe wie angewurzelt da und starre auf das Spektakel, das sich mir bietet. Die Hüften des Direktors schwingen im Rhythmus der Musik, seine Füße trippeln vor und zurück, und er hat genießerisch die Augen geschlossen, während er in einer Hand eine Teddybärentatze hält und mit der anderen den Rücken des Teddys umschließt.

Merlin hat mittlerweile den Kopf aus meinem Kragen gesteckt, um zu sehen, was es mit der lauten Musik auf sich hat, und brüllt vor Lachen.

»Pst!«, mache ich und weiche langsam wieder Richtung Tür zurück, Zentimeter für Zentimeter.

Ich strecke die Hand nach hinten und taste nach der Türklinke. Wenn ich es aus dem Büro schaffe, ohne dass mich der Direktor bemerkt, kann ich vielleicht einfach klopfen und noch einmal hereinkommen. Dann wird hoffentlich alles gut.

Genau in dem Moment, als ich die Klinke erreicht und die Tür einen Spalt geöffnet habe, endet das Salsa-Lied, und der Direktor macht eine überschwängliche letzte Drehung, reißt den Arm hoch und lässt den Teddy über seinen anderen Arm nach hinten sinken.

Dann öffnet er die Augen und erblickt mich.

»AHHHHHHHHHHHHHH!«, schreit er und wirft den Teddybär quer durchs Zimmer.

»AHHHHHHHHHHHHHH!«, schreie auch ich, weil mich

sein unvermitteltes Gebrüll zu Tode erschreckt. »Entschuldigen Sie! Ich wollte nicht ...«

»Was MACHST du hier drinnen?«, blafft er mich an und beeilt sich, die Musik auszuschalten, bevor der nächste Song beginnt. »Wer bist du?«

»Es ... es tut mir so leid! Ich bin Emma Charming. Mir wurde gesagt, dass ich in Ihr Büro kommen soll. Heute ist mein erster Schultag und ...«

»Warum hast du nicht angeklopft?«

»Genau das Gleiche habe ich mich auch gerade gefragt«, krächze ich. »Es tut mir wahnsinnig leid.«

Wir verstummen beide. Mein Gesicht glüht, und ich habe keine Ahnung, was ich jetzt tun soll. Der Direktor ist völlig aus der Fassung und steht mit gerunzelter Stirn schwer atmend da.

»Das Beste ist wohl«, sagt er irgendwann mit gezwungen ruhiger Stimme, »dass du noch einmal hinausgehst, klopfst und dann wieder hereinkommst. Wir tun einfach so ... wir tun einfach so, als wäre es nie passiert.«

Ich nicke. »Okay. Das klingt gut.«

»Du hast mich nicht dabei gesehen, wie ich mit dem Schulmaskottchen Salsa geübt habe«, sagt er und starrt mich an, bis ich den Blick abwende.

»Nein, ich ... äh ... habe nichts gesehen.«

»Wir sind uns also einig?«

»Absolut.«

»Wenn andere Schüler davon hören würden, könnte das nämlich meine ... meine mühsam erarbeitete Autorität gefährden«, sagt er. Er scheint das dringende Bedürfnis zu haben, sich zu rechtfertigen. »Du bist natürlich nicht dazu verpflichtet, den Vorfall für dich zu behalten, aber ...«

»Doch, ich meinte das vorhin ernst«, sage ich schnell und hebe die Hände. »Es ist nicht das Geringste passiert. Ich verlasse jetzt einfach Ihr Büro und klopfe dann an die Tür.«

»Gut. Ja. Das wäre gut.«

Ich mache kehrt, reiße die Tür auf, stürze nach draußen und lehne mich mit dem Rücken an die zugezogene Tür.

»Oh. Mein. Gott«, sage ich laut und kneife so fest ich kann die Augen zu.

»Das ist der schönste Tag in meinem Leben!«, verkündet Merlin fröhlich auf meiner Schulter. »Jetzt verstehe ich endlich, warum Hexen auf ganz normale Schulen gehen sollen – weil sich dort eine peinliche Situation an die andere reiht! Ein Riesenspaß!«

Ich mache die Augen wieder auf und erblicke den Sekretär, der immer noch verzweifelt Anrufe von aufgebrachten Eltern entgegennimmt. Er hat gar nicht bemerkt, dass ich wieder durch die Tür gekommen bin, und redet gerade mit einem Mr. Elliot, dem er versichert, die Schule tue alles in ihrer Macht Stehende, um das *Spinnenproblem* in den Griff zu bekommen.

Nachdem ich ihn ein paar Sekunden beobachtet habe, wächst meine Sorge, dass er gleich vor lauter Stress kollabiert. Dennoch drehe ich ihm den Rücken zu und klopfe LAUT und vernehmlich an die Bürotür des Direktors.

Ich höre, wie er sich räuspert. »Herein!«

Ich öffne zum zweiten Mal die Tür und stecke meinen Kopf hindurch.

»Ah, Emma Charming«, begrüßt er mich von seinem Schreibtisch aus. »Komm doch rein und setz dich.«

Ich tippele durch sein Büro, setze mich auf den Besucherstuhl und sinke möglichst tief nach unten.

»Willkommen an der Blackriver-Schule. Ich bin Mr. Hopkins, der Direktor. Deiner Akte entnehme ich, dass du bisher zu Hause unterrichtet wurdest. Stimmt das?«

»Ja«, antworte ich leise und weiche seinem Blick aus.

»Du wirst bestimmt keine Probleme haben, dich in unserer hervorragenden Schule einzugewöhnen. Mein Sekretär wird dich mit sämtlichen Informationen versorgen, die du dazu benötigst. Wenn du gleich mein Büro verlässt, gibt er dir deinen Stundenplan mit und nennt dir deine Klasse.« Er verlagert das Gewicht auf seinem Stuhl. »Hast du … sonst noch irgendwelche Fragen an mich?«

Ich schüttle mit Nachdruck den Kopf. Noch nie in meinem ganzen Leben habe ich mich derart unwohl gefühlt.

»Wunderbar, dann wären wir hier fertig.« Er springt auf. »Ab mit dir. Ich wünsche dir einen guten ersten Schultag.«

Ich will gerade aufstehen und aus dem Büro flüchten, als mit Schwung die Tür aufgerissen wird und der Sekretär mit wütendem Gesicht hereinstürmt.

»Ah, Andrew! Ich habe Emma gerade angewiesen, bei Ihnen ihren Stundenplan abzuholen, damit sie sich auf den Weg zu ihrer Klasse machen kann«, sagt Mr. Hopkins.

»*Du!*«, faucht Andrew und zeigt mit zitterndem Finger auf mich. »*Du* steckst hinter dieser ganzen Sache!«

»Andrew, was ist denn los?«, fragt Mr. Hopkins verwirrt.

»Die Ader auf Ihrer Stirn sieht aus, als würde sie gleich platzen. Ist alles in Ordnung mit Ihnen?«

»Nein, Mr. Hopkins, NICHTS ist in Ordnung!«, krächzt der Sekretär, immer noch auf mich zeigend.

Ich schlucke. »Ich sollte dann wohl mal los in meine erste Unterrichtsstunde …«

»NICHT so schnell!«, schreit Andrew und versperrt mir den Weg zur Tür. »Wo ist sie?«

»Andrew, wären Sie so freundlich, mir mitzuteilen, was hier los ist?«, sagt Mr. Hopkins und kommt hinter seinem Schreibtisch hervor.

»Mr. Hopkins, während Sie beide hier drinnen waren, habe ich *Hunderte* Anrufe entgegengenommen«, erklärt Andrew, dessen Stimme nun nicht mehr wütend, sondern zittrig klingt. »Die Eltern unserer Schüler drehen völlig durch, weil DIESES neue Mädchen eine TÖDLICHE SPINNE mit in die Schule gebracht hat!«

Mr. Hopkins schnappt nach Luft und taumelt rückwärts, umklammert auf der Suche nach Halt seinen Schreibtisch.

»Das ist alles nur ein großes Missverständnis«, sage ich schnell. »Es gibt keine tödliche Spinne und daher auch keinen Grund zur Panik. Wahrscheinlich hat irgendjemand im Schulgebäude eine Spinne entdeckt und ist ausgeflippt, und dann … Sie wissen ja, wie das ist. So etwas wird schnell … *aufgebauscht.*« Ich zucke mit den Schultern und lächle Andrew und Mr. Hopkins mit Unschuldsmiene an. »Es gibt keinerlei Anlass zur Sorge, wirklich nicht.«

»A-aber …«, stammelt Andrew mit kreidebleichem Gesicht. »D-da, auf deiner Sch-schulter!«

70

NEIN, BITTE NICHT! Das kann er mir unmöglich schon WIEDER antun!

Ich schiele auf meine Schulter, wo Merlin vergnügt und gut sichtbar thront. Zu allem Überfluss hat er auch noch beschlossen, sich in eine viel größere Vogelspinne zu verwandeln als beim letzten Mal. Er hebt ein Spinnenbeinchen und winkt erst Andrew und dann Mr. Hopkins zu.

Andrew schreit in voller Lautstärke los.

»WAS IST DAS?«, kreischt auch Mr. Hopkins. »UND WARUM WINKT ES MIR ZU?«

»Schon gut, schon gut«, beschwichtige ich. »Ich habe gelogen. Es tut mir leid! Ich habe doch eine Vogelspinne, aber sie ist vollkommen harmlos, wirklich! Sie würde keiner Fliege etwas zuleide tun!«

Genau in diesem Moment surrt doch tatsächlich eine kleine Fliege auf meine Schulter zu. Merlin reißt sein Maul auf und verschlingt sie am Stück.

MUSS DIESE VERDAMMTE FLIEGE AUSGERECHNET JETZT VORBEIFLIEGEN?

Andrew fällt in Ohnmacht und sinkt zu Boden. Mr. Hopkins sucht unterdessen wimmernd hinter seinem Schreibtisch Zuflucht.

»Warten Sie, Mr. Hopkins, Sie brauchen wirklich keine Angst zu haben! Die Spinne ist mein Haustier und sehr zahm und gut erzogen. Keine Ahnung, was heute Morgen passiert ist – sie muss irgendwie aus ihrem Käfig entwischt sein. Aber keine Panik, ich habe einen kleinen tragbaren Käfig dabei! In meinem Rucksack. Für Notfälle.«

»W-wirklich?«, kiekst Mr. Hopkins. Er kauert so tief hinter seinem Schreibtisch, dass ich nur noch ein Haarbüschel von ihm sehe.

»Ja«, antworte ich dem Haarbüschel. »Ich setze die Spinne einfach in diesen Käfig, und das Problem ist gelöst. Für den Rest des Tages wird sie kein Schüler mehr zu Gesicht bekommen. Das *verspreche* ich!«

»Also gut. Ich will dieses MONSTRUM nie WIEDER auf meinem Schulgelände sehen«, betont er, hörbar bemüht, das Zittern aus seiner Stimme fernzuhalten.

»Natürlich nicht.« Ich zögere, weil ich plötzlich das Bedürfnis verspüre, die Spezies in Schutz zu nehmen, die Merlin gerade so erfolgreich in Verruf gebracht hat. »Äh, was ich vielleicht noch erwähnen sollte: Vogelspinnen sind von Natur aus eher sanftmütige Tiere. Sie haben bloß einen ziemlich schlechten Ruf, weil sie in Filmen immer so furchteinflößend dargestellt werden und auch ein bisschen gruselig aussehen. In Wirklichkeit beißen sie nur zu, wenn sie sich bedrängt fühlen. Und selbst dann ist ihr Gift nicht besonders schädlich für ...«

»RAUS!«

Ein Arm taucht hinter dem Schreibtisch auf und zeigt zur Tür.

»Ja, natürlich, ich gehe dann jetzt lieber.«

Ich marschiere zur Tür und bleibe noch einmal stehen, als mein Blick auf den reglos auf dem Teppich liegenden Andrew fällt.

»Soll ich ... wollen Sie, dass ich ihm ein Glas Wasser hole oder so?«

»*Emma Charming*«, erwidert eine vor Wut bebende

Stimme hinter dem Schreibtisch. »Ich schlage vor, dass du dich jetzt sofort mit deinem *Haustier* in dein Klassenzimmer begibst. Ich weiß, heute ist dein erster Schultag, aber ... dies ist trotzdem meine LETZTE VERWARNUNG an dich!«

Kapitel sieben

Getuschel begleitet mich durchs Klassenzimmer zu einem Tisch ganz hinten, an dem noch ein Platz frei ist.

»Ja, das ist sie! Sie hat ihre *Vogelspinne* mit in die Schule gebracht!«

»IIIH! Ich habe gehört, sie wohnt in ihrem Ärmel!«

»Sie soll sie auch manchmal in ihren Haaren mit sich herumtragen!«

»Angeblich war es gar nicht nur eine Spinne. Sie hat mehrere!«

»Drei, habe ich gehört.«

»Nein, sie hatte zwei Vogelspinnen in ihren Haaren und einen Gecko auf ihrer Schulter.«

»Wer bringt denn einen *Gecko* mit in die Schule? Voll eklig!«

»Ich frage mich eher, wer eine VOGELSPINNE mit in die Schule bringt ...«

»Was ist die denn für ein FREAK?«

Ich schlüpfe auf meinen Platz, und der Junge neben mir rutscht auf seinem Stuhl so weit wie möglich von mir weg. Er drückt sich mit dem Rücken an die Wand und starrt mich mit aufgerissenen Augen an.

»Hi«, flüstere ich und lächle freundlich. »Ich bin Emma.«
Er sieht mich nur blinzelnd an, ohne etwas zu antworten.

»Keine Angst«, sage ich und lache gezwungen. »Ich habe keine Vogelspinne in meinem Ärmel. Sie ist sicher in meinem Schließfach verstaut.«

Er rümpft angewidert die Nase, dreht sich mit starrem Blick nach vorn und beugt seinen Körper von mir weg.

»Soll ich mich in einen Piranha verwandeln und ihn in den Hintern beißen?«, flüstert mir Merlin in Gestalt einer kleineren Spinne ins Ohr.

Ich drehe so unauffällig wie möglich den Kopf zu ihm und stoße wie ein Bauchredner zwischen den Zähnen hervor: »*Nein*, sollst du *nicht*! Bleib, wo dich keiner sieht!«

Ich wende den Kopf wieder nach vorn und merke, dass mich mein Sitznachbar misstrauisch von der Seite beäugt. Ich probiere es mit einem strahlenden Lächeln in seine Richtung. Er erwidert das Lächeln nicht.

»So, dann wollen wir mal!«, sagt Miss Campbell, unsere Geschichtslehrerin, fröhlich und klatscht in die Hände. »Wir haben ein aufregendes Jahr vor uns, mit vielen wunderbaren historischen Ereignissen, die wir uns erarbeiten und über die wir diskutieren wollen! Ich weiß nicht, wie es euch geht, aber ich kann es kaum erwarten, damit anzufangen!«

Sie geht zur Tafel und schreibt quer über die ganze Breite: *Was ist Geschichte?* Auf einmal entdecke ich Oscar, der auf der anderen Seite des Klassenzimmers neben Felix sitzt. Oscar schlägt gerade sein Heft auf, während sein Freund schon jetzt schrecklich gelangweilt aussieht. Sein

Blick schweift durchs Klassenzimmer, und er erwischt mich dabei, wie ich ihn und Oscar beobachte. Zutiefst beschämt beuge ich mich über meinen Rucksack und tue so, als hätte ich ohnehin gerade mein Federmäppchen herausholen wollen.

»Hey, Emma!«, ruft mir Felix mit einem Grinsen zu. »Ist die Vogelspinne noch in deinem Ärmel, oder bewahrst du sie jetzt in deinem total coolen *Hexen*-Rucksack auf?«

Vereinzeltes Kichern ist zu hören. Alle drehen sich auf ihren Stühlen nach hinten, um mich anzustarren. Miss Campbell hat aufgehört zu schreiben und sieht sich verwundert über die Schulter um.

Die auf mich gerichteten Blicke treiben mir das Blut in die Wangen. Es ist plötzlich mucksmäuschenstill im Klassenzimmer, und ich überlege verzweifelt, was ich erwidern soll, wohl wissend, dass ich meine Tränen nicht mehr werde zurückhalten können, sobald ich einmal den Mund aufgemacht habe. Dieses Gefühl ist vollkommen neu für mich.

Normalerweise weine ich nämlich nicht so schnell. Ich bin es durchaus gewöhnt, allein mit schwierigen Situationen fertigzuwerden. Vor zwei Jahren wollte ich mir beispielsweise in meinem Zimmer die Haare rosa hexen, weil mir Dora diesen amüsanten Hexenzauber gezeigt hatte. Ich schnipste mit den Fingern und schaffte es irgendwie …

… meine Haare und Augenbrauen in Würmer zu verwandeln!

WÜRMER! EIN KOPF VOLLER WÜRMER! Und zwei Würmer IN MEINEM GESICHT ANSTELLE VON AUGENBRAUEN!

Mum war zu dem Zeitpunkt unten in der Küche und unterhielt sich mit einer Nachbarin, die auf ein Tässchen Tee vorbeigekommen war. Ich musste ÜBER EINE STUNDE warten, bis sie zu mir nach oben kommen und die Sache wieder in Ordnung bringen konnte.

Trotzdem vergoss ich keine einzige Träne.

Stattdessen wuchsen mir die Würmer in dieser Stunde eigenartig ans Herz, und ich gab jedem von ihnen einen Namen. Den Wurm über meinem rechten Auge fragte ich sogar, ob er nicht mit Merlin tauschen und mein Vertrauter werden wolle, aber das ging leider nicht, wie sich herausstellte.

Wie auch immer. Die Geschichte mit den Würmern ist jedenfalls ein anschauliches Beispiel dafür, wie schwierig es ist, mich zum Weinen zu bringen.

Doch heute sind einfach schon zu viele demütigende Vorfälle passiert. Felix' abfälliger Kommentar und die vielen mich anstarrenden Mitschüler sind der Tropfen, der das Fass zum Überlaufen bringt.

»Warum willst du wissen, wo die Vogelspinne ist, Felix?«, fragt Oscar und sorgt dafür, dass sich stattdessen alle zu ihm umdrehen. »Als du sie vorhin auf dem Flur gesehen hast, hast du geschrien wie am Spieß. Nicht, dass du in Ohnmacht fällst, wenn du sie ein zweites Mal zu Gesicht bekommst.«

Die Klasse bricht in Gelächter aus, und Felix wirft seinem Freund einen bösen Blick zu, bevor er leise murmelnd protestiert: »Ich habe ÜBERHAUPT nicht geschrien.«

»Okay, das reicht!«, ruft Miss Campbell und räuspert

sich. »Ein bisschen mehr Konzentration, bitte! Felix, wenn du noch einmal meinen Unterricht störst, knüpfen wir nahtlos an das letzte Schuljahr an, in dem du rekordverdächtig oft in der Mittagspause nachsitzen musstest. Verstanden?«

Felix zuckt mit den Schultern, und Miss Campbell zeigt zur Tafel und beginnt, uns in das heutige Thema einzuführen. Ich schiele unauffällig zu Oscar hinüber, der meinen Blick bemerkt und in meine Richtung schaut. Ich lächle ihm dankbar zu, und er lächelt zurück.

Sobald es zum Ende der Stunde klingelt, rafft der Junge neben mir seine Sachen zusammen und ergreift die Flucht vor mir. »Weißt du was?«, flüstert mir Merlin ins Ohr, während ich meine Stifte zurück in mein Federmäppchen räume. »Ich habe mal von einem Vertrauten in Bulgarien gehört, dessen Hexe von einer Clique von Mitschülern tyrannisiert wurde. Daraufhin wurde er so wütend, dass er sich in einen riesigen Büffel verwandelte, schnaubend durch die Schule stürmte und auf die Jugendlichen losging. Angeblich schüchterte er sie derart ein, dass sie nie wieder den Mund aufmachten. In ihrem ganzen Leben. Also, Emma: Ein Wort von dir genügt, und ich renne jeden, der sich über dich lustig macht, in Grund und Boden.«

»Wow«, antworte ich leise und verstecke vorsichtshalber mein Gesicht hinter den Haaren, während ich mich zu meinem Rucksack hinunterbeuge. »Ich glaube, das ist das Netteste, was du je zu mir gesagt hast. Wenn es dir nichts ausmacht, wäre es mir trotzdem lieber, wenn du meine Mitschüler nicht zertrampelst. Ich hoffe nämlich, dass sie irgendwann meine Freunde werden.«

Merlin schnaubt. »Na, dann viel Glück.«

»Es wird bestimmt bald besser«, sage ich zuversichtlich, stehe auf und ziehe mir den Rucksack über die Schulter. »Es *muss* besser werden.«

Leider wurde es nicht besser. Es wurde noch viel, viel schlimmer.

Das Gerücht, ich hätte eine Vogelspinne mit in die Schule gebracht, geriet derart aus dem Ruder, dass ich in der Mittagspause jemanden behaupten hörte, ich würde in meinem Schließfach eine illegale Spinnenfarm betreiben. Der Einzige, der am Vormittag mit mir sprach, war ein Junge aus dem Jahrgang über mir, der zu mir kam und mich fragte, ob es stimme, dass ich in meiner vorherigen Schule rausgeflogen sei, weil ich eine Schlange in der Bibliothek ausgesetzt hätte.

Das Mittagessen war der schlimmste Moment des ganzen Tages. Während des Unterrichts bekam ich wenigstens einen Platz zugewiesen, und alle mussten sich auf den Lehrer konzentrieren. Deshalb war es nicht so offensichtlich, dass ich von sämtlichen Schülern gemieden wurde. In der Mittagspause trat hingegen meine niedrige Stellung in der Schulhierarchie glasklar zutage. Ich hatte keinen Platz, auf dem ich sitzen, und niemanden, mit dem ich den Tisch teilen konnte. Also stand ich eine Ewigkeit am Rand der Schulmensa und überlegte, was ich tun sollte. Schließlich nahm ich mein Tablett mit in die Bibliothek und aß dort zu Mittag.

»Mir ging es damals in meiner ersten Schulwoche ganz

genauso«, versichert mir Dora am Nachmittag auf der Fahrt nach Hause.

»Wirklich? Das sagst du doch nur, damit ich mich besser fühle!«

»Nein, ernsthaft! Es hat lange gedauert, bis ich Freunde gefunden habe. Ich glaube, es lag daran, dass ich als Kind ziemlich schüchtern war. Und vielleicht am Erbrechen.«

»Welchem Erbrechen?«

»Ach, das war kein großes Ding«, wischt sie die Frage beiseite.

»Kein großes Ding!« Mac, der in Corgi-Gestalt auf der Rückbank liegt, lacht laut auf. »An ihrem ersten Schultag war sie so nervös, dass sie sich schwallartig über den Direktor erbrochen hat.«

»Du hast *was*? Okay«, sage ich mit einem Lachen. »Jetzt fühle ich mich wirklich besser. Vielleicht besteht ja doch noch Hoffnung für mich.«

»Dora war damals allerdings erst fünf, denk dran«, betont Merlin, der in Gestalt einer Krähe auf meinem Kopf sitzt. »In dem Alter kommt man noch ungestraft mit solchen Peinlichkeiten davon. Du bist dagegen schon dreizehn. Das ist etwas ganz anderes.«

»Danke für den Hinweis, Merlin«, sage ich und blicke seufzend aus dem Beifahrerfenster.

Wir stehen gerade an einer Ampel, und neben uns ist eine Gruppe älterer Mädchen aus meiner Schule unterwegs zur Bushaltestelle. Eins der Mädchen bleibt stehen, als sie mich sieht, reißt staunend die Augen auf und weist die anderen auf mich hin. Alle starren mich verblüfft an.

Zuerst denke ich noch, dass sie wegen der ganzen Spinnengerüchte stehen geblieben sind und mich angaffen. Dann geht mir auf, dass ich für Menschen, die nichts mit der Hexenwelt zu tun haben, einen ziemlich seltsamen Anblick bieten muss: auf dem Beifahrersitz eines Autos sitzend, MIT EINEM VOGEL AUF DEM KOPF!

»MERLIN!«, rufe ich und rutsche so weit wie möglich auf dem Sitz nach unten. »Könntest du dich bitte schnell in etwas anderes verwandeln? Die Mädchen da draußen haben dich gesehen und sind völlig verdattert!«

»Geht nicht. Wenn ich mich in etwas anderes verwandle, bekommen sie doch mit, dass Magie im Spiel ist«, argumentiert er. »Ich muss also so bleiben.«

»Warum wird die Ampel denn nicht endlich grün?«, stöhne ich.

»Ich habe eine Idee!«, sagt Dora. »Mac, verwandle dich in einen Vogel und flieg auf meinen Kopf! Wenn wir beide so dasitzen, fällst du weniger auf, Emma.«

»Was? Nein! Mac, tu es nicht!«, protestiere ich, aber er hat sich schon in eine Taube verwandelt und ist auf Doras Kopf gelandet.

»Na also«, verkündet Dora hochzufrieden. »Jetzt sehen sie, dass ich eine Taube auf dem Kopf habe, und du stehst nicht mehr allein da.«

»Sehr schlau«, lobt Merlin sarkastisch. »Dadurch wirkt Emma *überhaupt* nicht mehr seltsam.«

Die Ampel wird grün, und wir brausen davon, während die Schülerinnen, deren Verblüffung sich inzwischen in Erheiterung verwandelt hat, lachend die Köpfe zusammenstecken. Wenigstens waren sie zu verblüfft, um rechtzeitig nach ihren Handys zu greifen und Fotos zu schießen.

»Mach dir keine Sorgen, Emma«, versucht mich Dora mit betont fröhlicher Stimme aufzumuntern, als wir in unsere Einfahrt abbiegen. »Im Laufe der Woche wird alles besser, du wirst sehen.«

Aber ich sollte schon bald merken, dass sich Dora mit dieser Einschätzung irrte. Der Schaden war angerichtet.

Obwohl sich Merlin für den Rest der Woche benahm und brav unter meinem Kragen versteckte, schien keiner daran interessiert, sich mit mir anzufreunden. Ich hatte immer noch niemanden, neben dem ich beim Mittagessen sitzen konnte, und die Schüler raunten sich gegenseitig die schrecklichsten Dinge zu, wenn sie mir auf dem Schulflur begegneten. »Die spinnt doch!«, »Die ist voll seltsam!« und »Achtung, Freak-Alarm!« zählten noch zu den harmloseren. Ein Junge aus der Klasse unter mir sprang bei jeder unserer Begegnungen derart panisch aus dem Weg, dass er sich beim ersten Mal den Knöchel verstauchte und beim zweiten Mal beinahe das Handgelenk gebrochen hätte. Man hätte meinen können, ich hätte eine ansteckende Krankheit.

Während des Unterrichts konnte ich mich leider genauso wenig entspannen, weil ich in sämtlichen Fächern im Stoff hinterherhinke. In den letzten Wochen habe ich mich ganz auf die Vorbereitung für die JHP konzentriert, so dass alles andere ein wenig zu kurz kam. Alles in allem war meine erste Schulwoche eine absolute Katastrophe. Nun, da sie sich ENDLICH dem Ende zuneigt, frage ich mich wirklich, warum ich so begierig darauf war, auf eine normale Schule zu gehen. Wie soll ich hier jemals dazugehören?

»Hallo, Emma. Was machst du am Wochenende?«

Ich zucke erschrocken zusammen, als Oscar am Freitagnachmittag plötzlich neben mir erscheint. Ich bin gerade dabei, meine Bücher aus dem Schließfach zu holen und sie in meinem Hexenrucksack zu verstauen. An meinem zweiten Schultag habe ich mir nämlich ein System überlegt: Ich packe jeden Morgen alles, was ich für den Schultag brauche, von meinem Hexenrucksack in einen kleineren blauen Rucksack um, mit dem ich mich dann durch die Schule bewege. Kurz bevor Dora mich abholt, räume ich dann alles wieder zurück, damit sie denkt, dass ich ihren Rucksack in der Schule benutze, und nicht enttäuscht ist.

»Nicht viel. Was man halt so am Wochenende macht«, antworte ich. Mir fällt ein, dass ich heute um Mitternacht meine erste Besenflugstunde bei Dora und Mum haben werde. »Und du?«

»Auch nicht viel. Was man halt so macht.« Er grinst und zeigt dann mit dem Kinn auf Iris, die gerade mit ein paar Freundinnen vorbeigeht. »Iris hat für morgen einen Kinobesuch organisiert, wir sind eine ganze Gruppe. Hast du nicht auch Lust mitzukommen?«

»Äh … ich glaube, das ist keine gute Idee.«

»Warum nicht?«

Ich zögere und frage dann: »Warum bist du nett zu mir?«

»Wie meinst du das?«

Ich klappe mein Schließfach zu, verriegle es und gehe

mit ihm den Flur entlang. »Ich will wissen, warum du nett zu mir bist. Halten die anderen dich nicht auch für seltsam, wenn du mit mir redest? Die wollen mich auf keinen Fall im Kino dabeihaben, das weiß ich. Ich hatte nicht gerade den besten Start hier an der Schule.«

»Wer hatte den schon?« Er zuckt mit den Schultern. »Wusstest du, dass Felix mal in der Schule in die Hose gemacht hat?«

»WAS?«

Ich bin so schockiert, dass ich Oscar anstarre und nicht darauf achte, wo ich hingehe. Prompt stoße ich mit dem Direktor zusammen, der mir auf dem Flur entgegenkommt.

Als er mich sieht, verdüstert sich sein Gesicht.

»Emma Charming«, knurrt er mit kaum verhohlener Wut. »Pass doch auf, wo du hinläufst!«

»E-entschuldigen Sie, Mr. Hopkins«, stammle ich.

Er umrundet mich und wirft mir über die Schulter einen bösen Blick zu.

»Oha«, sagt Oscar und sieht dem Direktor erstaunt hinterher. »Der scheint dich ja gefressen zu haben.«

»Ja, leider.« Ich seufze. »Genau wie alle anderen auf dieser Schule. Also, wo waren wir stehengeblieben? Ach ja: Felix hat sich in die Hose gemacht?!«

Oscar lacht. »Wir waren damals noch kleine Jungs und gingen zusammen in die Grundschule. Inzwischen haben die meisten sicher längst vergessen, dass das je passiert ist. Bei dir wird es garantiert genauso sein. Iris war übrigens auch nicht immer so beliebt wie jetzt. Als sie neu an der Schule war, hat sie kaum ein Wort gesagt. Alle dachten, sie wäre unfreundlich und arrogant, dabei war sie nur schüchtern.«

»Iris war schüchtern?« Ich schüttle ungläubig den Kopf. »Sie ist doch das selbstbewussteste Mädchen der ganzen Schule! Jedenfalls, soweit ich das überblicken kann.«

»Tja, am Anfang war das noch nicht so. Es ist für jeden erst mal blöd, neu an einer Schule zu sein.«

»Aber die anderen Schüler, die dieses Schuljahr angefangen haben, sind schon viel besser integriert. Allerdings haben die auch keine Vogelspinne mit in die Schule gebracht«, gebe ich zu und halte uns die Eingangstür auf, bevor wir gemeinsam die Treppe zum Schulhof hinuntergehen.

»Also, ich fand das mit der Vogelspinne irgendwie lässig. Seltsam zwar, aber auf eine coole Art.«

Ich lächle matt. »Danke. Nett von dir, dass du mich aufmuntern willst. Ich sollte vielleicht trotzdem darüber nachdenken, wieder zu meiner Hauslehrerin zurückzukehren.«

»Emma«, sagt Oscar und bleibt am Schultor stehen. »Du bist erst eine Woche hier. Gib doch nicht gleich wieder auf!«

»Vielleicht hast du recht.«

»Wie hast du dir deinen Schulanfang denn vorgestellt?« Er grinst. »Dachtest du, du könntest einfach mit den Fingern schnipsen, und alles wäre perfekt?«

Kapitel acht

»Freust du dich?«, fragt Mum, während Dora die Besen aus dem Kofferraum holt.

»Nicht wirklich«, antworte ich und beobachte, wie eine Kugel aus mattem weißem Licht an mir vorbeischwebt.

Da es pechschwarze Nacht ist, hat uns Mum diese Leuchtkugeln herbeigehext, damit wir trotzdem etwas sehen. Merlin hat sich sofort in einen Grashüpfer verwandelt und versucht, von meiner Schulter auf eine der Kugeln zu springen, aber sie ist ihm rasch ausgewichen, und er ist zu Helenas großer Belustigung auf den Boden gefallen.

Jetzt hat er sich in Gestalt eines Käfers unter meinen Pullover verzogen, wo er vorgibt zu schlafen, während er in Wahrheit schmollt, wie wir alle wissen.

Meine mangelnde Begeisterung scheint Mum zu überraschen. Sie bricht in Gelächter aus. »Emma, ich glaube, du bist die einzige Hexe auf der ganzen Welt, die sich nicht auf ihre erste Besenflugstunde freut! Als ich damals meine JHP bestanden hatte, habe ich nur so darauf gebrannt, endlich auf einem Besen fliegen zu dürfen.«

»Das glaube ich dir gern«, antworte ich seufzend. »Hallo? Merkst du den Unterschied nicht? Du bist in allem ein

As, und ich bin in allem eine Niete, vor allem, wenn Geschicklichkeit oder Koordination gefragt sind. Weißt du nicht mehr, wie du mal versucht hast, mir Tennis beizubringen?«

Mum verzieht bei der Erinnerung daran gequält das Gesicht.

Zu meiner Verteidigung kann ich nur vorbringen, dass ich den Arm damals nicht ABSICHTLICH so heftig nach vorn geschwungen habe, dass mir der Schläger aus der Hand rutschte und sie am Bauch traf.

Tennis ist ein dämliches Spiel.

»Das war etwas vollkommen anderes«, widerspricht Mum vehement. »Um auf einem Besen zu fliegen, muss man weder geschickt sein, noch eine gute Koordination haben.«

»O doch! Schließlich muss man Bäumen und anderen Hindernissen ausweichen.«

»Das muss man doch beim Gehen auch.«

»Aber dabei fliegt man nicht in rasender Geschwindigkeit durch die Luft!«

»Ach, Schatz, mach dich doch nicht derart verrückt.« Mum legt lächelnd den Arm um mich. »Wir fangen ganz langsam und gemächlich an. Du bist bestimmt ein Naturtalent.«

Nur weil Mum damals ein Naturtalent im Besenfliegen war, heißt das noch lange nicht, dass ich auch eins bin. Mum ist wie die (guten) Hexen, die man aus Büchern oder Filmen kennt. Sie beherrscht einfach alles von Natur aus perfekt und ist genau die Art von Hexe, der man ein wertvolles

Schmuckstück anvertrauen oder eine gefährliche, aber überaus wichtige und noble Mission übertragen würde.

Ich hingegen bin die Art von Hexe, die in Büchern oder Filmen entweder gar nicht vorkommt oder nur zu dem Zweck, die Haupthexe in noch besserem Licht erscheinen zu lassen.

Als ich Merlin einmal meinen Kummer über diese Tatsache gestand, lautete seine Antwort: »Deshalb bist du wahrscheinlich so ironisch. Du versuchst deine vielen Fehler hinter Humor zu verstecken. Nur bist du leider nicht besonders witzig, die Unzulänglichkeiten setzen sich also auch in diesem Bereich fort. Egal, können wir uns jetzt den neuen *Transformers*-Film anschauen? Mir ist sterbenslangweilig.«

Ein sehr aufschlussreiches Gespräch.

»Es kann losgehen!«, ruft Dora begeistert und taucht mit drei Besen in der Hand neben uns auf. »Emma, du freust dich bestimmt schon riesig! Ich konnte es damals kaum erwarten, das erste Mal auf einem Hexenbesen zu sitzen!«

»Die Lichtung ist direkt dort oben«, sagt Mum und verfällt in ihren geheimnisvollen, gebieterischen Hexenmeisterinnentonfall, während sie uns den Waldweg hinauf vorausgeht. »Seit Jahrhunderten nutzen Hexen diesen Ort, um fliegen zu lernen. Er ist abgelegen und bietet jede Menge Platz.«

»Im sechzehnten Jahrhundert haben Hexen die Lichtung mit einem Bann belegt«, erzählt Dora aufgeregt weiter. Ich laufe neben ihr, Zweige knistern unter unseren Füßen. »Sie haben dafür gesorgt, dass kein einziger Baum mehr auf ihr sprießt und der Platz zum Fliegenlernen frei bleibt. Nicht-Hexen rätseln seit vielen Jahren, warum hier nichts wächst. Sie denken, es hätte irgendwas mit dem Boden zu tun.«

»Da wären wir«, verkündet Mum und führt uns auf eine freie, runde Fläche, die kreisförmig von Bäumen umgeben ist. »Dieser Ort bringt Erinnerungen zurück, nicht wahr, Dora?«

»O ja«, antwortet Dora kichernd. »Ich bin damals mit dem Hintern voran in diesen Baum dort drüben gerauscht. Wie sich herausgestellt hat, hatte ich den Rückwärtsgang drin! Ob die Delle wohl noch da ist?«

»Wie kam es, dass du das mit dem Rückwärtsgang nicht gemerkt hast?«, frage ich erschrocken, während Dora den Baum aus der Nähe in Augenschein nimmt. »Es gibt bei Besen also eine Gangschaltung und so was alles? Ich glaube nicht, dass ich mit einer Gangschaltung zurechtkomme! Ich blicke ja noch nicht mal bei meinem Fahrrad richtig durch. Mum, lass uns wieder nach Hause gehen! Ich denke nicht, dass ich schon bereit bin.«

»Natürlich bist du bereit, Emma. Dora sollte dich wirklich nicht noch nervöser machen, indem sie dir von ihren albernen kleinen Unfällen erzählt«, sagt Mum mit einem missbilligenden Blick in Richtung ihrer Freundin. »Sie hat beim Losfliegen darüber nachgedacht, ob bei ihrem Besen vielleicht der Rückwärtsgang eingelegt sein *könnte*. Deshalb ist er rückwärts geflogen.«

»Stimmt«, gibt ihr Dora nickend recht. »Ich war abgelenkt, weil ich mir ausgemalt habe, was wohl passieren

würde, wenn bei meinem Besen der Rückwärtsgang eingelegt wäre. Das habe ich dann am eigenen Leib erfahren.«

»Hier.« Mum reicht mir einen Besen. »Steig auf.«

»Jetzt gleich?«

»Was glaubst du, wie man sonst fliegen lernt?«

»Keine Ahnung. Muss man nicht erst eine Theorieprü-
fung ablegen oder so was?«

»Mit einem Besen zu fliegen ist nichts, was man aus Büchern lernen könnte«, stellt Mum klar. Dora und sie steigen auf ihre Besen und warten darauf, dass ich ebenfalls
aufsteige.

Ich umklammere nervös den Besenstiel, versuche mich
zu konzentrieren und stelle einen Fuß auf die andere Seite.

»Gut gemacht!«, ruft Mum begeistert.

»Mum, ich habe einen Besen zwischen den Beinen. Sonst
ist noch nichts passiert.«

»Ja, aber das ist der erste Schritt«, erwidert sie.

»Du siehst richtig gut aus auf deinem Besen!«, schwärmt
Dora, der vor Rührung schon wieder die Tränen in die Augen steigen. »Unglaublich, wie erwachsen du wirkst! Wie
eine richtige Hexe!«

»Ich komme mir ein bisschen lächerlich vor.«

»Kein Wunder«, sagt Mum. »Du siehst auch lächerlich
aus.«

»Danke, Mum.«

»Aber wenn du erst einmal oben in der Luft bist, wirst
du elegant und majestätisch aussehen. Ans Fliegen kommt
kein anderes Gefühl heran.« Sie blickt versonnen zu den
Sternen empor. »Also, wo waren wir? Ach ja: Beim Fliegen

kommt es allein auf deine Gedanken an, Emma. Du musst dich voll darauf konzentrieren und alles andere beiseite-schieben.«

»Was auch immer du tust, denk auf keinen Fall an einen Teich«, warnt mich Dora.

»Was? Warum sollte ich an einen TEICH denken?«

»Na ja, *ich* habe während meiner ersten Flugstunde an einen Teich gedacht, weil wir in der Schule gerade die Entwicklung von Fröschen durchgenommen hatten. Und bin mit meinem Besen prompt in einem Teich gelandet. Diesmal mit dem Kopf voran, nicht mit dem Hintern wie bei meinem Unfall mit dem Baum«, erzählt sie kichernd und hält dann nachdenklich inne. »Nein, warte mal. Ich glaube, im Teich bin ich auch mit dem Hintern voran gelandet.«

»*Wie auch immer*«, unterbricht Mum sie und wirft ihr einen weiteren bösen Blick zu. »Du musst alles aus deinen Gedanken verbannen, Emma. Atme einfach tief durch und konzentriere dich auf das Hier und Jetzt.«

Ich atme tief ein und schließe die Augen.

»Sehr gut«, lobt mich Mum leise. »Ist dein Kopf frei und leer?«

»Wenn ich ehrlich bin, kann ich an nichts anderes denken als an Teiche«, antworte ich seufzend.

»Ich habe dir doch gerade gesagt, dass du *nicht* an Teiche denken sollst«, tadelt mich Dora kopfschüttelnd. »Hast du mir etwa nicht zugehört?«

»Doch, und genau deshalb muss ich jetzt an Teiche denken. Sonst wäre ich überhaupt nicht auf die Idee gekommen!«

»Okay.« Mum hebt beide Hände. »Schluss jetzt mit dem Gerede über Teiche. Ich würde gern noch in diesem Jahrhundert mit deiner ersten Flugstunde fertig werden, Emma. Am besten folgst du einfach meinem Rhythmus beim Atmen. Genau so, sehr gut. Einatmen … und ausatmen … und einatmen … sehr gut. Und jetzt möchte ich, dass du ans Fliegen denkst und an sonst gar nichts. Der Besen zwischen deinen Beinen gehorcht dir blind. Er ist auf deiner Seite, er möchte dir helfen.«

Ich schlucke den Kloß in meinem Hals herunter, starre auf den Besenstiel zwischen meinen Beinen und überlege, ob dieses Ding wirklich meine Gedanken lesen kann. Wenn man Mum zuhört, könnte man es meinen.

Ganz schön gruselig.

»Und dann«, fährt sie fort, »schnipst du mit den Fingern, und schon geht es nach …«

»Wie soll ich den Besenstiel festhalten und gleichzeitig mit den Fingern schnipsen?«, frage ich voller Panik.

»Du hältst dich mit einer Hand fest, und die andere schnipst mit den Fingern. So wie immer beim Hexen.«

»Ich muss mich aber mit beiden Händen festhalten!«

»Ist doch kein Problem«, sagt Mum ruhig und geduldig. »Du schnipst mit den Fingern und legst die Hand danach sofort wieder an den Besenstiel. Das ist längst nicht so schwer, wie es sich anhört.«

»Wieso, hört sich doch gar nicht schwer an«, lautet Merlins Kommentar, der – inzwischen in Gestalt einer Wespe – neben meinem Ohr summt. Ich schlage genervt nach ihm.

»Es ist ganz normal, dass man beim ersten Mal nervös

ist«, sagt Mac, der als Kolibri über Doras Schulter flattert. »Du machst das super, Emma.«

»Danke, Mac«, antworte ich. »Du bist so ein *lieber, aufbauender* Vertrauter«, füge ich demonstrativ hinzu, um Merlin zu ärgern.

»Bist du bereit?«, fragt mich Mum mit einem aufmunternden Lächeln.

»Ich glaube schon. Also: Ich atme tief ein, konzentriere mich und bringe den Besen durch meine Willenskraft zum Losfliegen, während ich gleichzeitig mit den Fingern schnipse.«

»Genau so wird es gemacht«, bestätigt Dora fröhlich.

»Leg los, wann immer du bereit bist, Emma«, fordert mich Mum auf.

Die beiden stoßen sich vom Boden ab und schweben mit ihren Besen in der Luft, als wäre es das Einfachste der Welt.

Ich bemühe mich, meine Nervosität zu ignorieren, und stelle mir vor, wie es wohl sein wird zu fliegen. Dabei versuche ich, jeglichen Gedanken daran zu verbannen, dass ich dabei versehentlich in einen Teich fallen könnte. Und ich rede mir ein, dass ich nicht vollkommen unbegabt bin als Hexe und es daher vielleicht, nur vielleicht, sogar schaffe, diese erste Flugstunde nicht komplett zu vermasseln.

Dann schnipse ich mit den Fingern.

Nichts passiert.

»Du bist immer noch auf dem Boden«, teilt mir Merlin netterweise mit.

»Ja, danke, Merlin. Ist mir auch schon aufgefallen«, schnauze ich ihn an. »Wie kann das sein, Mum? Ich war total ruhig und konzentriert!«

»Emma!« Mum lacht. »Was glaubst du, wie viele Hexen es gleich beim ersten Mal schaffen?«

»Hast du es beim ersten Mal geschafft?«

»Ja«, gibt sie widerstrebend zu. »Aber das war reines Glück und kommt nur sehr selten vor.«

»Ich habe richtig viele Versuche gebraucht, bis ich in der Luft war«, versichert mir Dora. »Und als ich dann endlich oben war … Na ja, du kennst ja jetzt die Geschichte mit dem Teich und dem Baum.«

»Sollen wir es noch mal versuchen?«, fragt Mum.

Ich seufze und senke schulterzuckend den Blick. »Wenn es sein muss.«

»Emma«, ermahnt sie mich und wartet, bis ich den Kopf gehoben habe und sie ansehe. »Du schaffst das! Es ist völlig egal, wie lange du dafür brauchst. Ich weiß, dass du das kannst! Es gibt nur einen Grund, warum es vielleicht am Anfang nicht richtig klappt. Weißt du, welcher das ist?«

Ich schüttle den Kopf.

»Weil du selbst nicht daran glaubst. Bei deiner JHP war es genauso. Auf einem Besen zu fliegen hat rein gar nichts mit Können zu tun, sondern allein mit Zuversicht und dem Glauben an sich selbst.«

»Deine Mutter hat recht«, sagt Dora lächelnd. »Das war vorhin nicht nur so dahingesagt: Du siehst auf diesem Besen wirklich aus wie eine richtige Hexe! Du hast jetzt deine JHP bestanden, Emma! *Du bist bereit!*«

Die beiden sehen mich so ernsthaft und aufrichtig an, dass ich gar nicht anders kann, als ihnen ein klein wenig zu glauben. Na gut, ich bin vielleicht nicht die disziplinierteste und souveränste Hexe, aber ich habe in letzter Zeit hart an mir gearbeitet. Meine magischen Fähigkeiten sind definitiv vorhanden, auch wenn ich sie manchmal noch nicht in die richtige Richtung lenken kann.

Zum Beispiel, als ich Dora in eine Steckrübe verwandelt habe. Oder diesen Jungen in eine Kröte. Oder meine Haare in Würmer.

Entschlossen packe ich meinen Besenstiel mit beiden Händen. Dann verbanne ich sämtliche Gedanken aus meinem Kopf. Ich bin eine Hexe. Eine richtige, echte Hexe, und es wird Zeit, dass ich auch wie eine fliege.

Ich schnipse mit den Fingern.

Mit einem plötzlichen Ruck werde ich nach oben gerissen, und meine Füße schweben etwa einen halben Meter über dem Boden.

»O GOTT!«, kreische ich, als mir aufgeht, DASS ICH TATSÄCHLICH FLIEGE!

Der Zauber reißt ab, und der Besen sinkt wieder zu Boden. Ich falle herunter und lande rücklings zwischen Schlamm und Blättern. Mum und Dora setzen ebenfalls auf dem Boden auf, steigen von ihren Besen und kommen zu mir gerannt. Ich strahle zu ihnen nach oben. Noch nie in meinem Leben habe ich mich derart beschwingt gefühlt.

»Alles in Ordnung?«, fragt mich Dora unter Freudentränen und zieht mich mit Mums Hilfe auf die Beine.

»Oh, Emma!«, ruft Mum, zupft mir Blätter und Zweige

aus dem Haar und sieht aus, als wollte sie vor Stolz platzen. »Du hast es geschafft!«

»Ja, hab ich!«, antworte ich mit einem Lachen und bücke mich, um meinen Besen vom Boden aufzuheben.

Kapitel neun

Wenn ich doch nur mit irgendjemandem über meine erste Besenflugstunde reden könnte!

Natürlich kann ich mit Mum und Dora darüber sprechen, aber das ist nicht dasselbe, wie wenn man alles aufgeregt und haarklein mit einer gleichaltrigen Person erörtert. Mum ermuntert mich immer wieder, mich mit Sandy, einer jungen Hexe aus dem Nachbardorf, anzufreunden, aber ich glaube nicht, dass es jemals dazu kommen wird. Vor ein paar Jahren lud Sandys Mutter mich zu sich nach Hause ein, um meiner Mutter einen Gefallen zu tun. Als ich Sandy erzählte, dass ich meine JHP noch nicht bestanden hatte und deshalb noch nicht auf eine reguläre Schule ging, verschränkte sie die Arme und meinte mit total hochnäsiger Stimme: »Wow, du musst ja *richtig* schlecht sein im Hexen.«

Daraufhin schnipste ich versehentlich mit den Fingern und verwandelte sie in einen Kaktus.

Eins kann ich euch sagen: Es gibt nichts Lustigeres als einen Kaktus im lila Kleid, der aus vollem Hals schreit: »Mummy! Mummy! Schau, was Emma getan hat!«

Ich bekam natürlich Hausarrest und mal wieder eine Strafpredigt von Mum, mit dem Inhalt, dass ich Personen, die gemein zu mir seien, nicht einfach in Kröten oder Kakteen verwandeln dürfe. Da nützte es auch nichts, dass ich mehrmals betonte, Sandy habe angefangen und ich habe ihr doch nur beweisen wollen, dass ich eben NICHT schlecht im Hexen sei. Mum hörte mir nicht zu.

Sie fragt bis heute noch manchmal: »Soll ich Sandy und ihre Mutter dieses Wochenende zum Tee einladen? Es wäre doch schön, wenn du eine Hexenfreundin in deinem Alter hättest!«

Worauf ich ihr jedes Mal so oder so ähnlich antworte: »Hey, super Idee, aber hast du vergessen, dass ich sie beim letzten Mal in einen Kaktus verwandelt habe?«

Mum ist sich sicher, dass Sandy mir längst verziehen hat. Selbst wenn. Ehrlich gesagt, habe ich *ihr* nicht verziehen, dass sie behauptet hat, ich wäre schlecht im Hexen, insofern ist das Ganze ohnehin aussichtslos.

Trotzdem wäre es schön, mit jemandem, der weiß, wovon ich spreche, übers Besenfliegen reden zu können. Inzwischen hatte ich schon mehrere Flugstunden, und es macht SO viel Spaß! Ich bin zwar definitiv kein Naturtalent, aber ich mache Fortschritte. Beim letzten Mal bin ich entlang der Bäume, die die Lichtung umgeben, einen ordentlichen Kreis geflogen und anschließend relativ sanft wieder gelandet. Die Landung fällt mir noch am schwersten – dafür muss man seinen Besen nämlich perfekt unter Kontrolle haben. Bei mir läuft es meistens so, dass ich knapp oberhalb des Bodens in der Luft schwebend verharre, nicht mehr weiter weiß und irgendwann vom Besen kippe.

Wenn ich ehrlich bin, wüsste ich gar nicht mehr, was ich

ohne meine Besenflugstunden tun würde. Sie sind momentan mein einziger Lichtblick.

Meine Situation in der Schule hat sich seit der ersten Woche nicht wirklich verbessert. Ich versuche, auf die anderen Schüler zuzugehen und mit ihnen zu reden, damit sie merken, dass ich eigentlich total nett bin und weder angriffslustige Vogelspinnen in meinem Ärmel verstecke, noch Krähen auf dem Kopf habe. Trotzdem gehen mir die meisten nach wie vor aus dem Weg.

Die mit Abstand schlimmste Schulstunde ist Sport. Ich finde es mega-unfair, dass man zum Sportmachen gezwungen wird, obwohl man weder Talent noch Lust dazu hat. Werden unmusikalische Schüler etwa gezwungen, ein Instrument zu lernen? Nein. Werden Schüler ohne Schauspieltalent gezwungen, in der Theatergruppe mitzumachen? Nein.

WARUM werden also unsportliche Schüler gezwungen, sich körperlich zu betätigen, noch dazu vor versammelter Klasse?!

Ja, ich weiß, *Bewegung ist gesund* und so weiter, aber ich würde es doch *sehr* begrüßen, wenn uns die Lehrer vor jeder Sportstunde nach unserem jeweiligen Können in Gruppen aufteilen würden, damit ich mich nicht ständig vor irgendwelchen Superathleten blamieren müsste. So könnten die sportlichen Schüler wie Oscar, Felix und Iris gegen ihresgleichen antreten, während Bewegungslegastheniker wie ich in einem abgetrennten Raum in Ruhe und ohne Zuschauer ein schönes, leichtes Training absolvieren könnten.

Leider wird es nicht so gehandhabt.

»EMMA CHARMING!«, brüllt unsere Sportlehrerin Mrs. Fernley so laut, dass ich fast einen Herzinfarkt bekomme. »Warum bist du stehen geblieben? Es kann doch nicht sein, dass du schon wieder eine Pause brauchst! Du bist nicht mal eine Runde um den Sportplatz gerannt! Iris überrundet dich gleich!«

»Ich, äh … musste meine Schnürsenkel kontrollieren«, keuche ich und lehne mich gegen einen Baum.

Mrs. Fernley stemmt die Hände in die Hüften. »Und? Alles okay mit deinen Schnürsenkeln?«

Ich blicke auf meine doppelt verknoteten Schnürsenkel hinunter. »Äh. Ja. Sieht gut aus.«

»Dann weiter mit dir! Auf geht's!«, ruft sie und klatscht in die Hände. »Los! Los! LOS!«

Ich stoße mich widerwillig vom Baum ab und zwinge mich dazu, weiterzurennen, obwohl sich meine Beine wie Gummi anfühlen und ich Seitenstechen habe. Warum nennt es sich *Aufwärm*training, wenn man um einen Sportplatz herumrennt? Es ist *kalt* hier draußen! Das ergibt keinen Sinn!

»Sehr gut, Iris!«, höre ich Mrs. Fernley rufen, dann zieht Iris auch schon an mir vorbei. »Du hast dich noch einmal gewaltig verbessert auf der Langstrecke! Daran können sich alle anderen ein Beispiel nehmen!«

Nachdem auch ich endlich die zweite Runde geschafft habe, stehen die anderen bereits im Pulk zusammen, machen Dehnübungen und unterhalten sich angeregt. Ein anderes Mädchen aus meiner Klasse, Jenny, ist kurz vor mir ins Ziel gekommen und beugt sich schwer atmend nach vorn. Auch sie ist nicht gerade eine Sportskanone. Letzte Woche habe ich deshalb versucht, ein Gespräch mit ihr anzufangen, aber mein Annäherungsversuch kam nicht besonders gut an.

»Wie geht's deinem Fuß, Jenny?«, fragte ich sie in der Umkleidekabine, nachdem sie sich während eines Hockeyspiels den Knöchel verstaucht hatte. Wir waren die Letzten, die noch da waren.

Genau wie die meisten anderen Schüler wirkte sie ein wenig erschrocken darüber, direkt von mir angesprochen zu werden – eine Reaktion, an die ich mich mittlerweile gewöhnt hatte.

»Äh, ganz gut, danke«, murmelte sie und beeilte sich, ihre Schuhe anzuziehen.

»O Mann, ich hasse Sport«, sagte ich, in der Hoffnung, dass sie mir zustimmte. Als sie nichts erwiderte, fuhr ich fort: »Ganz schön frustrierend, immer zu den Schlechtesten zu gehören, oder?«

Sie hob den Blick. »Was?«

»Irgendwie frustrierend, immer am schlechtesten zu sein. Findest du nicht auch?«

»Meinst du ... meinst du damit, dass ich die Schlechteste bin?« Ihre Augen füllten sich mit Tränen.

»Nein! Nein, damit meinte ich, dass *ich* die Schlechteste bin! Und du bist ... äh ... na ja, du bist ...«

»Schon verstanden, ich bin eine miserable Läuferin und generell eine grottenschlechte Sportlerin. Keine Ahnung, warum ich mir überhaupt Mühe gebe ...«, sagte sie schniefend, stand auf und schnappte sich ihre Sporttasche. »Die anderen lachen doch sowieso nur über mich!«

Und dann stürmte sie aus der Umkleide, noch bevor ich sie zurückhalten und ihr erklären konnte, was ich eigentlich hatte sagen wollen.

»Ich glaube, der Trick besteht darin, nett zu den Leuten zu sein, mit denen man sich anfreunden will«, bemerkte Merlin grinsend. »Stattdessen beleidigst du sie und sorgst dafür, dass sie den Rest ihres Lebens Komplexe haben.«

Seit diesem Gespräch tut Jenny so, als würde ich nicht existieren. Sie blickt einfach durch mich hindurch. Eigentlich wäre es gar nicht so schlecht, unsichtbar zu sein, vor allem für Leute wie Felix.

»Na endlich«, sagt er seufzend, als ich die Gruppe erreiche und mit den Dehnübungen beginne. »Nachdem Emma ihr Aufwärmtraining beendet hat, ist die Sportstunde dann auch vorbei.«

Der Großteil der Klasse bricht in Gelächter aus, obwohl der Witz nicht wirklich lustig war. Ich starre auf den Boden und ignoriere ihn, glaube jedoch aus dem Augenwinkel zu sehen, dass Iris ihm einen missbilligenden Blick zuwirft. Pure Einbildung, vermute ich, denn Iris ist nicht gerade mein größter Fan. Seit dem Vogelspinnen-Vorfall am ersten Tag hat sie weder mit mir geredet, noch auch nur meine Existenz zur Kenntnis genommen.

»Möchtest du dein Aufwärmtraining gern ein wenig verlängern, Felix?«, fragt Mrs. Fernley mit einem Stirnrunzeln. »Noch so ein Kommentar von dir, und du läufst hier deine Runden, während wir anderen unseren Spaß haben. Okay,

Leute, als Nächstes üben wir in kleinen Gruppen ein paar Hockeymanöver, bevor wir dann zwei Mannschaften bilden und gegeneinander spielen.«

»Hoffentlich erwischt unsere Mannschaft nicht Jenny oder Emma«, höre ich Felix laut dem Jungen neben sich zuflüstern.

Um mich nicht von ihm verrückt machen zu lassen, schiebe ich die Hände in die Hosentaschen und denke an meine Flugstunde am kommenden Wochenende. Es fällt mir immer schwerer, Felix nicht in eine Kröte oder einen Kaktus zu verwandeln.

»Bevor wir mit unseren Übungen anfangen, habe ich euch noch eine aufregende Mitteilung zu machen«, verkündet Mrs. Fernley lächelnd. »Wie ihr alle wisst, seid ihr jetzt alt genug, am Ende dieses Halbjahrs am großen Talentwettbewerb unserer Schule teilzunehmen!«

Mehrere Schüler jubeln begeistert, und Iris klatscht strahlend ihre Freundin Lucy ab. Oscar scheint die Neuigkeit hingegen genauso kaltzulassen wie mich.

»Dieses Jahr ist der Wettbewerb sogar *Pflicht* für die neunten Klassen.«

»WAS?«, schnaubt Felix entrüstet. »Ich mache doch nicht bei einem dämlichen Talentwettbewerb mit!«

»Du findest ihn doch nur dämlich, weil du keine Talente hast«, zieht ihn Iris auf und bringt damit alle zum Lachen.

Mrs. Fernley räuspert sich. »Wie bereits gesagt haben wir beschlossen, den Talentwettbewerb dieses Jahr zum Pflichtprogramm für eure Jahrgangsstufe zu machen. Es gibt vielerlei Gründe dafür, dass Mr. Hopkins diese Entscheidung getroffen hat. Seiner Ansicht nach ist der Wettbewerb die perfekte Gelegenheit, im Team zusammenzuarbeiten, Neues auszuprobieren und kreativ zu werden. Der Grund dafür, dass ich euch jetzt schon von dieser Neuigkeit erzähle, statt dies eurem Klassenlehrer zu überlassen, ist der, dass einige von euch vielleicht über eine Turndarbietung oder Tanzchoreographie nachdenken oder irgendwas anderes, das mit Sport zu tun hat. Wenn ihr etwas in der Art vorhabt, meldet euch doch bitte als Gruppe bei mir, damit wir einen Zeitplan machen und schauen können, wann ich euch die Turnhalle nachmittags zum Üben zur Verfügung stellen kann.«

»So ein Mist.« Felix stöhnt laut. »Wir müssen diesen Blödsinn also auch noch in unserer Freizeit machen?«

»Ganz genau, Felix. Weil das Ganze nämlich Spaß bringt und euch zwingt, zur Abwechslung mal nicht auf eure Handys zu starren. Es ist ja nur für die Wochen bis zu den Weihnachtsferien. Außerdem, wer weiß? Vielleicht bist du am Ende sogar mit Begeisterung dabei!«

Iris' Hand schießt nach oben. »Unsere Gruppe würde gern eine Tanzchoreographie einstudieren, Mrs. Fernley. Können wir jetzt gleich die Halle für unsere Trainingsstunden buchen, bevor die besten Zeiten vergeben sind?«

»Na ja ... ihr kennt eure Gruppe doch noch gar nicht.«

Iris sieht sie verwirrt an. »Wie meinen Sie das? Wir hatten uns schon vorher als Gruppe zusammengeschlossen, weil wir sowieso bei dem Wettbewerb mitgemacht hätten, auch wenn er nicht obligatorisch gewesen wäre.«

»Dieses Jahr werdet ihr von uns in Gruppen eingeteilt«,

antwortet Mrs. Fernley bedauernd und senkt den Blick auf ihr Klemmbrett.

»Wir können uns die Gruppe nicht selbst aussuchen?«, fragt Iris mit vor Staunen offenem Mund, während Lucy voller Angst nach ihrer Hand greift. »Aber … wie soll denn das funktionieren?«

»Ich habe hier eine Liste der Gruppen, wie sie euer Klassenlehrer zusammengestellt hat. Die hänge ich am Ende der Stunde am Schwarzen Brett auf. Dann könnt ihr sehen, mit wem ihr in einer Gruppe seid. Lasst nicht gleich die Köpfe hängen, das ist etwas Gutes! Durch die bunt gemischten Gruppen seid ihr gezwungen, all eure unterschiedlichen Talente mit einzubinden. Jeder kann etwas beisteuern! Und jetzt« – sie zeigt auf die bereitgelegten Hockeyschläger – »machen wir endlich mit der Sportstunde weiter.«

Merlin, der in Gestalt einer Wespe neben meinem Ohr schwebt, spricht aus, was ich denke: »Jetzt zwingen sie dich auch noch, an einem Talentwettbewerb teilzunehmen. Als ob du die Schule nicht auch so schon genug hassen würdest …«

Bei der Wahl der Mannschaften für das Hockeyspiel vergehen demütigende fünf Minuten, in denen mich niemand in sein Team wählt. Als mich Mrs. Fernley kurzerhand zuteilt, fängt die Mannschaft, die es trifft, an zu diskutieren und fleht das andere Team an, mich zu übernehmen. Die nächste halbe Stunde verbringe ich damit, jedes Mal dem Ball auszuweichen, wenn er in meine Richtung rollt. Endlich klingelt es zum Ende der Stunde, und Mrs. Fernley scheucht uns vom Sportplatz in die Umkleidekabinen. Dort setzt Hektik ein, weil die begeisterten Talentwettbewerb-fans es kaum erwarten können, die Gruppeneinteilung am Schwarzen Brett zu sehen.

Aber Mrs. Fernley wartet mit dem Aufhängen, bis alle aus der Umkleidekabine gekommen sind, und beeilt sich dann, ins Lehrerzimmer abzuhauen, bevor die Beschwerden einsetzen.

Es drängen sich so viele Schüler um den Anschlag, dass es eine Ewigkeit dauert, bis ich mich nahe genug herangeschoben habe, um lesen zu können, in welcher Gruppe ich bin.

»Das soll wohl ein Scherz sein«, stöhnt Iris ganz vorn.

»Was machen wir denn jetzt?«, jammert Lucy.

Ich vermute, dass die beiden nicht in derselben Gruppe gelandet sind, und habe anfangs sogar ein bisschen Mitleid mit ihnen, weil sie anscheinend schon zusammen an einer Tanzchoreographie gearbeitet hatten. Dann fällt mir wieder ein, dass mich Lucy gestern absichtlich ignoriert hat, als ich ihr nach dem Unterricht eine Frage stellte, und anschließend noch in Hörweite geflüstert hat: »Die ist echt voll das Opfer.« Mein Mitleid mit ihr ist sofort verflogen.

Ich warte geduldig, bis sich die Schüleransammlung vor dem Schwarzen Brett zerstreut, weil alle zur nächsten Stunde aufbrechen, und gehe dann zu Mrs. Fernleys Anschlag nach vorn.

O nein.

Als ich meinen Namen entdecke, kneife ich die Augen zu und mache sie dann wieder auf, um ganz sicher zu gehen, dass ich mich nicht verlesen habe.

Nein. Da steht es.

»Hätte schlimmer kommen können«, raunt mir Merlin in Gestalt eines Marienkäfers zu.

»Was könnte schlimmer sein als *das*?«, frage ich und vergrabe den Kopf in meinen Händen.

Er zögert. »Äh … hm … du hast recht. Hätte doch nicht schlimmer kommen können.«

GRUPPE DREI
Iris Beckett
Karen Samara
Zoey McAlister
Lucy Chan
Emma Charming

Kapitel zehn

»Gibt es sonst irgendwas, was du kannst?«, fragt mich Iris verzweifelt.

Am liebsten würde ich antworten: *Ja, Iris. Ich besitze nicht nur magische Kräfte und könnte euch alle in Kröten verwandeln, ich habe auch vor kurzem gelernt, auf einem Hexenbesen zu fliegen. Und hey: Wenn ihr diesen Talentwettbewerb WIRKLICH so unbedingt gewinnen wollt, warum verhexe ich dann nicht einfach die Jury, damit sie uns zum Siegerteam kürt, egal, was wir aufführen? Das könnte ich problemlos arrangieren, allein mit einem Fingerschnipsen.*

Stattdessen sage ich: »Nein, nicht wirklich.«

Sie seufzt und schüttelt den Kopf. Dann fängt sie an, mit quietschenden Turnschuhen in der Turnhalle auf und ab zu gehen. Heute ist unser erstes Training für den Talentwettbewerb, und die ersten fünf Minuten sind genauso gelaufen wie erwartet. Wir wissen jetzt, dass Iris und Lucy richtig gute Tänzerinnen sind, Karen und Zoey immerhin gut genug sind, um die Schritte lernen zu können, und ich ein gewaltiges Problem darstelle.

»Du kannst gar keine Tanzschritte? Nicht einen einzigen?«, fragt mich Lucy und verschränkt die Arme.

»Nicht, dass ich wüsste.«

»Im Moment hast du keine Vogelspinne an deinem Körper, oder?«, will Zoey von mir wissen und beäugt mich misstrauisch von Kopf bis Fuß.

»Nein, Zoey, hab ich nicht. Spinnen sind als Tänzer nicht zu gebrauchen«, antworte ich lachend.

Da niemand außer mir lacht, verstumme ich schnell wieder.

»Hört mal«, unterbreche ich nach einer Weile das angespannte Schweigen. »Mir ist vollkommen klar, dass ihr mich nicht in eurer Gruppe wollt. Ich habe schon versucht, mit Mrs. Fernley zu sprechen, und ihr gesagt, dass das nicht fair ist, weil ihr euren Tanz schon einstudiert habt und ich euch nicht runterziehen will und so. Aber sie lässt mich trotzdem nicht die Gruppe tauschen.«

»Vielleicht kannst du sie noch mal fragen?«, schlägt Karen vor. »Und wir kommen alle mit.«

»Zoey und ich waren schon bei ihr.« Lucy seufzt. »Sie meinte, dass Emma nicht die Gruppe wechseln darf und wir einfach das Beste daraus machen sollen.«

Ich schlucke. Es schmerzt, dass die anderen mich so abstoßend finden, dass sie sogar schon hinter meinem Rücken mit unserer Sportlehrerin gesprochen haben, um mich so schnell wie möglich loszuwerden.

»Wir haben Emma doch noch gar keine Chance gegeben«, sagt Iris, die ihr Auf und Ab beendet hat und vor mir stehen geblieben ist. »Vielleicht schaffst du es ja, die Schritte zu lernen. Zum Aufgeben ist es noch zu früh, denke ich. Versuch wenigstens mal, ein paar Schritte nachzuahmen.«

»Jetzt?«

»Warum nicht?«

»Ich glaube nicht, dass das eine gute Idee ist«, wehre ich hastig ab. »Ich bin echt keine Tänzerin.«

»Keiner erwartet, dass du sofort auf Profiniveau tanzt«, sagt sie seufzend. »Versuch es einfach mal, dann sehen wir ja, wie es läuft.«

»Hier, vor allen Leuten?«

Iris sieht sich in der leeren Turnhalle um. »Außer uns ist doch niemand da.«

»Ihr vier seid da!«, widerspreche ich.

»Es ist hoffnungslos!«, ruft Lucy. »Sie traut sich noch nicht mal, vor uns winziger Gruppe zu tanzen! Selbst wenn sie die Schritte lernt, Iris, hilft das noch lange nichts. Am Tag des Talentwettbewerbs muss sie sie vor einem großen Publikum aufführen, da führt kein Weg dran vorbei.«

»Komm schon, Emma«, versucht mich Iris zu ermuntern. »Schau einfach zu mir, es ist ganz leicht.«

Sie macht ein paar Schritte nach hinten, damit sie Platz zum Tanzen hat.

»Okay, der erste Schritt geht zur Seite, dann drückst du die Schulter nach unten und schnipst mit den Fingern. Anschließend wiederholst du das Ganze in die andere Richtung.« Sie fängt an, die beschriebenen Bewegungen langsam und akkurat für mich auszuführen. »Siehst du? Total easy! Das schaffst du, oder?«

Ich schüttle den Kopf. »Ich … ich kann nicht mit den Fingern schnipsen.«

»Ist das dein Ernst?« Lucy starrt mich an, als käme ich

von einem anderen Stern. »Du kannst nicht mal mit den Fingern schnipsen?«

Nein, Lucy, kann ich nicht, denn wenn ich mit den Fingern schnipse, ist die Gefahr verdammt groß, dass ICH DEINE GROSSE KLAPPE FÜR IMMER ZUM VERSTUMMEN BRINGE!

Iris sieht aus, als würde sie gleich in Tränen ausbrechen. »Ich habe eine Idee«, sage ich schnell. »Wir müssen doch gar nicht alle bei dem Tanz mitmachen.«

»Müssen wir wohl. Weil wir nun mal leider als Team zusammenarbeiten sollen, schon vergessen?«, erwidert Lucy aufgebracht.

»Wir müssen als Team zusammenarbeiten, aber nicht unbedingt alle auf der Bühne stehen«, erkläre ich. »Ich könnte mich doch um Ton und Beleuchtung kümmern. Auf die Weise sind wir ein Team, und ihr könnt trotzdem euren Tanz aufführen, ohne mich mitziehen zu müssen.«

Lucys Miene hellt sich auf. Die Mädchen drehen sich zu Iris um, der unbestrittenen Anführerin der Gruppe. Sie sieht mich nachdenklich an.

»Meinst du, das ist erlaubt?«, fragt sie mich und verschränkt die Arme. »Ich habe nämlich keine Lust, disqualifiziert zu werden.«

»Wieso? Mrs. Fernley hat nur gesagt, dass wir etwas finden müssen, bei dem unsere individuellen Talente genutzt werden und bei dem wir als Team zusammenarbeiten. Bei meiner Lösung erfüllen wir alle diese Kriterien. Ist doch genial«, sage ich betont fröhlich.

»Also, ich bin einverstanden!« Lucy nickt.

»Super«, sagt Zoey und stellt sich neben Iris auf. »Dann haben wir ja einen Plan. Iris, kannst du uns die ersten beiden Schritte noch mal zeigen?«

»Dann musst du beim heutigen Training eigentlich nicht dabei sein, Emma«, lässt mich Lucy wissen. »Wir gehen nur Schritt für Schritt die Choreographie durch.«

»Und bei Iris' Übernachtungsparty heute Abend können wir gleich damit weitermachen!«, ruft Karen aufgeregt.

»Ja, gute Idee«, stimmt ihr Zoey zu. »Ich freu mich schon so! Wer kommt denn noch alles, Iris?«

Ich nehme meinen Rucksack und schlurfe aus der Turnhalle, nicht ohne nähere Einzelheiten zu Iris' Übernachtungsparty mitzubekommen, zu der ich nicht eingeladen bin. Auf dem Schulhof krame ich mein Handy hervor und rufe Dora an, damit sie mich früher abholt. Während ich am Schultor auf sie warte, überkommt mich ein Gefühl der Traurigkeit.

»Warum machst du so ein deprimiertes Gesicht?«, fragt Merlin und verwandelt sich von einer Spinne in einen schwarzen, zu meinen Füßen sitzenden Kater.

»Einfach nur so«, antworte ich und spiele geistesabwesend am Anhänger meiner Kette herum.

»Liegt es vielleicht daran, dass du einen Tintenfleck im Gesicht hast?«

»WAS? Ich habe einen Tintenfleck im Gesicht?« Ich ziehe mein Handy hervor und schalte die Kamerafunktion ein, um nachzusehen. Tatsächlich. Da ist ein blauer Fleck quer über meiner rechten Wange. Ich lecke mir den Daumen und versuche, ihn wegzureiben. »Na toll. Wie lang ist der schon da?«

»Seit heute Morgen.«

Ich werfe Merlin einen wütenden Blick zu. »Und du bist nicht auf die Idee gekommen, mir das mitzuteilen?«

»Ich fand es viel lustiger, dir dabei zuzusehen, wie du den ganzen Tag mit verschmiertem Gesicht herumläufst.« Er kichert und blickt mit seinen hellgrünen Katzenaugen zu mir auf. »Wenn du also anscheinend nichts von dem Fleck auf deiner Wange wusstest, was ist es dann, was dich so runterzieht?«

»Nichts«, antworte ich seufzend und schüttle den Kopf. »Ich wünschte nur, ich würde auch zu Übernachtungspartys eingeladen werden. Merlin, darf ich dich mal was fragen?«

»Klar.«

»Was Ernstes.«

»Okay.«

»Wirklich ernst. Du darfst dich nicht über mich lustig machen oder etwas Gemeines sagen. Ich möchte eine *aufrichtige* Antwort, die eines Hexen-Vertrauten würdig ist.«

»In Ordnung.«

Ich hole tief Luft. »Glaubst du, ich werde je richtig dazugehören an der Schule?«

»Nein.«

»Merlin!«

»Was denn?«, fragt er und leckt sich die Pfote. »Du hast mich um eine aufrichtige Antwort gebeten, und ich habe sie dir gegeben.«

»Du hast gerade *nein* gesagt auf meine Frage, ob ich je dazugehören werde!«

»Und?«

»Und … na ja … das ist nicht gerade die Antwort, die man auf eine solche Frage geben sollte!«

»Du meinst, das ist nicht die Antwort, die du hören *wolltest*«, korrigiert er mich. »Du wolltest, dass ich antworte: *Natürlich wirst du eines Tages dazugehören, Emma. Du wirst zu Hunderten von Übernachtungspartys eingeladen werden, und die Schüler werden auch keine gemeinen Sachen mehr über dich an die Toilettenwände kritzeln.*«

»Es stehen gemeine Sachen über mich an den Toilettenwänden? Wie kommt es, dass ich die noch nie gesehen habe?«

»Meine Aufgabe ist nicht, dir zu sagen, was du hören *willst*. Meine Aufgabe ist, dir zu sagen, was du hören *musst*.«

»Und was ich hören *musste*, war, dass ich niemals dazugehören werde?«

»So ist es. Und weißt du auch, warum?«

»Warum?«, frage ich verärgert und verschränke die Arme.

»Weil du eine *Hexe* bist.« Er lässt seinen langen Katzenschwanz hin und her schnellen. »Niemand an dieser Schule wird diesen wichtigen Aspekt deines Lebens jemals kennenlernen dürfen oder verstehen können. Du wirst ihn immer verstecken müssen. Kann sein, dass du irgendwann Freundschaften mit deinen Mitschülern schließt, aber du wirst nie eine von ihnen sein oder sie ganz an dich heranlassen können. So ist es nun mal, und so wird es auch immer bleiben.«

In der Woche vor den Herbstferien sitze ich in der Mittagspause allein im Geschichtsraum und lese einen Text über Wilhelm den Eroberer. Dora ist eine hervorragende Hauslehrerin, aber ich muss zugeben, dass ich nicht immer die aufmerksamste Schülerin war. Meist habe ich sie überredet, mir statt gewöhnlichem Geschichtsunterricht etwas über die Geschichte der Hexen zu erzählen. Das war um Längen interessanter, doch jetzt bezahle ich den Preis dafür.

»Hey, was machst du gerade?«

Oscar kommt herein und setzt sich an den Tisch vor mir. Er dreht sich auf dem Stuhl nach hinten und sieht mich an.

»Ich lese«, antworte ich und zeige auf das Geschichtsbuch, das vor mir liegt.

»Okay, aber warum machst du in der Mittagspause Hausaufgaben und sitzt dabei in einem leeren Klassenzimmer herum?« Seine Augen weiten sich plötzlich vor Angst. »Wir schreiben heute Nachmittag doch keinen Test, oder?«

Ich schüttle den Kopf, und er atmet erleichtert auf. »Nein, ich hinke nur ein wenig im Stoff hinterher und hatte gerade nichts anderes zu tun. Deshalb dachte ich, ich lese ein bisschen.«

Er runzelt die Stirn. »Iris meinte, sie hätte Tanztraining in der Mittagspause.«

»Ja, hat sie auch. Sie ist in der Turnhalle, falls du sie suchst. Ich glaube, Mrs. Fernley hilft der Gruppe heute mit der Choreographie.«

»Ich suche sie nicht, ich dachte nur, du wärst auch in ihrer Gruppe. Sie hat mir erzählt, dass du nicht mittanzt, aber kümmerst du dich nicht um die Beleuchtung? Müsstest du nicht dabei sein bei der Probe?«

»Nee, die brauchen mich nicht.« Ich lächle. »Es ist nicht so schwer, ein paar Knöpfe zu bedienen. Meine Aufgabe als Beleuchterin ist eigentlich mehr ein Alibi, damit ich beim Tanzen nicht im Weg bin.«

Oscar sieht mich neugierig an. »Iris meinte, *du* wärst diejenige gewesen, die diese Lösung vorgeschlagen hat. Sie selbst wollte versuchen, dir die Tanzschritte beizubringen. Warst du in der Aula überhaupt schon mal hinter dem Beleuchterpult? Wenn du wolltest, könntest du von dort aus eine richtig coole Lightshow kreieren.«

»Iris hat bei uns das Sagen, ich führe einfach ihre Anweisungen aus.« Ich senke den Blick auf mein Buch und hoffe, dass Oscar den Wink versteht und mich allein lässt. Warum muss er so darauf herumreiten, dass ich nicht tanzen kann?

»Ich lasse dich in Ruhe lesen, auch wenn ich eigentlich gehofft hatte, heute noch mit dir reden zu können. Ich wollte dich nämlich zu unserer Party einladen.«

Ich hebe ruckartig den Kopf. »Du ... du lädst mich zu einer Party ein?«

»Ja.« Er muss lachen über meinen Gesichtsausdruck. »Warum schaust du so überrascht? Ist doch keine große Sache.«

»Nein, natürlich nicht. Überhaupt keine große Sache.«

»Die Party steigt bei Felix zu Hause. Wir dachten, wir ...«

»Moment mal.« Ich hebe die Hand. »Du lädst mich zu *Felix'* Party ein? Oscar, er würde mich garantiert nicht dabei haben wollen!«

»Es ist auch meine Party, sie findet nur bei ihm zu Hause statt, weil ich bei mir keine Partys feiern darf. Felix' Eltern haben nichts dagegen.«

»Ach so. Ich glaube trotzdem nicht, dass Felix mich bei sich zu Hause haben will.«

»Vergiss doch mal, was Felix will. Die Party ist diesen Samstag, und es ist eine Halloween-Party. Kostümierung ist Pflicht.«

»Halloween ist doch erst in der Woche nach den Herbstferien.«

»Ja, aber so eine Party ist doch viel sinnvoller *vor* den Ferien. Auf die Weise können wir Halloween *und* eine ganze Woche schulfrei feiern!« Er grinst. »Ich bin ein Genie, oder?«

»Weil du eine Halloween-Party veranstaltest? So originell ist das nun auch wieder nicht.«

»Also, was ist jetzt, kommst du?«, fragt er und stupst meinen Arm an. »Na los, das wird bestimmt lustig!«

»Okay«, sage ich leise. »Ich komme zu der Party.«

»Super! Ich hätte auch schon eine Kostümidee für dich.« Er lächelt verschmitzt. »Du könntest dich als Vogelspinne verkleiden!«

»Was? Das ist voll die blöde Idee!«

»Das ist eine geniale Idee! Damit würdest du dich über die Leute lustig machen, die an deinem ersten Schultag vor Panik ausgerastet sind.«

»Nein, damit würde ich allen noch einmal vor Augen führen, warum sie mich hassen.«

»Hey, das stimmt nicht! Die Leute mögen dich«, protestiert er.

»Ach ja? Nenn mir eine Person außer dir, die mich mag.«

»Hm«, sagt er und runzelt konzentriert die Stirn. »Miss Campbell?«

»Das ist eine Lehrerin! Außerdem hat sie mich erst heute Morgen wieder gefragt, ob ich mein Gehirn überhaupt schon eingeschaltet habe.« Ich seufze. »Fairerweise muss ich zugeben, dass das wahrscheinlich das Netteste ist, was je einer an dieser Schule zu mir gesagt hat. Die Schüler sagen deutlich schlimmere Sachen.«

»Okay, pass auf: Es ist nicht so, als würden dich die Leute nicht mögen. Sie haben nur ein bisschen Angst vor dir, glaube ich. Weil sie denken, es könnte jederzeit eine Spinne aus deinen Haaren springen und sie beißen, wenn sie dir zu nah kommen.«

»Danke, jetzt fühle ich mich schon viel besser.«

»Auf der Party werden sie ihre Meinung schon ändern, vor allem, wenn du dich als Vogelspinne verkleidest. Oder vielleicht als Würgeschlange? Es ging doch das Gerücht herum, du hättest Mr. Hopkins mit einer gedroht, als er versuchte, dich wegen der Sache mit der Vogelspinne von der Schule zu werfen. Das wäre zumindest ein plausibler Grund dafür, dass er dich immer so wütend anstarrt und dir wegen jeder Kleinigkeit einen Rüffel verpasst.«

»Leider nicht wahr, das Gerücht, aber sehr phantasievoll.«

»Also: Wenn du nicht als Vogelspinne auf meine großartige Halloween-Party kommen willst, als was wirst du dich dann verkleiden?«

»Keine Ahnung, da muss ich erst drüber nachdenken. Vielleicht … als Hexe?«

»Nee, nicht als Hexe«, sagt er und springt auf, weil es in diesem Moment zum Nachmittagsunterricht klingelt. »Das wäre doch langweilig.«

Kapitel elf

»Langweilig? Ein Junge aus deiner Klasse hat gesagt, Hexen seien *langweilig*?« Mum stemmt die Hände in die Hüften. »Mit dem würde ich gern mal ein Wörtchen reden! Wie heißt er? Vielleicht belege ich ihn mit einem Fluch, dann sehen wir ja, wer langweilig ist!«

»Du brennst, Süße«, teilt ihr Dora seufzend mit.

»Und wie ich brenne! Ich brenne für unseresgleichen!«

»Nein, Maggie, du brennst wirklich. Buchstäblich.«

Dora zeigt auf Mums Blusenärmel, der Feuer gefangen hat, weil sie zu nah an einer Kerze steht.

»Oh. Stimmt.« Mum schnipst mit den Fingern, und die Flammen erlöschen. Die rußgeschwärzten Löcher, die das Feuer im Stoff hinterlassen hat, verschwinden ebenfalls.

»Beruhige dich wieder, Mum«, sage ich kichernd und lehne mich in meinem Kissen zurück. Merlin liegt in Gestalt eines Warzenschweins quer über meinem Bett und lässt mir kaum Platz. »So hat er es doch gar nicht gemeint. Er weiß schließlich nicht, dass Hexen tatsächlich existieren. Ich glaube, er meinte, dass sich total viele Leute als Hexen verkleiden und es deshalb langweilig ist. Mehr nicht.«

»Natürlich verkleiden sich viele Leute als Hexen, es ist

ja auch das beste Kostüm überhaupt!«, erwidert Mum trotzig. »Was könnte es denn Besseres geben, als eine Hexe zu sein?«

»Ihr solltet mir eigentlich dabei helfen, eine gute Verkleidung zu finden! Ich muss in einer Stunde los zur Party, und wir haben noch gar nichts!«

»Wer veranstaltet die Party eigentlich?«, fragt Mum, die immer noch verärgert wirkt über Oscars Kommentar. »Du hast uns noch gar nicht viel darüber erzählt.«

»Sie findet bei einem Mitschüler von mir statt, bei Felix, aber die Idee für die Party kam ursprünglich von Os... «

»Ich bin damals auch mit einem Felix zur Schule gegangen!«, unterbricht mich Dora aufgeregt. »Er hatte ein Kaninchen namens Toast.«

»Wie schön«, sage ich und tausche ein Grinsen mit Mum aus. »Ich glaube allerdings nicht, dass das derselbe Felix ist.«

»Was wohl aus ihm geworden ist?«, mutmaßt Dora seufzend.

»Aus Felix oder aus Toast?«

»Aus beiden.«

»Wie auch immer, es geht jetzt um die Party heute Abend«, lenke ich die Aufmerksamkeit zurück auf mich. »Irgendwelche Kostümideen?«

»Steh doch mal auf, Emma, dann können wir ein paar Optionen durchspielen«, schlägt Dora vor und macht es sich am Fußende meines Betts bequem. Mac schnarcht als Corgi zu ihren Füßen.

Ich stehe auf und stelle mich in die Mitte meines Zimmers, so dass ich mich im bodentiefen Spiegel meines Kleiderschranks sehen kann. Dora und Mum betrachten mich nachdenklich.

»Ich hab's!«, ruft Dora. »Wie wäre es, wenn du dich als Marshmallow verkleidest?«

Sie schnipst mit den Fingern, und ich bin plötzlich von einem riesigen rosa Marshmallow umhüllt. Oben guckt mein Kopf heraus, meine Arme ragen gerade zur Seite, und mein Gesicht ist passend zum Outfit schweinchenrosa geschminkt. Meine Haare stehen wie Insektenfühler in zwei Büscheln zu Berge und sind auf ganzer Länge mit echten Marshmallows beklebt.

»Dora! So kann ich nicht auf die Party! Ich sehe total lächerlich aus!«

»Ich finde, du siehst toll aus!«, schwärmt sie begeistert. »Das Kostüm ist ungewöhnlich und passt perfekt zum Anlass. Schließlich rösten die Leute an Halloween gern Marshmallows über kleinen Lagerfeuern!«

»Ich bezweifle, dass ich so durch Felix' Haustür passen würde! Es wundert mich, dass ich in meinem kleinen Zimmer nicht an die Wände stoße.«

Mum kichert. »Ich muss zugeben, das Kostüm ist nicht besonders praktisch. Wie wäre es mit etwas in dieser Art?«

Sie schnipst mit den Fingern, und ich trage auf einmal wieder Jeans und T-Shirt, habe jedoch ÜBERALL Haare. Sie wachsen dicht an dicht an meinen Armen, und als ich den Kopf hebe und mich im Spiegel ansehe, schreie ich erschrocken auf. Ich habe Haare, ECHTE Haare, im ganzen Gesicht, und zwei spitze Wolfsohren oben auf dem Kopf!

»Ein Werwolf! Cool, oder?«, fragt Mum selbstzufrieden, während ich zu entsetzt bin, um etwas zu entgegnen. Stumm berühre ich die Haare in meinem Gesicht. »Ich durfte einmal einen kennenlernen«, erzählt Mum, »und er war unglaublich höflich und ...«

»MUM! SO KANN ICH NICHT GEHEN!«, schreie ich. »Ich sehe total GRUSELIG aus!«

»Also, *ich* finde, du gibst einen süßen kleinen Werwolf ab«, widerspricht Dora. »Aber die Verkleidung sieht tatsächlich ziemlich echt aus, und die anderen Kinder wissen das vielleicht nicht unbedingt zu schätzen.«

»Also gut, dann habe ich noch eine Idee«, verkündet Mum fröhlich, schnipst mit den Fingern und verwandelt mich in eine Standuhr.

Eine halbe Stunde später habe ich das Gefühl, jedes nur erdenkliche Halloween-Kostüm anprobiert zu haben – allerdings nicht die coolen Kostüme, die normale Leute anziehen würden, sondern die richtig, richtig seltsamen, die sich nur meine Mutter und ihre Hexenfreundin ausdenken könnten. Zu den haarsträubenden Gegenständen, in die sie mich verwandeln, zählen: ein Tortilla-Wrap, eine Stehlampe inklusive Troddeln am Schirm und Lichtschalter, ein altes Hexenbuch, aus dessen Einband unterhalb des Titels mein Gesicht ragt, eine Mülltonne und ein freundlicher Kobold mit spitzen Ohren.

Der absolute Tiefpunkt ist erreicht, als Dora ruft: »Jetzt weiß ich es! Wie wäre es mit einem Skelett?« Sie schnipst ungefragt mit den Fingern, und ich ahne Böses, als ich in den Spiegel blicke. Mein gesamter Körper ist verschwunden, und ich starre stattdessen mein EIGENES, ECHTES SKELETT an! Ich brülle so laut, dass unser Nachbar sich aus dem Fenster beugt und fragt, ob er die Polizei rufen soll.

»Nein, danke, Mr. Mitchell! Meine Tochter hat nur eine Spinne gesehen und ein bisschen überreagiert!«, ruft Mum zurück, bevor sie erneut mit den Fingern schnipst und mich in mein normales Ich zurückverwandelt. »Tja, das war wohl gerade ein Schock für uns alle.«

»Für mich nicht«, sagt Merlin kichernd und nimmt seine Katergestalt ein, um auf meinen Schreibtisch zu springen und seinen Schwanz hin und her schnellen zu lassen. »Ich fand, das war eine große Verbesserung.«

Mir wird es allmählich zu bunt.

»Versuchen wir doch mal ein …«, beginnt Mum.

»ES REICHT!«, unterbreche ich sie lautstark, bevor sie erneut mit den Fingern schnipsen kann.

Mein Wutausbruch überrascht sie und Dora völlig. Beide blinzeln mich erstaunt an.

»Ich will nicht als Kürbis oder Burrito oder großer lila Fleck zu dieser Party gehen oder was auch immer eure seltsamen Gehirne sonst noch ausspucken«, stoße ich aufgebracht hervor und lasse mich auf mein Bett plumpsen. »Danke für eure Hilfe, aber ich werde mich doch lieber selbst um meine Verkleidung kümmern.«

Mum tauscht einen vielsagenden Blick mit Dora und sagt dann: »Na gut, wie du willst. Unsere Ideen waren wahrscheinlich wirklich ein bisschen … überwältigend.«

»Vor allem, als du deine eigenen Knochen sehen musstest«, fügt Dora entschuldigend hinzu.

»Wir gehen jetzt lieber mal runter und überlassen dich deinem Brainstorming«, schlägt Mum vor und bedeutet Dora winkend, ihr aus dem Zimmer zu folgen. »Wenn dir nichts einfällt, können wir es später noch mal gemeinsam versuchen.«

Die beiden schieben sich nach draußen, und ich lehne mich seufzend auf dem Bett zurück.

»Was soll ich nur tun?«, frage ich Merlin. »Mir muss unbedingt ein cooles Kostüm einfallen! Diese Party ist meine Chance, allen zu beweisen, dass ich keine peinliche Außenseiterin bin!«

»Ich würde dir ja gern helfen, aber ich bin total erschöpft davon, dass ich dir schon mein ganzes Leben lang zuhören muss.« Merlin gähnt. »Ich halte noch schnell ein kleines Schläfchen. Weck mich, wenn du dein Problem gelöst hast.«

»Na toll. Ich könnte mir keinen besseren Vertrauten und Begleiter wünschen«, schnaube ich sarkastisch. »Was würde ich nur ohne dich tun, Merlin?«

Er ignoriert mich einfach, verwandelt sich in eine Fledermaus und fliegt zum Fenster, wo er sich mit dem Kopf nach unten an die Gardinenstange hängt, die Fledermausflügel um seinen Körper schlingt und die Augen schließt.

Ich beobachte ihn und habe plötzlich eine Idee.

»Merlin … du bist ein Genie! Das ist es!«

Er lockert einen Flügel und späht in meine Richtung. Ich springe auf und stelle mich vor den Spiegel.

»Wovon sprichst du?«, fragt er mich.

»Du hast mich auf eine Idee gebracht«, antworte ich freudig erregt, starre mein Spiegelbild an und bereite mich auf die Verwandlung vor. »Ohne es zu wollen, warst du mir eine megagroße Hilfe.«

»Wie enttäuschend«, murmelt er.

Ich blicke unverwandt in den Spiegel und schnipse mit den Fingern, sobald ich mich bereit fühle. Ein Lächeln breitet sich auf meinem Gesicht aus, als ich das Ergebnis sehe. Bingo!

»Ein Vampir«, sagt Merlin, fliegt quer durchs Zimmer und landet auf meiner Schulter. »Inspiriert von mir als Fledermaus, nehme ich an. Nicht schlecht. Ich bin schon seit langem ein Fan von Vampiren, sie sollen nämlich außergewöhnlich gute *Monopoly*-Spieler sein. Wahrscheinlich haben sie einfach sehr viel Zeit zum Üben und sonst nicht viel zu tun, wenn sie tagsüber in ihrer Gruft sitzen.«

Ich muss selbst zugeben, dass meine Verkleidung absolut genial ist. Ein langer schwarzer Umhang mit hohem Kragen und rotem Seidenfutter hängt über meinen Schultern. Darunter trage ich ein weißes Hemd mit Puffärmeln und Rüschenkragen, eine rot-schwarz gemusterte Weste, eine hochgeschnittene schwarze Hose und schwarze Stiefel. Auch mein Make-up ist echt cool: dunkler Lidschatten, dramatisch geschwungener schwarzer Lidstrich, breite dunkle Augenbrauen, volle künstliche Wimpern und tiefroter Lippenstift. Ich sehe aus, als wäre ich professionell an einem Filmset geschminkt worden.

»Noch bin ich nicht fertig«, teile ich Merlin aufgeregt mit. »Für das, was jetzt kommt, muss ich mich echt konzentrieren.«

Ich lasse mir Zeit, verbanne alles andere aus meinen Gedanken und schnipse mit den Fingern. Meine Haare werden pechschwarz, fangen an zu wachsen und ringeln sich zu glänzenden Locken, die zur Hälfte hochgesteckt werden, mit ein paar einzelnen Strähnchen, die vorne herausfallen und mein Gesicht umrahmen. Edle, diamantbesetzte Haarspangen in Fledermausform halten die Hochsteckfrisur in Form.

»Wow.« Merlin begutachtet mein Werk. »Einen ganz schön aufwendigen Hexenzauber hast du da zustande gebracht.«

»Und nun der letzte Schliff …«

Ich hole tief Luft und bin ein wenig nervös, weil ich nicht weiß, wie das Ergebnis meines nächsten Fingerschnipsens ausfallen wird. Es ist nie ganz einfach, etwas an den eigenen Gesichtszügen zu verändern, aber ich weiß, dass es *megacool* aussehen wird, wenn ich es so hinbekomme, wie ich es mir vorstelle.

Voller Zuversicht und Aufregung schnipse ich mit den Fingern. Grinsend betrachte ich mein Spiegelbild. Es hat geklappt!

»Vampirzähne! Echte Vampirzähne!«, ruft Merlin lachend, während ich mein neues Gebiss im Spiegel bewundere. »Ich mache dir nur ungern Komplimente, aber das ist große Magie.«

»Danke, Merlin. Ich glaube, ich bin endlich bereit, auf diese Halloween-Party zu gehen.« Ich lächle, und meine Zähne funkeln im Licht. »Meinst du nicht auch?«

Kapitel zwölf

»Was soll denn das für ein Kostüm sein?«, fragt Felix unbeeindruckt, als er mir die Tür aufmacht. Er selbst ist als Frankensteins Monster verkleidet. »Bist du ein Zirkusdirektor?«

»So ähnlich!« Ich versuche, seine unfreundliche Begrüßung mit einem Lachen abzutun. »Nein, ich bin ein Vampir. So eine Art weiblicher Dracula. Wie ich sehe, hast du dich von Frankensteins Monster inspirieren lassen, unsere Verkleidungen haben also beide einen Schauerroman als Vorlage.«

Felix starrt mich an, als wäre ich ein Alien.

Ich räuspere mich. »Äh, wie auch immer. Kann ich reinkommen?«

Er tritt widerwillig zur Seite, um mich durchzulassen. Im Haus wimmelt es von Leuten, und in jedem Raum dröhnt aus Lautsprechern Musik.

»Bitte sehr.« Felix zeigt grinsend auf ein paar künstliche Spinnweben, die über meinem Kopf von der Decke baumeln. »Damit du dich ganz wie zu Hause fühlst.«

Er schiebt sich durch die dicht gedrängten Partygäste ins Wohnzimmer, und ich bleibe im Flur zurück und weiß nicht recht, was ich tun soll. Keiner hat auf meine Ankunft reagiert, daher habe ich niemanden, mit dem ich mich unterhalten könnte. Iris und ihre Freundinnen stehen lachend und plaudernd in einer Tür, alle im gleichen glitzernden Einhorn-Kostüm. Sie halten Becher mit Fruchtpunsch in den Händen.

»Geh und hol dir einen Punsch«, drängt Merlin, der in Gestalt einer Ameise unter dem Kragen meines Umhangs sitzt. »Den gibt's wahrscheinlich in der Küche. Steh nicht einfach so herum.«

»Okay.« Ich nicke und frage mich plötzlich, warum ich überhaupt hier bin. »Gute Idee. Ich hole mir was zu trinken.«

Ich gehe also den Flur entlang, zwänge mich an Schülergrüppchen vorbei und gebe mir Mühe, niemandem das Getränk aus der Hand zu stoßen. Als ich Joe, den Jungen, der in Geschichte neben mir sitzt, entdecke, bleibe ich stehen und lächle ihn an.

»Hallo, Joe. Cooles Kostüm. Ninja Turtle, stimmt's?«

Er nickt. Es ist ihm sichtlich unangenehm, dass er sich vor seinen Freunden mit mir unterhalten muss.

»Ich bin ein Vampir«, fahre ich betont munter fort. »Aber das hast du vermutlich schon an meinen Zähnen erkannt.«

Er runzelt die Stirn und starrt auf meinen Mund. »Die sehen so … echt aus.«

»Danke! Und, habt ihr Spaß auf der Party?«, frage ich und lächle in die Runde.

»*Hatten* wir«, murmelt ein Junge leise und bringt die anderen damit zum Kichern. »Bist du sicher, dass Felix dich eingeladen hat? Kommt mir irgendwie ziemlich … unwahrscheinlich vor.«

Ich bekomme heiße Wangen vor Scham. »Oscar hat mich eingeladen. Er …«

»Oscar ist in der Küche«, sagt ein Mädchen spitz. »Vielleicht gehst du lieber zu ihm und quatschst *ihn* voll.«

»Klar. Sorry. Ich lasse euch dann mal allein«, erwidere ich leise, schlucke den Kloß in meinem Hals herunter und gehe weiter, während hinter mir Gekicher zu hören ist.

Merlin krabbelt meinen Hals herauf und versteckt sich hinter meinem Ohr, damit ich ihn trotz der lauten Musik hören kann. »Habe ich deine Erlaubnis, mich in eine Giftschlange zu verwandeln und diese reizende kleine Clique ein bisschen aufzumischen?«

»Erlaubnis verweigert«, antworte ich seufzend, während mich ein Partygast rücksichtslos beiseite schubst. »Selbst schuld, dass ich dachte, ich könnte mich ausgerechnet mit Joe unterhalten. Er hat mir im Unterricht eigentlich deutlich zu verstehen gegeben, dass er mich nicht leiden kann.«

»Wundere dich nicht, wenn er in der nächsten Geschichtsstunde von einer Hornisse in die Nase gestochen wird. Und zwar zweimal hintereinander.«

Ich schaffe es schließlich, mich in die Küche vorzuarbeiten, und sehe Oscar mit ein paar Freunden direkt neben dem Becherstapel und der Schüssel mit Fruchtpunsch stehen. Ich winke ihm kurz zu, um seine Aufmerksamkeit zu erregen, und seine Miene hellt sich auf, als er mich entdeckt. Endlich fühle ich mich ein bisschen besser.

130

»Hi, Oscar«, begrüße ich ihn und betrachte sein grellgelbes Kostüm. »Äh … was bist du? Eine Banane?«

Ein Grinsen breitet sich auf seinem Gesicht aus. »Nein, ich bin Pikachu. Aus den Pokémon-Videospielen.«

»Oh, tut mir leid. Ich kenne mich nicht so aus mit Pokémon.«

»Kein Problem.« Er grinst. »Wow, deine Vampir-Verkleidung ist der Hammer! Hast du dir die Haare gefärbt, oder ist das eine Perücke?«

»Ich habe sie getönt, das geht wieder raus.«

»Steht dir!« Er zögert. »Deine Vampirzähne sehen total echt aus. Wo hast du die her?«

»Von einem Kostümversand im Internet. Die Kritiken waren super, also habe ich sie einfach bestellt und das Beste gehofft.«

Oscar betrachtet aufmerksam meinen Mund. »Es sieht fast so aus, als wären deine echten Zähne gewachsen und spitzer geworden.«

Ich lache, greife nach einem Becher und schenke mir Punsch ein. »Nein, Quatsch.«

Während ich einen Schluck aus meinem Becher trinke, glaube ich, einen Schatten die Decke entlanghuschen zu sehen. Ich blinzle und blicke erneut hin, doch es ist nichts mehr zu entdecken. Oscar bemerkt mein Stirnrunzeln und starrt ebenfalls zur Decke.

»Was ist?«, fragt er und dreht sich verwirrt wieder zu mir um. »War da oben was?«

»Nein, ich dachte nur … Ach, egal.«

»Ach, übrigens, Emma«, ertönt plötzlich Felix' laute

131

Stimme hinter meinem Rücken. »Ein paar Leute könnten es ziemlich übertrieben finden, dass du dir nur für eine Party die Haare gefärbt hast. Ein bisschen sehr bemüht, würde ich sagen.«

Er taucht neben mir auf und schiebt mich beiseite, um sich noch einen Punsch zu nehmen.

»Wieso, sieht doch cool aus«, widerspricht Oscar. »Emma gewinnt heute Abend auf jeden Fall den Kostümwettbewerb.«

»Was?« Felix verzieht angewidert das Gesicht. »Weil sie sich einen Umhang übergeworfen, die Haare gefärbt und künstliche Zähne übergestülpt hat? Mach dich nicht lächerlich, Oscar! Eine Vampir-Verkleidung auf einer Halloween-Party – langweiliger und offensichtlicher geht es ja wohl nicht.«

»Dein Kostüm ist da natürlich viel origineller«, sagt Oscar und zieht die Augenbrauen hoch.

Ich lache in meinen Becher hinein, und Felix wirft mir einen finsteren Blick zu.

»Gegen Frankenstein kommt niemand an.«

»Frankensteins *Monster*«, platze ich gedankenlos heraus.

»Was?«, hakt Felix stinksauer nach.

»Frankenstein ist der Name des verrückten Wissenschaftlers aus dem Buch. Du bist als das Monster verkleidet, das er geschaffen hat.« Ich breche unsicher ab, weil mich Felix weiterhin wütend anfunkelt. »Egal, ist ja nicht so wichtig.«

Oscar bricht in Gelächter aus. »Ich denke, den Sieg beim Kostümwettbewerb kannst du dir abschminken, Felix. Du weißt ja nicht mal, als was du verkleidet bist!«

»Na und?«, murmelt Felix.

Oscar zieht ihn weiter freundschaftlich auf, aber ich bekomme nichts mehr davon mit, weil ich von einem kleinen, dunklen Schatten abgelenkt werde, der an der Deckenlampe vorbeihuscht. Er fliegt durch die Luft und landet ganz oben auf einem Küchenregal, verborgen von der dort herrschenden Dunkelheit.

Eine Fledermaus!

»Merlin, komm sofort da runter!«, knurre ich und spähe angestrengt zum Regal hinauf.

»Was soll ich?«, fragt eine Stimme an meinem Kragen und lässt mich vor Schreck zusammenzucken.

»Alles okay, Emma?«, erkundigt sich Oscar und sieht mich ganz eigenartig an.

»Ja. Ja, ich … äh … ich muss nur schnell auf die Toilette«, antworte ich, stelle meinen Becher ab und fliehe aus der Küche.

Als ich die Toilette im Erdgeschoss erreiche, steht Iris wartend vor der Tür.

»Oben ist auch noch ein Bad«, teilt sie mir mit und fummelt an ihrem Einhorn-Haarreif herum. In diesem Moment geht die Toilettentür auf, und ein Partygast kommt heraus.

Während Iris die Toilette betritt, renne ich die Treppe hinauf, umrunde die Leute, die im ersten Stock auf dem Treppenabsatz herumstehen und sich lautstark unterhalten, und reiße jede einzelne Tür auf, bis ich endlich das Badezimmer finde. Ich betrete es, knalle die Tür hinter mir zu und verriegle sie.

»Merlin, was ist da los?«

»Was meinst du?«, fragt er, verwandelt sich in eine Krähe und landet auf dem Badezimmerregal oberhalb des Spiegels. Dort macht er es sich bequem und wirft dabei sämtliche Seifen und Cremetuben ins Waschbecken.

»Hast du dich in eine Fledermaus verwandelt und bist in der Küche herumgeflogen?«

»Nö. Bin völlig unschuldig.«

»Sicher?«

Er legt den Kopf schräg und sieht mich gereizt an. »Ja, ganz sicher.«

»Dann flattert unten in der Küche wirklich eine Fledermaus herum. Eine echte.«

»Ja, und in deinem Umhang ist auch eine.«

»*Was?*«

Ich kreische laut, als eine Fledermaus unter meinem Umhang hervorschießt und in die Badewanne fliegt.

»Was hat eine FLEDERMAUS unter meinem Umhang zu suchen?«, schreie ich und zeige auf das Tier. »Wie ist sie da hingekommen? Ist das die aus der Küche?«

»Ich glaube nicht«, antwortet Merlin und sieht mich mit seinen runden, glänzenden Krähenaugen an. »Es ist nämlich noch eine unter deinem Kostüm.«

Ich wedle mit dem Umhang, und eine weitere Fledermaus kommt herausgeflogen und landet neben der ersten in der Badewanne.

»Merlin, WARUM sind da Fledermäuse unter meinem Umhang? Was ist hier los?«, frage ich krächzend und versuche, nicht in Panik zu geraten. »Bitte sag mir, dass das nur ein eigenartiger Zufall ist! Vielleicht hat Felix eine Fledermausplage bei sich zu Hause?«

»Das kann ich mir nicht vorstellen«, erwidert Merlin und verwandelt sich in einen schwarzen Kater, der nachdenklich den Schwanz hin und her bewegt. »Wenn du mich fragst, hat es mit deiner Verkleidung zu tun.«

»Wie meinst du das?«

»Ich meine, dass zu deiner Verkleidung offensichtlich auch Fledermäuse gehören.«

Ich starre ihn blinzelnd an. »Wie können zu einer Verkleidung FLEDERMÄUSE GEHÖREN?«, frage ich und quietsche erschrocken, als zwei weitere Fledermäuse unter meinem Umhang hervorschießen und ein paar Runden um meinen Kopf drehen, bevor sie rechts und links auf meinen Schultern landen.

»HAUT AB, IHR MISTVIECHER!«, brülle ich und fuchtele wild mit den Armen. »SETZT EUCH GEFÄLLIGST ZU DEN ANDEREN IN DIE BADEWANNE!«

Sofort gehorchen die beiden und fliegen von meinen Schultern zur Badewanne, wo sie sich zu ihren Artgenossen kauern.

»Siehst du? Sie hören auf dich«, sagt Merlin und lacht glucksend in sich hinein. »Denk doch mal nach, Emma: Du bist ein Vampir, und Vampire haben oft eine ganze Armee von Fledermäusen dabei.«

Noch bevor er seinen letzten Satz zu Ende gesprochen hat, tauchen fünf weitere Fledermäuse auf, flattern aufgeregt im kleinen Badezimmer herum und lassen sich in der Badewanne nieder.

»Ich bin doch gar kein echter Vampir!«, zische ich wutentbrannt und starre die Fledermaushorde voller Entsetzen an, während die Tiere allesamt aufmerksam zu mir, ihrer Herrin, aufblicken.

»Ich glaube, du hast ein bisschen zu gründlich gehext, was deine Verkleidung angeht.«

»Das ist die Untertreibung des Jahrhunderts!«, brülle ich. »Ich bin mit einer BADEWANNE VOLL FLEDERMÄUSEN auf einer Party!«

Plötzlich klopft es an der Tür, und ich erstarre, als ich Oscars Stimme höre.

»Emma? Bist du da drin?«

»Äh ... ja ... hi ... hier ist besetzt!«, stottere ich, während noch einmal fünf Fledermäuse aus meinem Umhang geflattert kommen und ihre Runden durchs Badezimmer drehen.

Ich versuche, auch sie in die Badewanne zu treiben, aber dieses Grüppchen ist ein bisschen eigensinniger. Eine Fledermaus fliegt direkt in die Toilettenschüssel und fängt an, dort vergnügt vor sich hin zu planschen und sich prächtig zu amüsieren.

»*Geh da raus!*«, flüstere ich, während Merlin verzweifelt versucht, sich das Lachen zu verkneifen.

»Alles okay bei dir?«, fragt Oscar durch die Tür. »Ich wollte mich vergewissern, dass dich Felix mit seinen blöden Sprüchen nicht gekränkt hat.«

»Äh, n-nein, alles okay! Felix ist doch voll witzig. Alles super.«

Ich versuche, geräuschlos die Fledermäuse vom Badezimmerschränkchen wegzuscheuchen, das sie inzwischen geöffnet haben und in dem sie wild mit den Flügeln schlagend herumfliegen. Tuben und Flaschen fallen heraus und landen laut polternd im Waschbecken. Während ich nach ihnen greife, um sie zurückzustellen, stoße ich ein Glas mit Zahnbürsten um, das zu Boden fällt und scheppernd zerbricht.

»Emma? Was war das? Bist du da drinnen gerade gestürzt oder so?«, fragt Oscar.

»Ja! Ich bin gestolpert und hingefallen! Wie ungeschickt von mir!«, antworte ich. »Aber nichts passiert, keine Sorge.«

Eine Plastikflasche mit Duschgel ist vom Badewannenrand gerutscht und liegt nun mit aufgeklapptem Deckel im Inneren der Wanne. Das Duschgel fließt heraus, und die in der Nähe sitzenden Fledermäuse wittern sofort ihre Chance, noch mehr Unsinn anzustellen. Vor Freude quietschend springen sie auf der Flasche herum, als wäre sie ein Fledermaustrampolin, und spritzen Duschgel kreuz und quer über die Badezimmerkacheln.

Ihre Fledermauskollegen wechseln sich damit ab, auf der Deckenlampe herumzuschaukeln, bis sich der Lampenschirm löst und wie ein Hut auf meinem Kopf landet, und zwar genau in dem Moment, als ich versuche, bei den Duschgel-Fledermäusen durchzugreifen und meine Autorität geltend zu machen. Als sie meine Kopfbedeckung sehen, rollen sie sich lachend auf dem Wannenboden.

»Was ist da drinnen los? Es poltert und kracht die ganze Zeit!«

Ich zucke zusammen, als ich Felix' Stimme höre, der sich offenbar zu Oscar vor die Badezimmertür gesellt hat.

»Nichts! Alles gut!«, rufe ich und nehme den Lampenschirm vom Kopf. Unterdessen kommen mehrere weitere Fledermäuse unter meinem Umhang hervorgeschossen und schließen sich der großen Badezimmersause an.

»Du musst echt mal langsam deine tierischen Begleiter in den Griff bekommen«, merkt Merlin an und zieht den Kopf ein, weil gerade eine Fledermaus über seinen Kopf fliegt. »Ich könnte mir vorstellen, dass so ein großer Schwarm nicht unbemerkt an den Partygästen vorbeigeht.«

»Emma, was ist da drinnen los?«, ruft Oscar und klopft erneut an die Tür.

»Es klingt, als würdest du mein Badezimmer zerlegen!«, brüllt Felix und hämmert gegen die Tür, während aus dem Badezimmerschränkchen noch mehr Gegenstände ins Waschbecken poltern. »Mach auf!«

»Diese blöden Fledermäuse müssten alle mal für einen Moment ruhig sein, damit ich mich aufs Hexen konzentrieren und sie beseitigen kann!«, flüstere ich Merlin zu. Genau in dem Moment prallt eine Fledermaus direkt gegen meine Stirn, und ich taumle rückwärts gegen die Tür.

»Schrei sie an!«

»Kann ich nicht!«, zische ich und zeige zur Badezimmertür, gegen die Felix immer noch hämmert. »Dann hören die beiden, dass ich mit Fledermäusen spreche! Wie stehe ich denn dann da?«

»Emma, wir können mit ziemlicher Sicherheit sagen, dass du sowieso blöd dastehst, egal, wie es ab jetzt weitergeht.« Merlin seufzt und sieht sich in dem zerstörten Badezimmer um. »Versuch es mal mit pfeifen. Damit erregst du vielleicht ihre Aufmerksamkeit.«

»Gute Idee.«

Ich versuche zu pfeifen, schaffe es jedoch nicht wegen der dämlichen Vampirzähne in meinem Mund. Ich schnipse mit den Fingern, um sie loszuwerden, aber als ich sie anschließend mit den Fingern betaste, sind sie immer noch da. Voller Panik blicke ich in den Badezimmerspiegel und schnipse wieder und wieder mit den Fingern, doch nichts passiert.

Oh-oh.

»Ich werde meine Vampirzähne nicht los! Die sitzen fest! Was, wenn ich nie wieder normale Zähne habe? Was, wenn ich ab jetzt FÜR IMMER als Vampir herumlaufen muss?«

»Lass uns ein Problem nach dem anderen angehen, was hältst du davon? Ich habe eine Idee.« Merlin zeigt aufs Badezimmerfenster. »Öffne das Fenster, dann fliegen die Fledermäuse raus. Damit wäre ein Problem schon mal gelöst.«

Ich reiße das Fenster auf, und sofort flattern sämtliche Fledermäuse fröhlich in die Nacht hinaus. Nachdem ich das Fenster fest hinter ihnen verschlossen habe, atme ich erleichtert auf.

»MACH SOFORT DIE TÜR AUF!«, ruft Felix.

Ich eile zur Tür und schließe sie auf, während Merlin sich schnell in eine kleine Spinne verwandelt und mein Bein hinaufkrabbelt. Felix' Gebrüll hat offensichtlich für Aufruhr gesorgt, denn als ich mit einem breiten Lächeln auf dem

Gesicht die Tür aufschiebe, stehe ich nicht nur vor ihm und Oscar, sondern vor einer ganzen Horde Schüler, die alle sehen wollen, was hier los ist.

Felix reckt den Hals, um über meine Schulter zu spähen. Seine Augen weiten sich, als er den Zustand seines Badezimmers erblickt.

»Was ist denn hier passiert?«, fragt er und wirkt zunächst eher verblüfft als wütend.

»Es ist nicht so schlimm, wie es aussieht. Es sind nur ein paar Sachen aus dem Schrank gefallen, als ich ihn aufgemacht habe, um … um Augen-Make-up-Entferner zu suchen. Ja, ich habe nämlich zu viel Lidschatten aufgetragen, wie das eben manchmal so ist. Ach ja, der Lampenschirm ist einfach von der Decke heruntergesegelt, keine Ahnung, wie das passieren konnte. War ziemlich witzig, denn er ist doch tatsächlich direkt auf meinem Kopf gelandet, wie ein alberner Hut, haha!«

Nur Oscar lacht. Alle anderen starren mich wortlos an.

»Wie auch immer, ich räume hier schnell auf, und dann können wir alle weiterfeiern!«

»Du bist so was von seltsam«, sagt Felix und verzieht angewidert das Gesicht.

Als er sich gerade umdrehen will, um wieder nach unten zu gehen, saust eine kleine Fledermaus die Treppe herauf, segelt über die Köpfe der herumstehenden Schüler und landet auf meiner Schulter.

»Ah«, flüstert Merlin, der inzwischen ebenfalls bis zu meiner anderen Schulter hinaufgekrabbelt ist. »Die Fledermaus aus der Küche haben wir ganz vergessen.«

Für einen Sekundenbruchteil herrscht Stille, dann bricht endgültig Chaos aus.

»EINE FLEDERMAUS! ES IST EINE FLEDERMAUS IM HAUS!«, kreischt Felix voller Panik, bevor er laut brüllend die Treppe hinunterrennt. Alle anderen ergreifen ebenfalls die Flucht und bringen so schnell sie können Abstand zwischen sich und mich.

»Ich schlage vor, dass du dich dumm stellst«, flüstert Merlin.

»HILFE, EINE FLEDERMAUS!«, schreie ich so überzeugend wie möglich und fuchtele mit den Armen, während meine treue kleine Fledermausfreundin sich verzweifelt an meinen Umhang klammert. »Auf mir sitzt eine Fledermaus! Hilfe!«

Irgendeine schlaue Person reißt unten die Haustür auf und ruft nach oben: »Versuch, sie Richtung Tür zu treiben, damit sie rausfliegt!«

Unglücklicherweise stellt sich heraus, dass meine Fledermaushorde, nachdem ich sie ausgetrickst und aus dem Badezimmerfenster ins Freie entlassen habe, nur auf eine Gelegenheit gewartet hat, wieder hereinzufliegen. Sobald die Haustür offensteht, kommt sie fröhlich zurück ins Haus geflattert, woraufhin schreiende Partygäste in alle Richtungen flüchten.

»Emma!«, ruft Oscar, der immer noch vor dem Badezimmer steht. »Die Fledermaus will nicht von deiner Schulter weg!«

»Ja! Ich glaube ... ich glaube, sie hat sich mit ihren Krallen in meinem Umhang verfangen!«

»Was für ein Anblick, ich lache mich kringlig!« Merlin, der das Chaos um sich herum in vollen Zügen genießt, kichert, während ich so tue, als würde ich nach der Fledermaus auf meiner Schulter schlagen, um sie endlich zu vertreiben. »Schau mal, Felix ist völlig außer sich vor Angst!«

»Ich muss hier weg«, zische ich Merlin zu. »Dann müssten mir die Fledermäuse eigentlich folgen, oder?«

»Ja, das ist die einzige Möglichkeit, sie hier wegzubekommen.« Merlin seufzt. »Wirklich schade. Wo der Spaß doch gerade erst richtig begonnen hat ...«

»Emma, warte!«, ruft mir Oscar hinterher, als ich die Treppe hinuntereile.

Zum Glück rennen überall Partygäste in panischer Angst durch die Gegend. Ich stürze inmitten eines ganzen Pulks aus der Haustür, und niemand bemerkt, dass der Fledermausschwarm hinter mir das Haus verlässt. Nachdem ich Felix' Einfahrt hinuntergehastet bin, verstecke ich mich hinter einem großen Baum in seinem Vorgarten. Zusammengekauert hocke ich im Gras, während die Fledermäuse gut gelaunt über mir im Baum landen und sich mit dem Kopf nach unten an die Äste hängen.

Ich vergewissere mich, dass niemand in meine Richtung blickt, und hole dann tief Luft. In der kalten, stillen Nachtluft fühle ich mich endlich ein bisschen ruhiger.

Ich schnipse mit den Fingern, und als ich nach oben spähe, sind die Fledermäuse verschwunden. Erleichtert schließe ich die Augen und greife nach meinem Handy, um Mum anzurufen und sie zu bitten, mich früher abzuholen. Während die Panik im Garten langsam abflaut und die Partygäste kopfschüttelnd und aufgeregt tuschelnd ins Haus zurückkehren, bleibe ich in meinem Versteck hinter dem Baum. Nach einer Weile höre ich wieder laute Musik, die Party geht offenbar weiter.

»Und?«, fragt Mum, als sie am Straßenrand hält und ich die Beifahrertür aufmache. Ich springe förmlich auf den Sitz, begierig darauf, nach Hause zu kommen. »Wie war es?«

»Mum.« Ich seufze völlig erledigt. »Darüber will ich wirklich, *wirklich* nicht sprechen.«

Kapitel dreizehn

Es klopft laut an meine Zimmertür.

»Emma? Dürfen wir reinkommen?«

»Ja«, rufe ich über die Schulter und wende meine Aufmerksamkeit gleich wieder dem Arbeitsblatt über den Einmarsch der Normannen zu, das vor mir auf dem Schreibtisch liegt.

Die Tür geht knarrend auf, und Mum kommt herein, gefolgt von Dora. Mac trippelt in Corgi-Gestalt hinterher, und Helena flattert als Kolibri um Mums Schultern herum. Ein mit Marshmallows garnierter Becher voll dampfend heißer Schokolade schwebt durch die Luft und landet vor mir auf dem Schreibtisch.

»Danke«, sage ich ohne aufzublicken.

»Was machen die Hausaufgaben?«, fragt Mum und beugt sich über meine Schulter, während Dora auf dem Bett Platz nimmt.

»Läuft ganz okay.«

»Gut.« Sie zögert. »Emma, können wir mal kurz mit dir sprechen?«

»Klar. Um was geht's denn?«

»Du hast dich die gesamten Herbstferien in deinem Zimmer verschanzt, und wir machen uns ziemliche Sorgen um dich«, erklärt Mum unter beifälligem Nicken von Dora. »Möchtest du vielleicht mit uns über den Grund dafür reden?«

»Was ist denn letzte Woche auf der Party vorgefallen?«, fragt Dora sanft. »Du kannst es uns ruhig erzählen.«

»Gar nichts ist vorgefallen.«

Die beiden sehen sich vielsagend an. Mum sagt: »Irgendwas muss aber passiert sein, sonst wärst du nicht so eigenbrötlerisch. Was auch immer es ist, du kannst mit uns darüber reden, das weißt du hoffentlich.«

»Wie bereits gesagt: Die Party war einfach nur total langweilig, und ich bin ein bisschen in Panik geraten, weil ich meine Vampirzähne nicht mehr in normale Zähne zurückverwandeln konnte. Also habe ich beschlossen, schon früher den Heimweg anzutreten.« Ich zucke mit den Schultern. »Das ist auch schon alles.«

»Emma, es ist vollkommen okay, wenn du …«

»Sie will nicht darüber sprechen«, wird Mum von Merlin unterbrochen, der in Gestalt eines schwarzen Katers auf meinem Schreibtisch sitzt. »Glaubt mir, das ist ein echter Segen. Ich muss mir schon die ganze Woche die gleiche Leier anhören! Bla, bla, bla, Teenager-Probleme, bla, bla, bla.«

»Gut, dass du dich jemandem anvertraut hast«, sagt Dora anerkennend zu mir. »Auch wenn dieser Jemand Merlin war.«

»Ich habe niemandem etwas anvertraut, das hat Merlin bloß erfunden. Auf der Party ist nichts Besonderes passiert.

Und jetzt entschuldigt mich, ich muss mich wieder der Eroberung durch die Normannen widmen.«

»Ach, diese Bücher stecken doch voller Lügen«, echauffiert sich Dora und weist mit dem Kinn auf mein Geschichtsbuch. »Nie werden all die vielen Hexen erwähnt, die die Verletzten heilten und …«

»Ist doch klar. Die besagten Hexen mussten ja auch auf Zaubertränke zurückgreifen, um die Erinnerung der Überlebenden auszulöschen«, unterbricht Mum sie. »Wie auch immer, konzentrieren wir uns lieber auf Emma und das, was sie so durcheinandergebracht hat, ja?«

»O ja, absolut! Wir sind immer für dich da, Emma«, erklärt Dora feierlich. »Waren es wirklich die Vampirzähne, die dich so aufgewühlt haben? Deine Zähne waren in nur zwei Tagen wieder die alten, das ist doch gar nicht so schlecht.«

Mum nickt. »Ich finde es überaus beeindruckend, dass du so einen starken Hexenzauber zustande gebracht hast, dass er noch zwei Tage lang nachgewirkt hat – das ist einfach unglaublich! Ich weiß, dir fehlt noch das Selbstvertrauen, Emma, aber glaube mir, du bist eine sehr viel mächtigere Hexe, als du denkst.« Sie hält inne. »Trotzdem kann ich mir nicht vorstellen, dass es nur die Vampirzähne waren, über die du die ganze Woche nachgegrübelt hast. Es muss noch etwas anderes auf der Party passiert sein, etwas, was du uns nicht erzählen möchtest, und …«

»Wenn ich es euch doch sage!« Ich lege meinen Stift beiseite, weil mir klar wird, dass sich die beiden nicht so einfach abwimmeln lassen. »*Es ist nichts passiert!* Und die Sache mit den Vampirzähnen habe ich längst verdaut. Allerdings gibt es tatsächlich etwas, über das ich mit euch beiden reden wollte.«

»Schieß los«, fordert mich Mum auf und sieht mich erwartungsvoll an.

»Ich denke schon die ganze Woche darüber nach und bin mir inzwischen sicher, dass es besser wäre, wenn ich wieder von Dora zu Hause unterrichtet würde. Du kannst Mr. Hopkins einen Brief schreiben, Mum, und ihm mitteilen, dass ich nicht mehr zurück an die Schule komme. Glaub mir, er wird sehr erfreut sein über diese Nachricht.«

Mum und Dora starren mich erschrocken an.

»Aber du hast dir doch so lange gewünscht, auf eine öffentliche Schule zu gehen!«

»Ja. Das war ein Fehler.«

»Emma …«

»Ich habe gründlich darüber nachgedacht, Mum. Ich will wieder zu Hause unterrichtet werden. Die Schule ist nichts für mich, das weiß ich jetzt.«

Sie nickt nachdenklich. Nach einem Moment des Schweigens sagt sie: »Warum warten wir nicht bis zum Ende des Halbjahrs und schauen, wie du dich dann fühlst?«

»Nein, Mum, ich will jetzt gleich von der Schule. Ich kann nicht dorthin zurück.«

»Warum nicht?« Sie sieht mich mit hochgezogenen Augenbrauen an. »Wegen irgendwas, was auf der Party vorgefallen ist? Man kann vor solchen Dingen sowieso nicht davonlaufen, Emma.«

»Ich laufe nicht davon!«, rufe ich. »Ich will nur nicht mehr auf diese Schule gehen!«

»Ich verstehe ja, dass es anfangs schwierig ist, sich in einem völlig neuen Umfeld einzuleben«, sagt Mum. »Vor allem für uns Hexen. Trotzdem denke ich, dass du im Grunde deines Herzens noch nicht so schnell aufgeben möchtest. Ich biete dir also folgenden Kompromiss an: Du bleibst bis Weihnachten auf der Schule, und wenn du dann immer noch zurück nach Hause willst, spreche ich mit dem Direktor, und du kannst wieder von Dora unterrichtet werden. Solltest du bis dahin deine Meinung geändert haben und bleiben wollen, ist das natürlich auch in Ordnung. Was meinst du?«

Ich seufze und blicke auf meine Füße hinunter. »Also gut. Aber happy bin ich nicht mit dieser Lösung.«

»Und jetzt wollen Dora und ich dich entführen, damit du endlich mal wieder ein bisschen Spaß hast!« Mum lächelt mich liebevoll an. »Du schmollst seit einer ganzen Woche, dabei ist heute *Samstag*! Da sollten junge Menschen das Wochenende genießen!«

»Na los, Schuhe an«, trällert Dora und schnipst mit den Fingern. Meine Schuhe fliegen quer durchs Zimmer und stülpen sich über meine Füße. »Wir gehen Kürbisse kaufen, und dann zeige ich dir, wie man so ein Ding aushöhlt. Und zwar nicht nach Hexenart, sondern so, wie normale Leute es machen.«

»Wozu denn der Aufwand?«, fragt Merlin mit einem abfälligen Schnauben und peitscht mit seinem Schwanz hin und her.

»Weil wir auf diese Weise alle zusammen etwas Schönes unternehmen können und sicher einen Riesenspaß haben werden«, erklärt Dora, während Mac sich von einem Corgi in einen Dobermann verwandelt und in Merlins Richtung die Zähne fletscht. »Manchmal kann es nämlich ganz schön langweilig sein, immer nur mit den Fingern zu schnipsen und alles sofort zu bekommen, was man sich wünscht.«

Während ich mich anschnalle und mit halbem Ohr Doras Geplapper lausche, die begeistert von der wunderbaren Kürbisfarm schwärmt, zu der wir fahren, denke ich über den Kompromiss nach, den ich mit Mum geschlossen habe. Die ganze Woche war ich hin und her gerissen: Einerseits wollte ich nach der Schmach auf der Party am liebsten nie wieder mein Zimmer verlassen, geschweige denn zur Schule gehen und allen wieder gegenübertreten. Andererseits machte mich der Gedanke, mich einfach so geschlagen zu geben und für den Rest meines Lebens eine einsame Hexe ohne Freunde zu sein, ein wenig traurig.

Ich starre aus dem Autofenster und gelange zu dem Schluss, dass Mums Idee wirklich gut ist. Auf diese Weise kann ich meine Entscheidung noch eine Weile verschieben. Vielleicht mache ich bis Weihnachten ja doch endlich Fortschritte, was das Freundschaftenschließen angeht. Allerdings bedeutet das, dass ich am Montag wieder in die Schule gehen und den anderen Schülern gegenübertreten muss. Allein beim Gedanken daran wird mir schlecht. Ich hoffe, Oscar ist nicht sauer auf mich, weil ich ihm die Party ruiniert habe. Zum Glück weiß er nicht, dass die Fledermäuse wegen mir da waren.

Die Sache mit dem verwüsteten Badezimmer ist mir

furchtbar peinlich. Meine Mitschüler müssen mich für total bescheuert halten, weil ich auf der Party erscheine, dort umgehend einen Haufen Tuben, Fläschchen und Zahnbürsten im Badezimmer herumwerfe und dann wieder verschwinde, ohne hinter mir aufzuräumen.

Warum bin ich nicht auf die Idee gekommen, mit den Fingern zu schnipsen und das Badezimmer wieder in seinen ursprünglichen Zustand zu versetzen, bevor ich Oscar und Felix die Tür aufgemacht habe?!

Ich bin so eine blöde Kuh, ich habe überhaupt keine Freunde verdient.

Vielleicht kann ich Oscar am Montag irgendwie allein erwischen und davon überzeugen, dass ich eben nicht komplett bescheuert bin, sondern durchaus weiß, was sich gehört. Allerdings könnte es schwierig werden, einen Ort für unser Gespräch zu finden, an dem Felix sich nicht ständig einmischt. Hinzu kommt, dass ich Oscar nicht blamieren will, indem ich ihn zwinge, mit mir zu reden, wenn er das vielleicht gar nicht will.

AAAH! Mein Kopf tut schon weh vor lauter Grübeln.

Als unser Auto an einer Ampel hält, sehe ich eine Frau mit einer Buchladentüte den Gehweg entlanggehen. Das bringt mich auf eine Idee.

»Dora?«, sage ich. Sie unterbricht ihre leidenschaftliche Schimpftirade über einen Zauberer, der vor kurzem dabei erwischt wurde, wie er bei gehobenen Veranstaltungen heimlich einen Wahrheitstrank in die Gläser von Politikern goss. »Können wir auf dem Weg zur Kürbisfarm einen kurzen Zwischenstopp einlegen?«

»Natürlich! Alles, was du willst. Wo musst du denn hin?«

Ich versuche, mir hastig einen Vorwand zu überlegen. Eigentlich möchte ich zu *Blaze Books*, um mit Oscar zu sprechen, ohne dass all seine Freunde um ihn herum stehen. Wenn ich die Wahrheit sage, wird Dora natürlich glauben, dass ich es auf die alten Hexenbücher abgesehen habe, die ich ihrer Meinung nach nicht lesen soll.

»Ich will mir eine neue Zahnbürste kaufen.«

»Eine Zahnbürste?« Mum dreht sich auf dem Beifahrersitz um, um mich fragend anzusehen. »Wir können dir doch zu Hause einfach eine neue hexen, Emma.«

»Ja, schon ...« Ich überlege fieberhaft, welches Argument ich noch vorbringen könnte. »Aber ich will eine ganz besondere Farbe für meine neue Zahnbürste, und die habe ich in einem Laden hier um die Ecke gesehen. Wenn du also einfach an dieser Straße parkst, renne ich los und hole sie, Dora. Ihr braucht nicht mitzukommen«, füge ich schnell hinzu, als ich sehe, wie Mum nach dem Verschluss ihres Anschnallgurts greift. »Es geht schneller, wenn ich es allein mache. Dann verlieren wir nicht so viel Zeit. Ich kann es nämlich kaum erwarten, zur Kürbisfarm zu kommen!«

Nachdem Dora einen Parkplatz gefunden hat, lasse ich sie und Mum im Auto zurück und gehe die Haupteinkaufstraße entlang. Zum Glück liegt das einsame Gässchen, in dem sich *Blaze Books* befindet, außer Sichtweite. Merlin hat sich als Siebenschläfer in der Tasche meiner Kapuzenjacke zusammengerollt und hält ein Nickerchen. Die alte Türglocke ertönt, als ich eintrete, und Oscars Vater strahlt mir von der Verkaufstheke entgegen.

»Ah, Emma, nicht wahr?« Er lächelt mir freundlich zu. »Wie können wir dir helfen? Suchst du irgendwas Bestimmtes?«

»Eigentlich wollte ich zu Oscar. Ist er da?«

Er nickt und zeigt in den hinteren Teil des Ladens. »Er sortiert gerade die englischen Klassiker für mich, bevor er losgeht und sich mit seinen Freunden trifft. Ich hoffe, ihr wartet nicht schon auf ihn, weil ich ihn so lange aufgehalten habe.«

»Nein, ich gehöre nicht zu seinen Freunden ... äh ... also, ich bin schon eine Freundin von ihm, glaube ich, aber ich gehöre nicht zu seiner Clique. Wie auch immer, ich werde ihn schon finden. Danke.«

Ich gehe nach hinten weiter und sehe Oscar in einer Ecke kauern, über ein schwer aussehendes Buch gebeugt. Die Stapel mit den englischen Klassikern liegen unberührt um ihn herum.

»Hi, Oscar«, sage ich leise. Er hebt ruckartig den Kopf.

»Hi, was machst du denn hier?« Er klappt das Buch zu und steht auf, wobei er sich den Staub von der Jeans klopft.

»Ich bin eigentlich auf dem Weg zu einer Kürbisfarm. Wir wollen Kürbisse ernten.«

»Ah, cool.« Er wirft mir einen fragenden Blick zu. »Und jetzt suchst du ein Buch darüber, wie man am besten Gesichter in Kürbisse schnitzt?«

»Nein, ich bin hergekommen, weil ich mich bei dir entschuldigen wollte. Wegen der Party.«

»Warum?« Er macht ein verwirrtes Gesicht. »Du hast doch nichts getan.«

»Na ja, ich wollte dir das mit dem Badezimmer erklären …«

»Mach dir darum mal keine Gedanken. Ich habe Felix gesagt, dass ich gehört habe, wie du gestürzt bist. Hätte jedem passieren können.«

»Mir ist es aber peinlich, dass ich so tollpatschig bin. Und dass ich keine Gelegenheit mehr hatte, alles wieder aufzuräumen.«

»Ist doch voll okay. Du bist aus dem Haus gerannt, weil dich eine Fledermaus angegriffen hat«, sagt er und schüttelt bei der Erinnerung daran den Kopf. »Das mit den Fledermäusen war echt seltsam.«

»Ich weiß. Dass sie einfach so da aufgetaucht sind. Muss wohl eine Fledermausplage in der Gegend geben oder so was. Vielleicht wirkt sich der Klimawandel auf ihr Verhalten aus.«

»Vielleicht«, sagt er, ohne mich aus den Augen zu lassen.

»Wie auch immer, ich werde mich natürlich bei Felix für das ganze Chaos entschuldigen, wenn ich ihn das nächste Mal sehe.«

»Am komischsten fand ich, dass die Fledermaus partout nicht von dir wegwollte«, murmelt Oscar, den die Fledermausgeschichte immer noch sehr zu beschäftigen scheint. »Sie hat sich durch nichts abschütteln lassen! Als ob … als ob sie irgendwie mit dir *verbunden* wäre.«

»Ja, das war echt eigenartig. Obwohl es wahrscheinlich purer Zufall war, dass sie sich mich ausgesucht hat.« Ich zwinge mich zu einem Lachen. »Andererseits war ich ja als

Vampir verkleidet. Vielleicht haben mich die Fledermäuse mit Dracula verwechselt!«

»Die Fledermäuse sind übrigens alle aus dem Haus geflogen, nachdem du rausgerannt bist.«

»Wirklich?«, frage ich so unschuldig wie möglich. »O Mann! Hätte ich das gewusst, wäre ich schnell wieder reingeschlüpft und hätte mit euch weitergefeiert. Aber ich war voll in Panik, weil mich das Viech nicht in Ruhe lassen wollte. Okay, ich muss jetzt los. Meine Mum sitzt draußen im Auto, und ich will sie nicht zu lange warten lassen.« Ich halte zögernd inne. »Sorry noch mal. Ich wollte nur ganz sichergehen, dass du nicht sauer auf mich bist oder so.«

»Bin ich nicht. Warum sollte ich? Such dir den schönsten Kürbis aus«, rät er mir, als ich mich zum Gehen wende. »Wir sehen uns am Montag in der Schule.«

Während ich auf dem Kürbisfeld durch die Reihen schlendere, denke ich darüber nach, dass ich schon übermorgen wieder in die Schule muss. Das Gespräch mit Oscar hat mich zwar ein bisschen erleichtert, aber mir rutscht trotzdem das Herz in die Hose, wenn ich mir vorstelle, dass ich wieder durch dieses Schultor muss.

»Ich kapier es einfach nicht, Emma«, sagt Merlin, der in Gestalt eines Froschs von Kürbis zu Kürbis hüpft. »Du scheinst vollkommen vergessen zu haben, dass du eine Hexe bist.«

»Wie meinst du das?«, frage ich ihn, nachdem ich mich überzeugt habe, dass niemand in der Nähe ist, der beobachten könnte, wie ich mit einem Frosch rede.

»Für dich könnte sich doch mit einem simplen Fingerschnipsen alles ändern an der Schule«, antwortet er und klopft mit einem seiner Froschfüße ungeduldig gegen einen Kürbis. »Du kannst tun und sein, was auch immer du willst.«

»Bist du verrückt? Ich darf in der Schule nicht hexen«, erinnere ich ihn. Mum und Dora sind zum Glück ein paar Reihen entfernt und diskutieren gerade darüber, was einen guten Kürbis ausmacht. Dora findet Größe und Form ausschlaggebend, und Mum findet, dass eine möglichst sattorange Farbe wichtig ist.

»Natürlich darfst du in der Schule hexen«, widerspricht Merlin. »Es gibt keine Hexengesetze, die dagegen sprechen. Viele junge Hexen benutzen Magie an öffentlichen Schulen, solange sie damit kein Risiko eingehen. Du hast bloß deiner Mutter versprochen, es sein zu lassen.«

»Ja, meiner Mutter, die zufällig die Große Hexenmeisterin ist. Wenn ich in der Schule hexe und sie es herausfindet, bringt sie mich um!«

Er zuckt mit den Schultern. »Du musst einfach dafür sorgen, dass sie es nie erfährt.«

Ich starre in seine unschuldigen kleinen Froschaugen. »Du meinst, ich sollte ernsthaft darüber nachdenken? Oder ist das nur wieder einer deiner gemeinen Merlin-Tricks, um mich ins offene Messer laufen zu lassen?«

»Nicht doch. Ich finde, es ist an der Zeit, dass du aufhörst, dich von diesen hochnäsigen Gören herumschubsen zu lassen«, erwidert er. »Ob es dir nun gefällt oder nicht: Du bist *meine* Hexe, und Merlin lässt nicht zu, dass seine Hexe wie der letzte Dreck behandelt wird!«

»Hui.« Ich sehe ihn mit hochgezogenen Augenbrauen an. »Du hast wohl in letzter Zeit zu viele Filme geschaut.«

»Provozier mich nicht, Emma«, warnt er. »Ich werde nicht lange so nett sein. Denk einfach darüber nach. Ein Fingerschnipsen, und du könntest das beliebteste Mädchen der ganzen Schule sein. Und jeder, der dich ärgert, würde das bekommen, was er verdient.« Er legt eine Kunstpause ein. »Oder du ziehst es vor, weiter den Kopf hängenzulassen. Dann gewinnen die anderen. Deine Entscheidung.«

Je länger ich darüber nachdenke, desto logischer und erfolgversprechender erscheint mir Merlins Vorschlag. Es kann bestimmt nicht schaden, wenn ich hier und da ein ganz klein wenig hexe. Nichts Größeres, das außer Kontrolle geraten könnte. Nur ein Quäntchen harmlose Magie, die mir den Schulalltag vielleicht ein bisschen angenehmer macht.

Mum wird nichts davon erfahren. Jetzt nicht, und auch in Zukunft nicht.

»Merlin, ich glaube, du hast recht.« Ich grinse und halte den Kürbis hoch, auf dem er gerade sitzt. »Es wird Zeit, dass ich es ausnutze, eine Hexe zu sein!«

Kapitel vierzehn

»Bist du sicher, dass ich hier schon halten soll?«, fragt Mum und sieht mich erstaunt an. »Ich kann dich viel näher an der Schule rauslassen, wenn du willst.«

»Hier ist gut.« Ich nicke und schnalle mich ab. »Ich will mich noch ein bisschen bewegen, bevor ich in der Schule ankomme. Du weißt schon, ein kleiner Spaziergang, um den Kopf freizubekommen.«

Mums Handy klingelt, und sie stellt es seufzend auf lautlos, als sie sieht, dass es eine Arbeitskollegin ist.

»Das ist schon der dritte Anruf heute Morgen, dabei ist es noch nicht mal halb neun! Der Tag im Büro wird sicher kein Zuckerschlecken. Emma, du haust nicht einfach ab und schwänzt die Schule, oder? Falls du das vorhast, wäre es mir lieber, wenn du ehrlich zu mir wärst, statt so zu tun, als wolltest du zu Fuß zur Schule gehen, und dann zu warten, bis ich weggefahren bin, bevor du …«

»Mum.« Ich hebe beide Hände. »Ich schwöre, dass ich nicht schwänze. Ich brauche nur ein bisschen Zeit, um mich mental auf den heutigen Tag vorzubereiten. Okay?«

Sie nickt. »Okay.« Ihr Handy fängt wieder an zu klingeln, und sie verdreht genervt die Augen.

»Du solltest endlich drangehen und dich auf den Weg zur Arbeit machen.« Ich beuge mich zum Fahrersitz hinüber, damit sie mir einen Kuss auf die Wange geben kann, dann steige ich aus und schließe die Autotür hinter mir. »Wir sehen uns heute Abend!«

»Einen schönen Tag dir! Viel Glück!«, ruft sie noch, bevor sie die Freisprecheinrichtung ihres Telefons einschaltet und die Straße entlang davonfährt.

Ich warte, bis ihr Auto um die Ecke gebogen ist, und renne dann über die Straße und verschwinde in einer alten Telefonzelle. Die Glasscheiben sind milchig, als wären sie schon länger nicht mehr geputzt worden. Dadurch kann man von außen nur schwer in die Zelle hineinblicken.

»Okay«, sagt Merlin, der in Vogelspinnen-Gestalt auf meiner Schulter sitzt. »Fangen wir mit dem Hexenrucksack an.«

Ich ziehe mein Handy hervor und klicke auf eine wunderschöne Designertasche, die ich aus dem Internet herausgesucht habe. Genau diese Tasche hat Iris vor zwei Wochen ihren Freundinnen auf dem Handy gezeigt und geschwärmt, wie gern sie so eine hätte.

»Sehr schick«, lobt Merlin und nickt anerkennend. »In welcher Farbe möchtest du sie?«

»In Schwarz!«, antworte ich lachend. »Ist doch klar, ich bin eine Hexe.«

Ich konzentriere mich ganz auf das Handydisplay mit der Tasche und schnipse dann mit den Fingern. Mein Rucksack verwandelt sich in die coolste schwarze Tasche, die ich je gesehen habe.

»Die ist ja genial!«, kreische ich und drücke sie an mich. »Und vor allem SO viel besser als der dämliche Rucksack. Warte, bis Iris sie sieht!«

»Okay, und was machen wir mit deinen Schuhen?«

»Wieso, was ist denn mit meinen Schuhen?«

Merlin krabbelt ein Stück nach vorn und zeigt mit einem seiner vielen Spinnenbeine vorwurfsvoll auf meine Füße. »Diese klobigen Treter sind dein Untergang. Meinst du wirklich, eine Hexe sollte mit derart hässlichen Clog-Verschnitten herumlaufen? *Im Ernst?*«

»Ich muss mich an die Vorgaben für die Schuluniform halten.«

»Und die wären?«

»Dass wir *vernünftige schwarze Schuhe* tragen sollen.«

»Weißt du, was *vernünftige schwarze Schuhe* wären?«, fragt Merlin verschmitzt. »Doc Martens! Die würden dir bestimmt stehen. Na los, probier es aus.«

Ich konzentriere mich, schnipse mit den Fingern und blicke auf meine Füße hinab, an denen ein nagelneues Paar Doc Martens prangt. Dieses Umstyling macht echt Spaß! Unter Merlins Anleitung füge ich eine coole Sonnenbrille sowie einen zarten goldenen Armreif mit blauen Steinen hinzu, der perfekt zu der Kette passt, die Mum mir geschenkt hat. Merlin weist mich darauf hin, dass ich mich mal wieder kämmen könnte, also schnipse ich mit den Fingern und hexe mir eine perfekt gestylte Frisur herbei.

»Ich denke, jetzt bist du bereit für den heutigen Schultag«, verkündet Merlin. »Ich verspreche auch, dass ich diesmal in meinem Versteck bleibe. Los, gehen wir.«

Ich öffne die Tür der Telefonzelle und mache ein paar Schritte hinaus, bis Merlin mir laut »STOPP!« ins Ohr brüllt und mich noch einmal zurückbeordert.

»Was ist los?«, frage ich voller Panik und überlege, ob mir beim Hexen womöglich ein Fehler unterlaufen ist.

Merlin seufzt, schüttelt missbilligend den Kopf und krabbelt meinen Arm hinunter, um sich auf meine Hand zu setzen und vorwurfsvoll zu mir aufzublicken.

»Wie du gehst!«

»Wie denn?«

»Wie eine alte, gebrechliche Frau.«

»Wie bitte? Aber, Merlin, so gehe ich nun mal!«

»Wenn du willst, dass diese Leute dich respektieren, musst du ihnen zeigen, dass du dich selbst respektierst! Ich sitze auf deiner Schulter, und du gehst so gebeugt, dass ich fast schon den Boden berühre! Am liebsten würde ich ein Beinchen ausstrecken und dich am Kinn kitzeln, damit du es endlich höher nimmst!«

Ich verdrehe die Augen. »Also, erstens übertreibst du maßlos, und zweitens bist du nicht mein Kommandeur. Ich kann gehen, wie auch immer ich will.« Ich verstumme und frage nach kurzem Nachdenken leise: »Ist es wirklich so schlimm?«

»Ja! Dein Gang erinnert mich an diesen Zombie, der mal zum Sonntagsbraten bei uns eingeladen war.«

»Was? Merlin, wir hatten noch nie einen Zombie bei uns zum Sonntagsbraten!«

»Echt nicht? Oh. Dann muss das in einem vorherigen Leben gewesen sein. Wie auch immer, so schwer ist das mit

160

dem selbstsicheren Auftreten gar nicht. Du musst einfach so tun, als wärst du eine megaselbstbewusste Hexe. Wenn du dich in Gedanken immer wieder daran erinnerst, wirst du automatisch eine. Denk einfach: *Ich bin eine coole, total begabte Hexe. Und ihr seid voll die Loser!* Oder so was in der Art.«

Ich kann nicht glauben, was ich da von Merlin höre. Mit einem breiten Grinsen sehe ich ihn an.

»Warum glotzt du mich so an?«, fragt er. »Lass das! Du siehst voll happy aus, und das ist nun wirklich kein schöner Anblick.«

»Warum kannst du mir nicht immer so wohlmeinende Ratschläge geben? Das ist ja eine ganz neue Seite an dir! Ich habe fast das Gefühl, dass …«

»Hör mir bitte mit deinen *Gefühlen* auf! Ist ja widerlich!« Er krabbelt meinen Arm hinauf und kriecht unter meinen Kragen. »Lass uns gehen, bevor noch mehr Haare in deinem Gesicht wachsen und wir hier an Altersschwäche verenden.«

»Was meinst du mit *noch mehr* Haare?!«

»Los jetzt!«, drängt er, während in einiger Entfernung die Schulglocke schrillt. »Sonst kommst du zu spät.«

Ich eile Richtung Schule, umklammere fest meine schicke Designertasche und versuche krampfhaft, nicht über meine neuen Schuhe zu stolpern. *Ich bin eine coole, total begabte Hexe,* denke ich immer wieder. Während ich die Eingangstreppe hochgehe, vergewissere ich mich noch einmal, dass meine Sonnenbrille richtig sitzt, und hole tief Luft, um mich innerlich zu wappnen.

161

»Los geht's«, flüstert Merlin.

Die Reaktion auf meinen Auftritt hätte nicht besser ausfallen können. Während ich den Flur entlang schlendere und dabei die Sonnenbrille lang genug aufbehalte, dass sie jeder sieht, fliegen die Köpfe der anderen Schüler regelrecht in meine Richtung. Ich nehme die Brille ab und lasse meine glänzenden Haare hin und her schwingen. Mir entgeht nicht, dass Iris mit offenem Mund stehen bleibt, als sie die Tasche über meiner Schulter entdeckt. Felix ist direkt neben ihr und macht ein ebenso verblüfftes Gesicht. Ich grinse in mich hinein und nähere mich meinem Schließfach.

Wenn ich die Hauptdarstellerin in einem Film wäre, würde die ganze Szene in Zeitlupe ablaufen und von einem MEGA-COOLEN Song begleitet werden.

Ich überlege gerade, welcher aktuelle Hit am besten zu meinem lässigen Auftritt passen würde, als ich unverhofft gegen Mr. Hopkins stoße, ein paar Schritte rückwärts taumele und beinahe das Gleichgewicht verliere. »Haha!«, höre ich Felix hinter meinem Rücken lachen.

So viel zum Thema lässiger Auftritt. Trotzdem. Die letzten Sekunden waren es wert.

»Emma Charming!«, poltert Mr. Hopkins los und baut sich drohend vor mir auf. »Du schon wieder! Kannst du nicht endlich aufpassen, wo du hingehst?«

Ich bin eine coole, total begabte Hexe. Ich bin eine coole, total begabte Hexe.

»Entschuldigen Sie, Mr. Hopkins«, antworte ich ruhig. »Es wird nicht wieder vorkommen. Hatten Sie schöne Herbstferien?«

Meine Reaktion scheint ihn völlig aus der Fassung zu bringen. Statt meine Frage zu beantworten, herrscht er mich an: »NACHSITZEN! Heute nach dem Unterricht!«

»Was? Ist das nicht ein bisschen über...«

»Wenn du mir weiter Widerworte gibst, brumme ich dir für den Rest des Halbjahrs Nachsitzen auf! Und dass du mir ja nicht zu spät zur heutigen Schulversammlung kommst!«

Mit diesen Worten stürmt er den Flur entlang und murmelt etwas von »missratenen Schülerinnen« vor sich hin. Oscar, der ganz in der Nähe steht, kommt zu mir herüber.

»Was war denn das? Nachsitzen, weil du versehentlich gegen ihn gestoßen bist? Der hat dich ja wirklich voll auf dem Kieker.«

»Allerdings«, antworte ich und starre dem davoneilenden Mr. Hopkins hinterher. »Schon seit dem ersten Tag.«

»Bist du auch auf dem Weg zur Aula?«, fragt Oscar. Ich nicke, und wir gehen gemeinsam weiter. »Coole Schuhe, übrigens.«

Ich bin zu tief in Gedanken versunken, um mich bei ihm für das Kompliment zu bedanken. Warum hasst mich Mr. Hopkins so sehr? Mir ist klar, dass der Vorfall mit der Vogelspinne an meinem ersten Tag für eine Menge Ärger gesorgt hat. Danach hatte es Anrufe und Briefe von wütenden Eltern gehagelt, und einige Eltern hatten sogar eine Inspektion des Gebäudes durchs Veterinäramt erwirkt, wofür die Schule einige Tage hatte schließen müssen.

Aber Mr. Hopkins scheint mich nicht deswegen zu hassen, sondern aufgrund der Tatsache, dass ich ihn beim Salsa-Tanzen gesehen habe, und das ist echt ungerecht.

Schließlich kann ich nichts dafür, dass er mitten am Schultag in seinem Büro tanzen übt. Und überhaupt: Eigentlich müsste er mir DANKBAR sein, weil ich den Mund gehalten und niemandem etwas von der peinlichen Szene erzählt habe. Doch aus irgendeinem Grund bin ich nicht etwa besonders gut bei ihm angeschrieben, sondern im Gegenteil sein absolutes Hassobjekt, und er gibt mir bei jeder Gelegenheit zu verstehen, dass ich nicht willkommen bin an seiner Schule.

Und alles nur, weil ich als Einzige sein Geheimnis kenne. Wenn hingegen alle wüssten, dass er ein leidenschaftlicher Salsa-Tänzer ist, würde er mich vermutlich nicht mehr hassen. Dann gäbe es keinen Grund mehr für seine Aversion gegen mich, und das Problem wäre gelöst. Oder?

Hm. Mir kommt eine ziemlich durchtriebene Idee. Allein beim Gedanken daran muss ich innerlich kichern.

Sobald alle Schüler in der Aula Platz genommen haben und Ruhe eingekehrt ist, betritt Mr. Hopkins die Bühne.

»Willkommen zurück an unserer Schule, liebe Schülerinnen und Schüler, Kolleginnen und Kollegen. Bestimmt hattet ihr alle schöne Herbstferien und könnt nun gut erholt und munter die vor uns liegenden Wochen in Angriff nehmen. Bevor ihr voller Elan in den Unterricht aufbrecht, habe ich allerdings noch ein paar wichtige Mitteilungen für euch. Zunächst einmal möchte ich der Korbball-Mannschaft der neunten Klassen gratulieren, die am letzten Tag vor den Herbstferien ein entscheidendes Spiel gewonnen und dadurch die nächste Runde bei den nationalen Meisterschaften erreicht hat! Bravo!«

Er fordert uns auf, kräftig zu applaudieren, und mir geht auf, dass das meine Chance ist. Ich beuge mich vor und tue so, als würde ich mich an meinen Schuhen zu schaffen machen, konzentriere mich und schnipse mit den Fingern. Niemand hört es durch den lauten Beifall. Ich richte mich wieder auf und warte.

»Meine nächste Mitteilung betrifft ...«

Er bricht ab und blickt irritiert auf seine Füße hinunter. Ich recke den Hals, um über die Köpfe der vor mir Sitzenden spähen zu können, und grinse in mich hinein, als ich sehe, wie einer seiner Füße einen Rhythmus klopft.

Mr. Hopkins räuspert sich. »Meine nächste Mitteilung betrifft den Talentwettbewerb. Ich freue mich schon riesig darauf, so viele ...«

Sein anderes Bein macht plötzlich eine grazile Bewegung nach vorn.

In der Aula ist kollektives Luftschnappen zu hören, und ich bemühe mich krampfhaft, nicht laut loszulachen.

»E-entschuldigt, bitte«, sagt er nervös. »Ich ... ich habe keine Ahnung, was das gerade war, vielleicht eine Muskelzuckung. Na ja, jedenfalls ...«

Er wirft seine Notizen hoch in die Luft und macht eine schnelle Drehung auf der Stelle. Im Anschluss fangen seine Hüften an, sich schwungvoll hin und her zu wiegen. Er stößt einen erschrockenen Schrei aus.

Die ganze Aula bricht in unbändiges Gelächter aus, nur die Lehrer starren ungläubig zur Bühne. Einige haben die Hände vor den Mund geschlagen und scheinen Mühe zu haben, nicht mit dem Finger auf ihren Vorgesetzten zu zeigen und in das Gelächter einzustimmen. Die Schüler johlen und schreien. Ein paar von ihnen stehen sogar auf und fordern Mr. Hopkins auf, noch mehr fetzige Tanzschritte zum Besten zu geben.

»Ich denke, ein wenig Musik wäre an dieser Stelle nicht verkehrt«, flüstert mir Merlin vergnügt ins Ohr.

»Ganz deiner Meinung.«

Ich schnipse erneut mit den Fingern, woraufhin laute Salsa-Musik ertönt. Mr. Hopkins hechtet von der Bühne, ergreift die Hände einer Lehrerin in der ersten Reihe – es trifft Miss Campbell – und zieht sie auf die Beine, um sie anschließend im Takt der Musik herumzuwirbeln.

»ES TUT MIR SCHRECKLICH LEID, MISS CAMPBELL! ES TUT MIR LEID!«, jammert er, straft seine Worte jedoch Lügen, indem er sich mit ihr in eine gekonnte Salsa-Choreographie stürzt. Dabei wirbelt er sie so schnell herum, dass sie vor lauter Schwindel umzukippen droht. »ICH KANN EINFACH NICHT AUFHÖREN! ICH KANN NICHT AUFHÖREN, SALSA ZU TANZEN!«

Viele Schüler haben hastig nach ihren Handys gegriffen und halten sie hoch, um ihren Direktor zu filmen. Einige lachen so heftig, dass ihnen die Tränen über die Wangen laufen. Beim Anblick dieses wunderbaren Schauspiels kann ich mir ein triumphierendes Lächeln nicht verkneifen.

Unauffällig hebe ich einen Finger und klatsche das Spinnenbeinchen ab, das aus meinem Kragen ragt.

Der Gerechtigkeit ist Genüge getan.

Kapitel fünfzehn

»Setzt euch, bitte!«, ruft Miss Campbell und versucht, wild mit den Armen wedelnd unsere Aufmerksamkeit auf sich zu lenken. »Das gilt für die ganze Klasse! Setzt euch, bitte, und kommt zur Ruhe!«

Es hat eine EWIGKEIT gedauert, bis die Lehrer die Situation in der Aula einigermaßen unter Kontrolle hatten und uns zur ersten Unterrichtsstunde in unsere Klassenzimmer begleiten konnten. Mr. Hopkins tanzte noch ein paar Minuten weiter, bevor auch er die Aula verließ und in sein Büro zurücktänzelte.

Im Klassenzimmer angekommen folgen meine Mitschüler zwar widerstrebend Miss Campbells Aufforderung und nehmen ihre Plätze wieder ein, können jedoch nicht aufhören, über die erstaunliche Salsa-Darbietung ihres Direktors zu sprechen.

»Habt ihr seine Hüften gesehen?«, fragt Felix und springt von seinem Stuhl auf, um Mr. Hopkins' Hüftschwung zu imitieren und alle damit zum Lachen zu bringen. »Wer hätte gedacht, dass unser Direx so viel Rhythmus im Blut hat?«

»Okay, Felix, das reicht jetzt!«, ruft Miss Campbell und

klopft mit den Fingerknöcheln aufs Lehrerpult. »Zum letzten Mal: KOMMT BITTE ENDLICH ZUR RUHE!«

Ich sitze stumm neben Joe, der mich wie üblich ignoriert und mit den beiden Jungen vom Tisch vor uns aufgeregt über die denkwürdigen Ereignisse bei der Schulversammlung tuschelt. Während ich in aller Seelenruhe mein Geschichtsbuch aufschlage, lächle ich zufrieden in mich hinein. Mr. Hopkins hat bekommen, was er verdient hat, und ich bin aus dem Schneider. Nachdem er den ganzen heutigen Tag Salsa tanzend verbringen wird, vergisst er hoffentlich, dass er mir Nachsitzen aufgebrummt hat.

»Sie haben aber auch nicht schlecht getanzt, Miss Campbell!«, ruft Felix nach vorn und zwinkert dem Rest der Klasse zu.

»Danke, Felix. Die Aufforderung kam ein bisschen unerwartet, muss ich gestehen«, antwortet sie und streicht sich nervös über die Haare. »Aber eigentlich ist ein kleines Tänzchen eine amüsante Art, in den Tag zu starten. Ich finde es schön, dass Mr. Hopkins außerhalb seines Schulalltags noch andere Interessen hat. Das war wirklich eine einzigartige Methode unseres Direktors, euch alle zu mehr Elan und Begeisterung zu inspirieren. Und jetzt lasst uns die normannische Eroberung auf die gleiche Weise in Angriff nehmen!«

Ein kollektives Stöhnen geht durchs Klassenzimmer.

»Miss Campbell, nach so einer Schulversammlung können Sie doch nicht von uns erwarten, dass wir hier sitzen und ganz normal zum Unterricht übergehen!«, protestiert Felix lachend. »Wir haben Sie und unseren Direktor gerade beim Salsa-Tanzen erlebt!«

»Bisher fand ich Mr. Hopkins immer ein bisschen einschüchternd«, gesteht Iris. »Das hat sich seit heute definitiv geändert.«

»Genau. Immer, wenn er versucht, mich nachsitzen zu lassen, mache ich in Zukunft einfach das hier.« Felix steht auf, reißt die Hände über den Kopf und fängt an, sich hüftschwingend durch die Tischreihen zu bewegen, angefeuert von der ganzen Klasse, die begeistert im Takt klatscht.

Plötzlich bleibt er vor meinem Tisch stehen, und sein Blick fällt auf die Tasche zu meinen Füßen.

»Was ist denn mit deinem Hexenbesen-Rucksack passiert, Charming?« Er grinst höhnisch. »Netter Versuch, dich bei uns einzuschleimen, aber für mich bleibst du trotzdem eine Loserin.«

Im Klassenzimmer ist vereinzeltes Kichern zu hören.

»Felix, wenn du in drei Sekunden nicht wieder auf deinem Platz sitzt, brumme *ich* dir für den Rest der Woche Nachsitzen auf. Das meine ich ernst«, droht ihm Miss Campbell.

Immer noch grinsend geht Felix rückwärts von mir weg und schlendert schließlich lässig zu seinem Tisch zurück.

»Wenn *du* diesem arroganten Kerl keine Lektion erteilst, tue ich es!«, flüstert Merlin unter meinem Kragen.

»Keine Sorge, ich kümmere mich darum«, murmele ich.

»Mit wem sprichst du?«, fragt Joe und sieht mich komisch von der Seite an.

»Ach, nur mit der Vogelspinne auf meiner Schulter«, antworte ich und bedenke ihn mit einem unschuldigen Lächeln.

Seine Augen weiten sich. »Das … das war ein Witz, oder?«

»Klar, was sonst?«

Wir drehen uns beide zurück nach vorn, wo Miss Campbell gerade etwas an die Tafel schreibt. Mir entgeht nicht, dass Joe mit seinem Stuhl noch weiter von mir wegrutscht.

Es ist nicht leicht, sich auf die normannische Eroberung zu konzentrieren, wenn man gleichzeitig überlegt, wie man sich an seinem Erzfeind rächen soll. Obwohl ich Felix nie etwas getan habe, behandelt er mich wie den letzten Dreck. Und nicht nur mich. Immer wieder beobachte ich, dass er auch über andere Schüler abfällige Bemerkungen gemacht hat, zum Beispiel über Jenny im Sportunterricht. Sie ist zwar auch nicht gerade mein größter Fan, weil ich sie neulich versehentlich beleidigt habe, aber ein nettes Mädchen, soweit ich das beurteilen kann, und wahrscheinlich der schlauste Kopf der ganzen Klasse. Jedenfalls hat sie immer nur Bestnoten. Wen interessiert es da, dass sie nicht die Sportlichste ist? Und was hat Felix das zu stören?

Es ist höchste Zeit, dass ihm mal jemand zeigt, wie es sich anfühlt, ausgelacht zu werden.

Und ich weiß auch schon genau, wie sich das erreichen lässt. Seit seiner Reaktion auf Merlin an meinem ersten Schultag weiß ich, dass er panische Angst vor Spinnen hat, zumal ich ein paar Tage später ein Gespräch zwischen ihm und Oscar belauscht habe.

»Diese haarigen Beine!«, sagte Felix angewidert und tat so, als müsste er sich übergeben. »Bei Insekten kriege ich echt Schnappatmung. Je mehr Beine, desto schlimmer. Warum existieren solche Tiere eigentlich? Kann man die nicht einfach alle in die Luft jagen, oder so? Warum hat noch niemand eine Maschine erfunden, mit der man diese ganze krabbelnde Brut auslöschen kann?«

Damals hatte ich ungläubig den Kopf geschüttelt über so viel Dummheit, aber jetzt bin ich hocherfreut darüber, dass Felix mir die perfekte Munition für meine Racheaktion geliefert hat.

Je mehr Beine, desto schlimmer.

Ich warte auf den geeigneten Moment. Als Miss Campbell uns auffordert, Seite dreiundsiebzig in unseren Geschichtsbüchern aufzuschlagen, liefern mir das allgemeine Gemurmel, das geräuschvolle Herausziehen der Bücher und das Rascheln der Seiten die perfekte Tarnung.

Unter meinem Tisch schnipse ich unauffällig mit den Fingern.

Plötzlich ist ein lauter Schrei von Felix zu hören, dann springt er voller Panik auf. Er hat es so eilig, von seinem Tisch wegzukommen, dass sein Stuhl nach hinten umfällt und er über die Stuhlbeine stolpert und krachend zu Boden stürzt.

»HILFE!«, schreit er und rudert auf dem Boden kriechend mit dem rechten Arm. »MACHT ES WEG! MACHT ES VON MIR WEG!«

»Felix!«, ruft Miss Campbell erstaunt. »Was um alles in der Welt tust du …«

»EIN RIESIGER TAUSENDFÜSSLER! EIN RIESIGER TAUSENDFÜSSLER!«, kreischt er lauthals. »AUF MEINEM ARM!«

171

Mit einem breiten Grinsen schnipse ich erneut mit den Fingern, während die ganze Klasse aufspringt, um zu Felix auf den Boden zu starren. Miss Campbell kommt zu ihm geeilt, und ihr Blick schweift suchend über seinen Körper.

Mit einem Seufzen richtet sie sich wieder auf und verschränkt verärgert die Arme. Felix liegt unterdessen ausgestreckt auf dem Boden und wimmert mit zugekniffenen Augen vor sich hin.

»Felix, meinst du etwa diesen winzigen Marienkäfer auf deinem Arm?«

Er öffnet ein Auge und schielt nach unten, wo ein kleiner roter Marienkäfer auf seinem Ellbogen sitzt.

»Es … es war ein … Wirklich, es war ein Tausendfüßler … er war da … riesig … so lang wie mein Unterarm … und die Beine … so viele Beine …«, stammelt er keuchend und schüttelt ungläubig den Kopf.

Einige Schüler fangen an zu kichern. Miss Campbell befiehlt allen, sich wieder hinzusetzen. Felix lässt sich unterdessen von Oscar auf die Beine helfen. Er klopft sich ab, späht nervös über die eigene Schulter und dreht sich im Kreis, um ganz sicherzugehen, dass er keinen Tausendfüßler am Körper hat.

»Ich bin mir ganz sicher … Oscar, hast du ihn auch gesehen?«

Oscar schüttelt den Kopf. »Ehrlich gesagt sehe ich auch nur einen Marienkäfer.«

»A-Aber er war da! So viele Beine. Er hatte sooo viele Beine.«

»Felix, ich verwarne dich hiermit zum letzten Mal«, zischt Miss Campbell wutentbrannt. »Ich bin es wirklich leid, dass du ständig meinen Unterricht störst und dich in den Mittelpunkt spielst. Also *setz dich jetzt hin*!«

»Ich schwöre es aber, Miss Campbell«, beteuert er und sucht den Boden um sich herum ab. »Ich schwöre, dass es ein Tausendfüßler war. Ich hab ihn genau gesehen.«

»Nun ja, dein Schauspieltalent hast du mit dieser Aktion auf jeden Fall bewiesen. Spar es dir bitte für den Talentwettbewerb auf.« Sie kehrt zur Tafel zurück. »Hinsetzen, Felix, sonst heißt es Nachsitzen für dich.«

Während er zurück zu seinem Tisch wankt, warte ich geduldig auf den Moment, in dem er sich hinsetzen will, und schnipse dann mit den Fingern. Sein Stuhl gleitet wie auf Schienen nach hinten, und er fällt mit einem lauten Poltern zu Boden. Die Klasse bricht in schallendes Gelächter aus.

»FELIX!«, brüllt Miss Campbell.

»Der Stuhl hat sich bewegt! Es war nicht meine Schuld!«, verteidigt er sich, während Oscar ihm kichernd den Stuhl hinschiebt, damit er sich setzen kann.

»Oscar, hast du ihm den Stuhl weggezogen?«, fragt Miss Campbell aufgebracht und stemmt die Hände in die Hüften.

Oscar hebt beide Hände. »Hab ich nicht, das schwöre ich. So gern ich für diese Slapstickeinlage die Lorbeeren einheimsen würde.«

Miss Campbell wirft Felix noch einen äußerst STRENGEN Blick zu und kehrt dann zu ihrem Tafelanschrieb zurück. Grinsend nehme ich zur Kenntnis, wie Felix Oscar zuflüstert: »*Der Stuhl hat sich von allein bewegt!* Wirklich!«

Ich lasse Felix vorerst in Ruhe, weil ich der Meinung bin, dass der Schreck groß genug gewesen sein müsste, damit er sich den Rest der Stunde unauffällig verhält. Doch er beweist mir das Gegenteil. Nach zehn Minuten fängt er an, über sich selbst und seine Überreaktion zu lachen und sich zu fragen, ob er vielleicht Halluzinationen hatte, weil er in den Herbstferien zu viele Horrorfilme gesehen hat. Langsam aber sicher kehrt der alte Felix zurück, und als Miss Campbell Jenny eine Frage stellt und sie anschließend für ihre Antwort lobt, kann er einer kleinen Stichelei nicht widerstehen.

»Streberin«, sagt er leise, jedoch laut genug, dass Jenny es hört.

Während die Schüler um ihn herum kichern, rutscht Jenny vor Scham auf ihrem Sitz nach unten. Ich starre wütend Felix' Hinterkopf an und überlege, wie ich ihm die nächste, offenbar bitter notwendige Lektion erteilen könnte.

»Emma?«, reißt mich Miss Campbell aus meiner Grübelei. »Möchtest du vielleicht gern antworten?«

»Äh, entschuldigen Sie, wie war die Frage?«

Sie sieht mich vorwurfsvoll an und wiederholt dann noch einmal, was sie gesagt hat: »Nenn mir bitte einen Fehler, den die Angelsachsen in der Schlacht bei Hastings begangen haben.«

»Okay. Verstanden.«

»Also, kannst du mir einen Fehler nennen?«

»Ja, natürlich. Kann ich auf jeden Fall.« Ich tue so, als müsste ich husten, und schnipse unauffällig mit den Fingern. Eine Antwort erscheint in Tinte geschrieben auf meinem Schreibblock, der offen vor mir auf dem Tisch liegt. »Äh … die Angelsachsen hatten den Vorteil, ihre Stellung weiter oben am Hang zu haben, wo sie einen Wall aus Schilden bildeten. Die Normannen taten so, als würden sie den Rückzug antreten, woraufhin die Angelsachsen den Fehler begingen, ihnen zu folgen. Sie gaben den Wall aus Schilden und den Vorteil des erhöhten Terrains unbedacht auf.«

Auf Miss Campbells Gesicht erscheint ein breites, zufriedenes Lächeln. »SEHR gut, Emma! Eine hervorragende Antwort.«

Ich setze mich ein wenig aufrechter hin, während sie sich wieder der Tafel zuwendet. Es ist ein schönes Gefühl, ausnahmsweise einmal die richtige Antwort parat zu haben.

Felix hält sich die Hände vor den Mund, täuscht ein Husten vor und zischt: »Möchtegern-Streberin.« Dann nimmt er seinen Stift und tut so, als würde er sich eifrig Notizen machen, wobei er sehr zufrieden mit sich wirkt.

Mir fällt ein, was Oscar mir über Felix erzählt hat: dass er sich in der Grundschule einmal in die Hose gemacht hat. Ich beschließe, dass jetzt der richtige Zeitpunkt ist, Felix an diese unangenehme Erfahrung zu erinnern.

Miss Campbell, die ebenfalls die Nase voll hat von Felix' Mätzchen, liefert mir die perfekte Gelegenheit, als sie ihn nach vorn an die Tafel bittet, damit er dort einige Stichpunkte anschreibt.

»Sind Sie sicher, dass das nicht lieber *Jenny* machen sollte?«, fragt er stöhnend.

»Absolut sicher, danke. Und jetzt komm her.«

»Na gut«, sagt er seufzend, steht auf und trottet nach vorn, nicht ohne Jenny im Vorbeigehen frech zuzugrinsen. Sie hält den Kopf gesenkt, ihre Nase berührt fast das vor ihr liegende Blatt Papier.

Felix, der jede sich ihm bietende Chance dazu nutzt, eine Show abzuziehen, legt ein paar schnelle Salsa-Schritte ein, während er die Kreide von Miss Campbell entgegennimmt. Sie weicht erschrocken zurück, und die Klasse hat erneut einen Grund zum Lachen. Mit einem Grinsen dreht sich Felix zur Tafel um und fängt an zu schreiben.

Ich schnipse mit den Fingern.

Ein kleiner nasser Fleck erscheint hinten auf Felix' Hose und fängt an, sich über den ganzen Hosenboden auszubreiten. Jenny ist die Erste, die ihn bemerkt und laut nach Luft schnappt. Bald wird auch der Rest der Klasse auf die feuchte Stelle aufmerksam. Die meisten starren sich gegenseitig ungläubig an, bevor sie zu kichern beginnen.

»Was denn?«, fragt Felix und wirbelt stirnrunzelnd herum, um herauszufinden, warum ihn alle anstarren und auslachen. »Ist irgendwas? Hat Oscar mir was auf den Rücken geklebt?«

Auch Miss Campbell dreht sich nun zu Felix um, weil sie wissen will, woher der Aufruhr rührt.

»Oh«, sagt sie. »Äh, Felix, lass uns mal kurz zusammen rausgehen, ja?«

Felix blickt an sich herab und sieht, dass ihm Urin das Bein hinunterläuft. Ruckartig hebt er den Kopf, sein Blick schießt entsetzt durchs Klassenzimmer.

»Ich hab nicht … Das ist nicht … Keine Ahnung, was

hier abgeht, aber …«, stammelt er und umklammert panisch seine Hosenbeine, damit unten nichts herausläuft.

»Schon gut, Felix, so etwas kann passieren«, sagt Miss Campbell sanft und komplimentiert ihn Richtung Tür. »Und ihr anderen arbeitet bitte weiter!«

»NEIN! Nein! Das ist nicht von mir!«, schreit er an die Klasse gewandt, während er von Miss Campbell hinausgezogen wird. »Die sollen jetzt nicht alle denken … Keine Ahnung, wie das passiert ist! Ich hab mir nicht in die Hose gemacht!«

Mit seinen verzweifelten Protesten löst er eine neue Welle des Gekichers aus. Wir hören seine Schreie noch lange durch den Flur hallen. »ICH SCHWÖRE ES! ICH HAB MIR NICHT IN DIE HOSE GEMACHT!« Damit sorgt Felix selbst dafür, dass sich die Nachricht von seinem kleinen Unfall bis zur großen Pause in der ganzen Schule verbreitet.

Während ich mich voller Genugtuung auf meinem Stuhl zurücklehne, um die Reaktionen auf meine geniale magische Racheaktion am größten Tyrannen der Schule zu genießen, fällt mir auf, dass Oscar nicht mehr mit den anderen mitlacht.

Er sitzt als Einziger stumm und mit ernstem Gesicht da und starrt quer durchs Klassenzimmer zu mir herüber.

Kapitel sechzehn

»Weißt du was? So langsam macht mir die Schule richtig Spaß«, verkündet Merlin einige Tage später. Er hängt mal wieder mit dem Kopf nach unten von meiner Gardinenstange. Seit der Halloween-Party flattert er am liebsten als Fledermaus herum. »Äußerst unterhaltsam, wie Felix immer noch alle fünf Sekunden seinen Hosenboden kontrolliert, aus Angst, dass ihm das Ganze noch mal passiert.«

Ich blicke von meinem Buch auf und spähe zu ihm nach oben. »Kann schon sein.«

»Das klingt aber nicht gerade begeistert.« Merlin schnaubt entrüstet. »Ich dachte, du freust dich! Seit Montag schleicht Felix kleinlaut durch die Schule und wagt es kaum noch, jemanden anzusprechen. Er weiß ganz genau, dass er momentan nicht in der Position ist, sich über andere lustig zu machen. Und Mr. Hopkins hat auch kein einziges Mal mehr mit dir geschimpft oder dich zum Nachsitzen verdonnert.«

»Ehrlich gesagt habe ich ihn die ganze Woche nicht mehr gesehen, weil er sich in seinem Büro verschanzt. Angeblich tanzt er dort immer noch Salsa.«

»Hä?« Merlin sieht mich erstaunt an. »Ich dachte, du hättest ihn nur für einen Tag verhext.«

»Dachte ich auch.«

»Ach, was soll's. Der Salsa-Zauber wird sicher bald wieder nachlassen. Wenigstens hast du so deine Ruhe.«

»Wofür ich außerordentlich dankbar bin.«

»Also, woran liegt es dann? Warum machst du so ein hässliches Gesicht?«

»Es heißt *Warum machst du so ein langes Gesicht?*«, korrigiere ich ihn.

»Das weiß ich. Ich wollte mich nur an die Fakten halten.«

Ich funkle ihn wütend an, was ihn nicht weiter zu beeindrucken scheint, denn er fängt gackernd an zu lachen.

»Na komm, du Miesepeter, rede mit mir.« Er spreizt die Flügel und wackelt mit seinen kleinen Fledermausfüßen. »Was bedrückt dich? Ich sehe doch, dass dir irgendwas Sorgen macht.«

Ich lege mein Buch beiseite. »Also gut. Ich finde es super, dass Felix so zurückhaltend ist, und könnte nicht glücklicher darüber sein, dass ich Mr. Hopkins seit Tagen nicht mehr gesehen habe, aber meinem eigentlichen Ziel bin ich noch keinen Schritt näher gekommen.«

»Und das wäre?«

Ich zucke mit den Schultern. »Freunde zu finden. Deshalb will ich ja seit so vielen Jahren auf eine öffentliche Schule. Iris hat noch kein Wort zu meiner Tasche gesagt, obwohl ich mir ganz sicher bin, dass es genau die Tasche ist, die sie auch gerne haben möchte.«

»Nur damit ich das richtig verstehe«, sagt Merlin. »Du

hast gedacht, Iris will sofort mit dir befreundet sein, wenn du mit der richtigen Tasche in die Schule kommst?«

»Nein, ich bin ja nicht komplett bescheuert«, antworte ich und verdrehe die Augen. »Aber ich dachte, sie kommt vielleicht wenigstens mal zu mir, um mit mir über die Tasche zu reden, und dann hätte ich …«

»Dann hättest du sie mit deinem Witz und Charme von dir überzeugt?« Er wickelt die Flügel um sich. »Warum gehst *du* nicht zu ihr und sprichst *sie* an? Sie kommt mir nicht ganz so schlimm vor wie die meisten anderen. Den Kopf reißt sie dir bestimmt nicht ab.«

»Nimm mich bitte ernst, Merlin!« Ich schüttle mein Kissen auf, lehne mich dagegen und starre zur Decke. »Wenn es doch nur einen Hexenzauber gäbe, mit dem man sofort Freunde findet!«

»Auch wenn so ein Zauber vielleicht nicht existiert, denke ich trotzdem, dass es eine Möglichkeit gibt, dich mit Iris und den anderen Mädchen gut zu stellen.«

Er stürzt sich von der Gardinenstange und flattert durchs Schlafzimmer, um dreist mitten auf meiner Stirn zu landen.

»Aaah! Nimm deine Fledermausklauen aus meinem Gesicht! Warum musst du meinen Kopf immer als Landeplatz missbrauchen?«

»Der Talentwettbewerb«, erklärt er ungerührt, hüpft aufs Kissen hinunter und verwandelt sich in einen schwarzen Kater, um sich neben mir zusammenzurollen.

»Was ist damit?«

»Der ist Iris wichtig. Sehr wichtig. Wenn du ihr also zum Sieg verhelfen könntest, würde sie dich auf jeden Fall mögen. Dann wärst du das beliebteste Mädchen der Schule. Ganz einfach.«

»Ja, megaeinfach«, antworte ich sarkastisch. »Soll ich etwa einfach mit den Fingern schnipsen und die Jury dazu bringen, ihre Gruppe gewinnen zu lassen? Iris würde doch überhaupt nicht wissen, dass sie den Sieg mir zu verdanken hat! Was würde das also bringen?«

»Ich hatte an etwas ganz anderes gedacht«, widerspricht er. »Was, wenn dein Beitrag zur Gruppe dafür sorgen würde, dass ihr gewinnt?«

»Das würde schon eher funktionieren«, sage ich langsam und überlege, worauf er hinauswill. »Aber meinst du wirklich, eine gute Lightshow könnte uns den Sieg bescheren?«

»Nein.« Er sieht mich mit einem breiten Grinsen an. »Aber eine professionelle Tanzdarbietung vielleicht schon.«

»Schnappt euch alle eine Matte und sucht euch einen Platz«, weist uns Mrs. Fernley an und klatscht in die Hände. »Wir heizen uns zuerst mit einem lockeren Aufwärmtraining ein und probieren dann ein paar einfache Turnübungen. Lasst mich eure Energie spüren!«

Ich sorge dafür, dass ich die Erste bei den Matten bin, und suche mir dann mitten in der Turnhalle einen Platz. Normalerweise würde ich eine der letzten übriggebliebenen Matten lustlos ganz nach hinten schleifen und mich hinter dem Rest der Klasse verstecken, aber heute fühle ich mich fit und selbstbewusst. Iris' Matte liegt direkt neben meiner. Es scheint sie zu überraschen, dass ich mich ebenfalls zentral positioniert habe.

»Hey, wie läuft es eigentlich mit der Choreographie?«, frage ich sie, während die anderen um uns herum ihre Matten ablegen und sich daneben stellen. »Braucht ihr mich schon bei den Proben?«

Iris schüttelt den Kopf. »Nein, schon okay. Du würdest dich wahrscheinlich nur langweilen.«

»Ach, schade. Mich hätte nämlich interessiert, ob dein Angebot noch steht, dass du mir die Tanzschritte beibringen könntest«, sage ich beiläufig und dehne meine Arme über dem Kopf.

Mit einem amüsierten Lächeln stemmt sie die Hände in die Hüften. »Du willst jetzt noch einsteigen? Es sind nur noch ein paar Wochen bis zum Talentwettbewerb!«

»Ich denke, das würde mir locker reichen, um die Choreo zu lernen.«

»Beim letzten Mal wolltest du es nicht mal *versuchen*. Dabei hättest du zu dem Zeitpunkt noch das ganze Halbjahr zum Trainieren gehabt.«

»Ich habe trainiert.«

Sie zieht überrascht die Augenbrauen hoch. »Du meinst Tanzen?«

»Ja, und ich war selbst überrascht über meine Fortschritte.«

Lucy zieht ihre Matte in unsere Richtung und lässt sie hinter meiner ungehalten auf den Boden fallen, offenbar verärgert darüber, dass ihr üblicher Platz neben Iris bereits besetzt ist. Felix hat sich unterdessen auf Iris' anderer Seite niedergelassen und scheint unserem Gespräch aufmerksam zu lauschen. Dass er bisher noch keinen Kommentar dazu

abgegeben hat, beweist, dass ihm die Sache mit der einge-
nässten Hose wirklich nahegegangen ist und er nun deutlich vorsichtiger agiert.

Als er gestern versucht hat, eine fiese Bemerkung über
Jennys Pony zu machen, sagte sie ihm trotzig ins Gesicht:
»Wenigstens mache ich mir mit dreizehn Jahren nicht mehr
in die Hose, Felix.« Dann stolzierte sie mit hocherhobenem
Kopf davon.

Sein verdattertes Gesicht war ein wunderbarer Anblick
gewesen.

»Über was redet ihr beide?«, fragt Lucy, die es offenbar
seltsam findet, dass Iris sich dazu herablässt, derart lang mit
mir zu plaudern.

»Emma will jetzt doch noch unseren Tanz für den Talentwettbewerb lernen.«

»Das soll ein Witz sein, oder?« Lucy mustert mich ab-
schätzig. »Du kannst doch gar nicht tanzen.«

»Sie hat in der Zwischenzeit trainiert«, erklärt Iris.

»Ach ja? Bei unserer ersten Probe konntest du noch nicht
mal einen Schritt zur Seite machen und anschließend mit
den Fingern schnipsen«, sagt Lucy und kontrolliert, ob ihr
Pferdeschwanz noch richtig sitzt.

»Du meinst so mit den Fingern schnipsen?«, frage ich
und mache es vor.

»Bravo, du Genie«, mischt sich Felix ein, der sich nicht
länger zurückhalten kann. »Du hast doch tatsächlich herausgefunden, wie man mit den Fingern schnipst! Allerdings glaube ich nicht, dass dich das allein schon für eine
Teilnahme am Auftritt von Iris' Tanzgruppe qualifiziert.«

»Ganz meine Meinung.« Lucy nickt zufrieden. »Du musst dich weiter mit deiner Rolle als Beleuchterin begnügen, sorry.«

»Okay«, antworte ich schulterzuckend. »Eure Entscheidung. Vielleicht frage ich Mrs. Fernley, ob ich stattdessen bei einer anderen Tanzgruppe mitmachen kann.«

»Ich glaube nicht, dass du da viele Interessenten findest«, schnaubt Felix.

»Wenn du meinst«, erwidere ich lächelnd.

Aus dem Augenwinkel beobachte ich, dass er verwirrte Blicke mit Lucy austauscht. Dann beginnt Mrs. Fernley zu lauter Musik mit dem Aufwärmprogramm.

»So, Leute, es geht los!«, ruft sie voller Elan. »Step links, Step rechts, links, rechts, links, rechts! Bewegt euch! Genau so! Sehr gut!«

Ich lausche der mitreißenden Musik und spüre, wie eine kribbelnde Welle durch meinen ganzen Körper läuft. Als ich vorhin während unseres Gesprächs mit den Fingern geschnipst habe, habe ich meinen Tanzzauber in Gang gesetzt, aber ich warte noch auf den perfekten Moment, um loszulegen.

»Ihr seid spitze!«, feuert uns Mrs. Fernley lächelnd an, während Musik und Schritte immer energiegeladener werden. »Und jetzt fügen wir unseren Side-Steps noch einen kleinen Hüpfer hinzu. Ganz genau! Step links, und hopp! Wunderbar!«

Als ich den Side-Step nach rechts ausführe und anschließend nach oben hüpfen will, wirbele ich plötzlich blitzschnell durch die Luft und lande nach einer perfekten Doppeldrehung genau an der richtigen Stelle wieder auf dem Boden. Lucy und Iris halten mitten in der Bewegung inne und starren mich mit offenen Mündern an.

»Was ... was war denn das gerade für ...«, setzt Lucy an, bringt ihre Frage jedoch nicht zu Ende.

»Was ist da vorne in der Mitte los?«, ruft Mrs. Fernley laut, woraufhin sich uns sämtliche Blicke zuwenden. »Na los, ihr drei, ich will sehen, wie ihr euch bewegt!«

Die Magie übernimmt nun vollends die Regie und verwandelt Mrs. Fernleys Aufwärmmusik in einen Hiphop-Song mit aufpeitschenden Beats. Sofort fängt mein Körper an zu tanzen und stürzt sich in eine unglaubliche Choreographie. Ich habe keinerlei Kontrolle mehr über meine Gliedmaße – meine Füße kreuzen sich und wirbeln herum, meine Hüften folgen ihnen und führen ruckartige Bewegungen aus. Auch meine Schultern sind plötzlich überall. Ich bewege mich so schnell, dass ich die Reaktion meiner Mitschüler nicht wirklich erkennen kann. Fest steht, dass sich die Klasse nach und nach um meine Matte herum versammelt, um im Rhythmus zu klatschen und mir zuzujubeln.

Auch wenn ich liebend gern noch weiter getanzt hätte, möchte ich es nicht übertreiben und ende mit einem meisterhaften Rückwärtssalto.

Mein Publikum applaudiert begeistert. Nachdem eine staunende Mrs. Fernley die Musik ausgeschaltet hat, werde ich mit Fragen und Komplimenten bestürmt.

»O mein Gott! Das war der WAHNSINN!« – »Wie hast du das gemacht?« – »Emma, wo hast du so tanzen gelernt?« – »Kannst du uns das auch beibringen?« – »Das war die coolste Hiphop-Choreo, die ich JE gesehen habe!« – »Bist du bei einer professionellen Tanzkompanie und hast uns nichts davon erzählt?« – »Wo kam denn das plötzlich her?« – »Emma, du warst der Hammer!«

Ich lächle schwer atmend in die Runde und bin froh, dass alle durcheinanderreden und niemand wirklich zu merken scheint, dass ich keine der Fragen beantworte.

»Emma!«, sagt Iris und starrt mich ehrfürchtig an. »Das war *unglaublich*! Wo hast du so tanzen gelernt? Wie kann das sein? Es sah aus wie in einem Musikvideo!«

»O Gott, Emma, ich nehme alles zurück, was ich vorhin gesagt habe. Es tut mir SO leid!«, sprudelt Lucy hervor, packt meinen Arm und lächelt mich strahlend an. »Kannst du BITTE, BITTE wieder in unsere Tanzgruppe zurückkommen und mit uns beim Talentwettbewerb mitmachen? Bitte, bitte, bitte!«

»Aber nur, wenn ihr das auch wirklich wollt.«

»JA!« Lucy boxt begeistert in die Luft. »Mit dir im Team GEWINNEN wir auf jeden Fall! Aber jetzt mal ernsthaft: WIE hast du es geschafft, in den wenigen Wochen so eine gute Tänzerin zu werden?«

Iris nickt. »Du musst ja rund um die Uhr trainiert haben! Echt unglaublich.«

»Jetzt weiß ich, was los ist!«, sagt Lucy plötzlich und wirft mir einen misstrauischen Blick zu, bevor sie sich dem Rest der Klasse zuwendet. »Emma war schon immer so gut und hat uns nur was vorgemacht!«

Alle starren mich erwartungsvoll an.

Ich nicke zögernd. »Stimmt. Das mit meinen zwei linken Füßen beim Tanzen war nur ein Witz. Haha! Ich hab einfach so getan, als könnte ich gar nichts.«

Lucy bricht in lautes Gelächter aus. »Du hast es dermaßen übertrieben, dass wir den Braten eigentlich hätten riechen müssen. Niemand kann so schlecht im Tanzen sein, wie du es warst!«

»Können wir jetzt bitte mit dem Unterricht weitermachen?«, fragt Felix. »Mir ist sterbenslangweilig.«

Mrs. Fernley, die mich genauso fasziniert angestarrt hat wie alle anderen, räuspert sich und schlüpft in ihre Rolle als Sportlehrerin zurück.

»Äh, ja, alle zurück auf ihre Matten!«, ruft sie und wendet sich dann an Iris: »Vielleicht solltet ihr eure Choreographie noch einmal ein bisschen umstellen, damit Emma eine möglichst zentrale Rolle darin bekommt.«

Mir entgeht nicht, dass Iris' Miene sich verdüstert.

»Nicht nötig, ich bin mit jeder Position zufrieden«, beeile ich mich zu sagen. Iris soll auf keinen Fall einen neuen Grund finden, mich zu hassen. »Du bist die Chefin, Iris, und das bleibst du auch.«

»Spinnst du, du bist die mit Abstand beste Tänzerin von uns!«, erwidert sie mit einem tapferen Lächeln. »O Mann, wer hätte das gedacht?«

Kapitel siebzehn

»Emma! Setz dich doch zu uns!«

Ich blinzle ungläubig in Lucys Richtung. Sie bedeutet mir winkend, an den Tisch in der Schulmensa zu kommen, an dem sie immer mit Iris, Felix, Oscar und den anderen beliebten Schülern aus unserem Jahrgang zu Mittag isst. Nachdem ich mich umgesehen habe, um mich zu vergewissern, dass hinter mir nicht noch eine andere Emma steht, gehe ich zögernd auf den Tisch zu.

Lucy zeigt lächelnd auf den Sitzplatz ihr gegenüber, neben Iris. »Komm schon, Emma!«

Langsam lege ich die letzten Meter zurück, setze mich und stelle mein Tablett auf dem Tisch ab. Ich kann nicht glauben, dass das gerade wirklich passiert. Ich sitze mit einer Gruppe von Mitschülern beim Mittagessen. Ich habe Freunde, mit denen ich zusammensitzen kann. Echte Freunde!

»Die Probe gestern war genial«, schwärmt Lucy, greift nach ihrer Gabel und piekt ein Stück Brokkoli auf, bevor sie sich erklärend an den Rest der Clique wendet: »Dank Emma haben wir jetzt so viele coole neue Elemente in unserer Choreographie! Wartet nur, bis ihr alle unseren Auftritt seht!«

Am Tisch setzt aufgeregtes Gemurmel ein. Ich behalte

den Kopf gesenkt, konzentriere mich darauf, aus meinem Wasserglas zu trinken, und hoffe, dass mir niemand irgendwelche Fragen stellt. Seit meiner kleinen Tanzdarbietung in der Sportstunde hatten wir schon mehrere Proben, und ich musste Hunderten von Fragen der Mädchen ausweichen, die natürlich wissen wollten, wo, wann und wie ich so tanzen gelernt hatte. Ich kann immer noch nicht glauben, dass keiner generelle Zweifel an meinem urplötzlich erwachten Tanztalent angemeldet hat. Andererseits: Wer würde denn auch vermuten, dass ich eine Hexe bin?

Es ist ein schönes Gefühl, mal aus positiven Gründen wahrgenommen zu werden. Lucy und Iris haben angefangen, mir zuzulächeln, wenn wir uns auf dem Flur begegnen, und selbst Joe weicht nicht mehr entsetzt zur Seite aus, wenn ich mich neben ihn setze. Stattdessen liegt er mir jetzt ständig damit in den Ohren, dass ich ihm den *Running Man* beibringen soll.

Und nun sitze ich tatsächlich mit der beliebtesten Clique am Tisch, eingeladen von meinen neuen *Freunden* – ein Wahnsinnsgefühl! Keine Ahnung, warum ich nicht früher auf die Idee gekommen bin, mir mit ein wenig Hexerei das Leben zu erleichtern.

»Hab ich dir schon erzählt, was unsere Gruppe beim Talentwettbewerb vorführt, Emma?«, fragt Oscar und stibitzt einen Pommes frites von Iris' Teller.

Ich schüttle den Kopf. »Nein, ich glaube nicht.«

»Total witzig«, kommt ihm Iris zuvor. »Oscar ist mit Jenny in einer Gruppe, und eins ihrer heimlichen Talente ist offenbar Zauberei.«

Ich lasse vor Schreck meine Gabel fallen, die laut klappernd auf meinem Teller landet. Hastig nehme ich sie wieder in die Hand. »Sorry, was hast du gesagt?«

»Zauberei«, wiederholt Oscar. »Sie bringt uns Zaubertricks bei, und ein paar davon sind echt genial, muss ich sagen.«

Felix schnaubt abfällig. »Eine Zaubershow ist doch so was von abgelutscht.«

»Von wegen!«, widerspricht Oscar und wirft grinsend einen Pommes frites nach ihm. »Warte, bis du die Kartentricks siehst, die ich auf der Bühne machen werde. Dann kippst du vor Staunen aus den Latschen, Felix!«

»Kann ich mir nicht vorstellen. Ich wette mit dir, dass ich dir jeden einzelnen Trick hinterher erklären kann«, behauptet Felix, woraufhin Iris genervt die Augen verdreht. »Bei Zaubershows wird doch nur eine Illusion erzeugt. Man lenkt die Leute ab, damit sie woanders hinschauen und das Wesentliche nicht mitkriegen. Und die Kartenspiele sind immer gezinkt. Zauberei ist der letzte Schwachsinn.«

Ich bilde mir ein, dass Oscars Blick für einen kurzen Moment in meine Richtung schießt, aber als ich zu ihm hinüberschaue, hat er die Augen auf seinen Teller gesenkt. Ich schüttle den Kopf, amüsiert über meine eigene Paranoia.

»Ich weiß gar nicht, was du willst«, sagt Oscar. »Ich finde Magie ziemlich cool, wenn man sie richtig anwendet.«

»Zaubertricks sind auf jeden Fall um Längen besser als euer Wettbewerbsbeitrag«, zieht Lucy Felix auf. »Ihr werdet einfach nur mit einem Kinderspielzeug auf der Bühne stehen.«

190

Felix funkelt sie wütend an. »Jo-Jos *sind* kein Kinderspielzeug.«

Als Beweis greift er in die Hosentasche und zieht ein rotes Jo-Jo daraus hervor, um uns ein paar Tricks zu zeigen.

»Wenn du erst siehst, wie wir das Ganze als Gruppe perfekt synchron auf der Bühne machen, lachst du garantiert nicht mehr«, prophezeit er Lucy. »Das wird viel besser und vor allem interessanter als euer dämliches Gehüpfe.«

»Du kannst sagen, was du willst«, sagt Iris und kichert. »Für mich bleibt es trotzdem ein Kinderspielzeug an einer Schnur.«

Lucy stimmt in Iris' Gelächter ein und stößt versehentlich ihr Glas um. Wasser ergießt sich über ihr Tablett. Sie springt hastig auf, damit der Rock ihrer Schuluniform nichts abbekommt, und ich reiche ihr rasch ein paar Papierservietten.

»Danke, Emma«, sagt sie und wischt mit den Servietten die vereinzelten Tröpfchen weg, die ihr bis in den Schoß gespritzt sind. »Noch mal Glück gehabt. Fast hätte ich so ausgesehen wie Felix nach seinem kleinen Unfall.«

Felix wirft ihr einen bösen Blick zu und läuft knallrot an. Lucys Kommentar löst ausgiebiges Kichern an unserem Tisch und den umstehenden Tischen aus.

»*Ich hab euch doch gesagt*, dass mein Stuhl nass gewesen sein muss!«, zischt Felix. »Vielleicht ist meine Wasserflasche ausgelaufen.« Er erhebt die Stimme, damit ihn alle hören. »Zum letzten Mal: Ich hab mir *nicht* in die Hose gemacht!«

»Aber es waren doch zu dem Zeitpunkt weder Stuhl noch Wasserflasche in der Nähe«, widerspreche ich grinsend.

Felix findet es schon unangenehm genug, wenn sich seine Freunde über ihn lustig machen. Wenn die Sticheleien von jemandem wie mir kommen, gibt es für ihn nichts Schlimmeres. Er sieht aus, als würde er jeden Moment vor Wut platzen. Auch Oscar wirkt überrascht über meinen Kommentar.

»Ich *habe* mir nicht in die Hose gemacht«, wiederholt Felix mit zusammengebissenen Zähnen und starrt mich finster an. »Und selbst wenn ich es getan hätte, würden die Leute immer noch mit mir abhängen wollen. Im Gegensatz zu dir, Charming. Du kannst jetzt vielleicht tanzen, aber es halten dich trotzdem noch alle für einen Freak.«

Er fängt wieder an, mit seinem Jo-Jo zu spielen, wobei ein zufriedenes Grinsen um seine Lippen spielt.

Schweigen macht sich an unserem Tisch breit. Iris rutscht unbehaglich auf ihrem Stuhl herum, und Lucy kaut auf ihren Lippen, unfähig, mir in die Augen zu sehen. Oscar sieht frustriert aus, als wüsste er nicht genau, was er sagen soll, und würde vergeblich nach den richtigen Worten suchen.

Als ich Felix mit seinem üblichen dämlichen, selbstgefälligen Grinsen seine Jo-Jo-Tricks machen sehe, kocht die Wut in mir hoch. Mir fällt ein, dass er gar nicht mehr so selbstgefällig und stark gewirkt hat, als bei der Halloween-Party plötzlich die Fledermaus auf meiner Schulter landete. Stattdessen rannte er laut schreiend davon. Wenn ich ihm dieses Gefühl der Machtlosigkeit erneut in Erinnerung rufen würde, würde er vielleicht endlich ein bisschen kleinlauter werden. Ich schiebe meine Hand unter den Tisch und schnipse mit den Fingern.

Draußen vor der Schulmensa ist plötzlich ein seltsames Flattern zu hören.

Dann fliegt unvermittelt ein Schwarm Fledermäuse durch ein offen stehendes Fenster herein und kommt direkt auf unseren Tisch zu.

In der Mensa bricht Chaos aus. Sämtliche Schüler fangen an, herumzuschreien und panisch durcheinanderzurennen. Die meisten stürzen durch die Mensatür auf den Schulflur hinaus. Lucy kreischt vor Entsetzen und sucht zusammen mit Iris und Oscar unter dem Tisch Deckung. Inzwischen sind die Fledermäuse fast bei uns angekommen.

Felix fällt vor lauter Panik rückwärts vom Stuhl und rappelt sich hektisch auf, um auf allen vieren davonzukrabbeln. Dabei verheddert er sich in der Schnur seines Jo-Jos. Die Fledermäuse ignorieren alle anderen Schüler und flattern wild um ihn herum, während er vergeblich versucht, sie zu verscheuchen. Es gelingt ihm schließlich, sich aus der Schnur zu befreien, auf die Beine zu springen und mit den Fledermäusen im Schlepptau aus der Mensa zu rennen.

»S-sind sie weg?«, fragt Iris stammelnd und lugt mit weit aufgerissenen Augen unter dem Tisch hervor.

»Sind sie«, versichere ich ihr und stehe in aller Seelenruhe von meinem Stuhl auf.

»SCHNELL!«, ruft Joe vom Flur zu uns herein. »Felix wird von den Fledermäusen durchs ganze Schulgebäude gejagt! Sie lassen ihn einfach nicht in Ruhe!«

Die wenigen Schüler, die noch in der Mensa sind, kommen aus ihren Verstecken, stürzen auf den Flur hinaus und eilen zum vorderen Teil des Schulgebäudes.

»Wieder diese ungezogene Horde?«, fragt leise kichernd eine Stimme an meiner Schulter.

»Was soll ich sagen, Merlin?« Ich räume grinsend mein Tablett weg und tänzle beschwingt aus der leeren Schulmensa. »Ich hab die kleinen Schlingel vermisst!«

Während ich in mein Schließfach greife, um die Bücher für die nächste Stunde herauszuholen, beobachte ich amüsiert, wie ein Grüppchen Schüler an mir vorbei zum Vordereingang der Schule flitzt.

»Er wird von Fledermäusen verfolgt? Bist du dir sicher?«, fragt ein Schüler ungläubig.

»Ja! Angeblich sind sie ganz plötzlich in der Schulmensa aufgetaucht. Genau wie bei seiner Party!«, schreit ein anderer Junge aufgeregt. »Vielleicht stehen sie auf seinen Geruch oder so. Jedenfalls ist er der Einzige, für den sie sich zu interessieren scheinen.«

In diesem Moment biegt Mr. Hopkins mit schwingenden Hüften um eine Ecke.

»Auf dem Schulflur wird nicht gerannt!«, ruft er dem Schülergrüppchen hinterher.

Ein Mädchen sieht sich über die Schulter nach ihm um und kichert.

»Aber Salsa tanzen ist erlaubt, oder wie?«, fragt sie frech, bevor sie weiter Richtung Vordereingang rennt. Ihre Freunde lachen sich halb schlapp.

»Warum kann ich nicht endlich aufhören zu tanzen?«,

knurrt Mr. Hopkins wütend, ohne mich zu bemerken. Er beschleunigt seine Schritte und eilt an mir vorbei. »Und warum sind jetzt plötzlich FLEDERMÄUSE an meiner Schule? Das ist ganz eindeutig nicht mein Jahr!«

Ich grinse in mich hinein und schließe mein Fach.

»Hey, Emma.«

Erschrocken fahre ich herum. Oscar lehnt neben mir an einem benachbarten Schließfach.

»Wie lange stehst du schon da?«, frage ich ihn und lege mir die Hand auf die Brust. »Du hast mich erschreckt!«

»Das war ein sehr interessantes Mittagessen«, sagt er, ohne auf meine Frage einzugehen.

Ich nicke. »Ja, echt krass.«

»Ein Schwarm Fledermäuse, der einfach aus dem Nichts auftaucht und sich auf Felix stürzt. Sehr ungewöhnlich.«

»Allerdings.«

Er zieht die Augenbrauen hoch. »Willst du nicht auch raus, um dir das Spektakel anzusehen? Die Fledermäuse haben bereits ein riesiges Publikum angezogen. Die ganze Schule steht vor der Tür, und die Handyvideos sind teilweise schon ins Internet hochgeladen.«

Er hält mir sein Handy hin und zeigt mir ein YouTube-Video, auf dem Felix von den Fledermäusen über den Schulhof gejagt wird und brüllt: »ICH GLAUBE, DA IST EINE IN MEINEN HAAREN!«

Ich gebe mir Mühe, ein Kichern zu unterdrücken. »O nein, der arme Felix! Ich muss mir das nicht unbedingt weiter anschauen, aber mach du ruhig.«

»Nö, ich muss mir das auch nicht anschauen.« Er zuckt

mit den Schultern. »Erinnerst du dich eigentlich noch an unsere erste Begegnung? Du hast bei uns im Laden nach alten Hexenbüchern gesucht.«

Ich schüttle den Kopf. »Echt? Daran erinnere ich mich gar nicht.«

»Doch, mir ist es neulich wieder eingefallen. Ich habe ein solches Exemplar ganz hinten im Buchladen aufgespürt. Schon lustig, was die Leute früher alles geglaubt haben.«

»Kann ich mir vorstellen.«

»Hast du schon mal von Vertrauten gehört?«

Ich erstarre. »W-was?«

»Vertrauten«, wiederholt er beiläufig. »Ich habe ein bisschen durch das Buch geblättert, und da stand, dass die Leute früher glaubten, Hexen hätten sogenannte Vertraute, die ihnen zur Seite stehen. Im Grunde so etwas wie ein Freund in Tiergestalt. Ein schwarzer Kater, zum Beispiel, oder ...« Er hebt den Kopf und sieht mir in die Augen. »... oder eine Vogelspinne.«

Ich schlucke. »N-nein, davon ... davon habe ich noch nie gehört. Keine ... keine Ahnung, wovon du sprichst.«

Er sieht mir immer noch unverwandt in die Augen. »O doch, Emma. Ich glaube, du weißt genau, wovon ich spreche. Was machst du heute nach der Schule?«

»Ich habe Tanztraining für den Talentwettbewerb.«

»Das solltest du absagen und stattdessen zu *Blaze Books* kommen«, rät er mir im Davongehen. »Wir haben eine Menge zu besprechen.«

196

Kapitel achtzehn

Er weiß es.

Nein, er kann es nicht wissen. Auf keinen Fall weiß er es. Woher auch? Das kann einfach nicht sein.

Oder etwa doch?

»Darf ich dir was sagen?«, fragt Merlin, der in Gestalt eines Mistkäfers auf meiner Schulter sitzt.

»Ja, bitte sag mir etwas Tröstliches«, flehe ich ihn an und schlucke den Kloß in meiner Kehle herunter, während wir auf der Hauptstraße zu der kleinen Gasse gehen, in der *Blaze Books* liegt.

Merlin holt tief Luft. »Du schwitzt wie ein Schwein. Richtig eklig. Meine Beinchen kleben schon an dir fest.«

»Merlin!«, rufe ich aufgebracht und hebe die Hände an die Ohren, damit es für Vorbeigehende so aussieht, als würde ich mit Ohrstöpseln telefonieren. »Das ist doch jetzt völlig nebensächlich! Wir befinden uns höchstwahrscheinlich in einer ziemlich misslichen Lage!«

»Ich korrigiere: *Du* befindest dich in einer ziemlich misslichen Lage.«

»Er kann es auf keinen Fall wissen«, versuche ich mich selbst zu beruhigen. »Ich bin nur ein bisschen paranoid, das ist alles. Die Leute verdächtigen einen nicht einfach, dass man eine Hexe ist, so läuft das heutzutage nicht mehr. Vielleicht war es also doch nur reiner Zufall, dass er das mit den Vertrauten angesprochen hat … Vielleicht hat es ihn einfach interessiert, und er hat *mich* danach gefragt, weil ich die Einzige auf dem Schulflur war. Klingt doch plausibel, oder?«

»Na klar«, antwortet Merlin.

»Kein Grund zur Panik. Überhaupt kein Grund zur Panik. Es war purer Zufall, dass er mit mir, einer Hexe, die zufälligerweise selbst einen Vertrauten hat, über Vertraute sprechen wollte. Sehe ich das richtig?«

»Absolut.«

»Auf keinen Fall würde er auf die Idee kommen, dass ein Mädchen aus seiner Klasse eine Hexe sein könnte. Das wäre doch total verrückt! Verrückt und unlogisch. Nur weil ich eine Vogelspinne habe. Es haben doch haufenweise Leute Vogelspinnen! Stimmt's?«

»Definitiv.«

»Und an der Schule passieren ständig irgendwelche komischen Sachen. Okay, ein Junge, der von Fledermäusen verfolgt wird, ist ein bisschen schräg, aber deshalb vermutet Oscar bestimmt noch lange keine Hexe dahinter. Oder glaubst du, dass er auf diese Verbindung gekommen ist, weil er gerade dieses alte Hexenbuch liest?«

»Hm-hm.«

Ich bleibe erschrocken stehen. »Ja? Glaubst du das?«

»Was glaube ich?«, fragt Merlin. »Ich höre dir schon länger nicht mehr zu. Worum geht es gerade?«

»Als Vertrauter bist du echt die schlechteste Besetzung, die man sich vorstellen kann.«

»Du wiederholst dich, meine Liebe. Oh, können wir einen Abstecher in dieses Café machen und uns einen Cookie holen?«

»Nein, wir können *keinen* Abstecher in ein Café machen und uns einen Cookie holen!«, brülle ich förmlich. Mühsam reiße ich mich zusammen und fahre in normaler Tonlage fort: »Merlin, die Lage ist ernst! Ich werde noch verrückt! Wie kannst du in einem solchen Moment an COOKIES denken!«

»Es wird alles wieder gut, wirst sehen«, antwortet er unbekümmert, während wir in die kleine, menschenleere Gasse einbiegen und auf *Blaze Books* zugehen. »Tu einfach so, als hättest du von nichts eine Ahnung. Das sollte dir nicht allzu schwer fallen.«

Ich mache die Tür zum Buchladen auf und versuche mich so normal wie möglich zu verhalten und die Tatsache zu überspielen, dass ich schwitze, als hätte ich gerade einen Marathon absolviert.

»Hi, Emma.« Oscar steht mit seinem Vater, der mir fröhlich zuwinkt, hinter der Verkaufstheke. »Ich war mir nicht sicher, ob du wirklich kommst. An der Bushaltestelle habe ich vergeblich auf dich gewartet.«

»Äh, ja, sorry. Ich musste noch kurz in der Schule bleiben und ... äh ... jemandem bei einer Sache helfen.«

Ein Lächeln umspielt seine Lippen. »Einer *Sache*?«

»Ja, nichts Wichtiges. Total langweilig. Es hatte mit ... äh ...« – auf der Suche nach Inspiration werfe ich einen

Blick auf die Buchrücken im Regal neben mir – »... mit traditionellen koreanischen Rezepten zu tun.«

Oscar und sein Vater sehen sich überrascht an.

Na gut, das war vielleicht nicht die beste Lüge aller Zeiten, aber immer noch besser als die Wahrheit. Die besteht nämlich darin, dass ich mich auf der Schultoilette versteckt und krampfhaft überlegt habe, wie ich mich davor drücken könnte, hierherzukommen. Ich dachte mir die verschiedensten Ausreden aus, von *Ich bin allergisch gegen Bücherstaub und kann deshalb nie wieder auch nur in die Nähe eines Buchladens gehen* bis zu *Ich muss leider nach Hause, sonst sterbe ich.*

»*Traditionellen koreanischen Rezepten?*«, wiederholt Oscar langsam.

»Ja. Der Schulkoch überlegt, mit verschiedenen Landesküchen zu experimentieren, und ich habe ein paar Ideen mit ihm durchgesprochen«, sage ich so überzeugend wie möglich.

»Du kennst dich mit der traditionellen koreanischen Küche aus?«

»Ich ... äh ... ja, ganz oberflächlich.« Ich räuspere mich. »Also, worüber wolltest du mit mir sprechen?«

»Ach ja. Ich habe nur ein paar Fragen zu unserem Bio-Projekt. Komm mit.« Er lächelt und weist mit dem Kinn zum hinteren Teil des Gebäudes. »Wir sind im Wohnzimmer, falls du uns suchst, Dad.«

Wir gehen zur Hintertür des Ladens, die, wie sich herausstellt, in die Wohnung von Oscars Familie führt. Oscar bringt mich in ein hübsches, gemütliches Zimmer mit einem Holzofen und vollen Bücherregalen an sämtlichen Wänden. Auf dem Kaminsims reihen sich Fotos von Oscar sowie einige Urlaubsbilder von ihm und seinen Eltern aneinander. In einer Ecke des Zimmers steht ein ungewöhnlich aussehender antiker Spiegel mit schwerem, verschnörkeltem Goldrahmen.

»Möchtest du was trinken?«, fragt er und bedeutet mir, auf einem der Sofas Platz zu nehmen.

»Nein, danke. Ich kann sowieso nicht lange bleiben«, betone ich, setze mich und verschränke krampfhaft die Hände im Schoß, weil meine Finger vor Nervosität zittern. »Was wolltest du mich wegen des Bio-Projekts fragen?«

Er setzt sich neben mich. »Es gibt kein Bio-Projekt. Ich wollte mit dir über das sprechen, was heute an der Schule passiert ist.«

»Was meinst du?«

»Felix, der von Fledermäusen über den Schulhof gejagt wird? Du erinnerst dich?«

»Ach ja«, nicke ich. »Das war ziemlich lustig. Aber ich verstehe nicht, warum du deswegen mit mir reden willst. Ich bin keine Fledermausexpertin oder so was«

»Die Viecher verfolgen ihn immer noch. Sie haben den ganzen Nachmittag vor der Schule gewartet und ihn durch die Fenster der Klassenzimmer beobachtet, und als er dann das Gebäude verlassen hat, um nach Hause zu fahren, sind sie ihm zum Auto seiner Mutter hinterhergeflattert. Er hat mir gerade eine Textnachricht geschrieben: Anscheinend sind sie den ganzen Weg neben dem Auto hergeflogen und sitzen jetzt im Baum vor seinem Zimmerfenster.«

»Wow, die müssen ihn ja richtig toll finden.«

»Emma, ich weiß, dass du das warst.«

»Was?«

»Du hast die Fledermäuse herbeigerufen, damit sie Felix verfolgen. Weil er gemein zu dir war.«

»Wovon REDEST du?! Wie könnte ich in irgendeiner Weise Einfluss auf Fledermäuse haben?«

»Ich werde dir jetzt eine Frage stellen, Emma, und ich will, dass du mir wahrheitsgemäß antwortest.«

»Okay, schieß los«, sage ich seufzend.

»Ich frage dich jetzt einfach.«

»Ist gut.«

»Die Frage könnte allerdings ein bisschen verrückt klingen. Ziemlich verrückt sogar.«

»Okay ...?«

Er holt tief Luft und sieht mir fest in die Augen. »Bist du ... könnte es vielleicht irgendwie sein, dass du eine ... eine *Hexe* bist?«

Für einen Moment herrscht Schweigen. Seine Worte hängen schwer in der Luft. Dann werfe ich den Kopf in den Nacken und breche in Gelächter aus. Er runzelt die Stirn.

»Oscar, du bist echt der Hammer! Eine Hexe? Ernsthaft? Liegt es daran, dass du gerade diesen alten Schinken liest, von dem du heute Mittag gesprochen hast?« Ich schüttle den Kopf und tue so, als müsste ich mir die Lachtränen aus den Augen wischen. »Was denkst du, wie ich meine Abende verbringe? Glaubst du, ich braue in einem Hexenkessel magische Tränke, um meine Schulfreunde zu verhexen? Haha!«

»Nicht wirklich«, antwortet er ruhig. »Zauberer benutzen Kessel. Hexen können jemanden allein mit ihrem Fingerschnipsen verhexen.«

Ich starre ihn an. Mein Mund fühlt sich staubtrocken an.

»Wie auch immer«, krächze ich. »Das war gerade echt der Brüller! Du solltest Komiker werden. Oder vielleicht Schriftsteller – bei der Phantasie!«

»Ist es nicht ein bisschen seltsam, dass Felix plötzlich diese ganzen unheilvollen Dinge passieren? Der Tausendfüßler auf seinem Arm …«

»Das war ein Marienkäfer. Er hat sich nur eingebildet, dass es ein Tausendfüßler war. Das hat er hinterher sogar selbst zugegeben!«

»… der Stuhl, der wie von Zauberhand nach hinten gleitet …«

Ich schnaube entrüstet. »Na klar, der hat sich ganz von allein nach hinten bewegt! Felix hat sich einfach nur daneben gesetzt, so sieht es aus!«

»… sein kleiner Unfall vor versammelter Klasse …«

Ich hebe die Hände. »Dafür würde ich ihn niemals verurteilen, mir passieren selbst genug peinliche Sachen.«

»… und als er dich vor den anderen bloßstellt, wird er plötzlich von einer Horde Fledermäusen attackiert. Von den Fledermäusen, die ganz zufällig auf einer Party auftauchen, auf der du als Vampir erscheinst, und die anschließend wieder mit dir abziehen, ganz zu schweigen«, fährt er fort und steht auf, um im Wohnzimmer auf und ab zu gehen. »Das alles kann eigentlich nur eins bedeuten: dass du eine Hexe bist!«

»Oscar, ich glaube, du hast den Verstand verloren! Hörst du eigentlich selbst, was du da sagst?«

»Dann erzähl mir mal bitte, wie das mit dem Tanzen war.«

»Was war denn mit dem Tanzen?«, frage ich und werfe einen verzweifelten Blick auf die Uhr. Meine Wangen glühen.

»Soll ich dir etwa abnehmen, dass du dich von der völlig unkoordinierten Anfängerin über Nacht in eine professionelle Hiphop-Tänzerin verwandelst?«

»*Hey!* So unkoordiniert nun auch wieder nicht«, protestiere ich.

»Inzwischen nicht mehr, stimmt. Weil du einfach mit den Fingern geschnipst hast! Und dann wären da noch deine Schulnoten.«

»Was haben denn bitte meine Noten damit zu tun?« Ich zupfe am Kragen meiner Bluse. Sie kommt mir auf einmal viel zu eng vor.

»Urplötzlich bist du die Klassenbeste. Miss Campbell meinte neulich, dein letzter Geschichtsaufsatz wäre auf Uni-Niveau gewesen!«

»Na und?«

»Du bist dreizehn!«

»Die normannische Eroberung interessiert mich eben! Ich habe richtig viel darüber gelesen. Hör mal, Oscar«, sage ich vorwurfsvoll. »Falls du neidisch bist ...«

»Ich bin ganz sicher nicht neidisch auf irgendwelche Hexen«, unterbricht er mich und setzt sich wieder aufs Sofa. »Das kannst du mir glauben.«

»Ach so, jetzt kennst du plötzlich mehr als eine Hexe?«,
erwidere ich mit einem höhnischen Schnauben.

»Ja, kenne ich.«

»*Was?* Allmählich wird es lächerlich, Oscar …«

»Die andere Hexe ist keine Freundin von mir oder so
was. Eher das Gegenteil.« Für einen kurzen Moment blickt
er nachdenklich ins Leere. »Ich glaube, sie lebt inzwischen
in Australien. Ich bin ihr begegnet, als ich noch ganz klein
war, bei einem Urlaub in Frankreich. Der einzige Grund,
warum ich mich noch an sie erinnere, waren ihre neon-
grünen Haare und die Tatsache, dass meine Mutter und sie
einen heftigen Streit hatten. Als Kinder waren die beiden
Freundinnen gewesen, aber da wussten sie noch nicht, was
die jeweils andere war. Das haben sie erst als Jugendliche
erfahren. Danach haben sie nie wieder ein Wort miteinander gewechselt. Bis wir ihr an einem Strand in Nizza zufällig begegneten.« Bei der Erinnerung daran schüttelt er
den Kopf. »Das war kein schöner Tag. Sie hat versucht, mich
und meine Mutter mit einem Fluch zu belegen.«

Ich weiß nicht, was ich dazu sagen soll, also starre ich ihn
nur stumm an und wage es kaum, zu atmen.

»Emma«, sagt Oscar leise. »Ich weiß, du bist zur Geheim-
haltung verpflichtet, aber es ist okay, wenn du eine Hexe
bist. Es ist okay, wenn du einen Vertrauten hast, der mit dir
in die Schule kommt und dich in verschiedenen Tiergestal-
ten durchs Leben begleitet. Du kannst es mir ruhig sagen,
wenn es so ist. Ich weiß über all diese Dinge Bescheid.«

»U-und woher?«, frage ich mit krächzender Stimme.

»Ich bin mir nicht sicher, ob du die Antwort darauf wirklich wissen willst«, sagt er, rutscht auf dem Sofa ganz nach unten und schließt die Augen.

»Wie meinst du das?«

»Wenn du sie hörst, wirst du mich hassen.«

»Warum sollte ich dich hassen, nur weil du über Hexen Bescheid weißt?«, frage ich nervös und ringe mir ein mattes Lächeln ab. »Bist du etwa Hexenjäger oder so was?«

»Nein. In deinen Augen etwas viel Schlimmeres.« Er dreht den Kopf und sieht mich an. »Ich bin Zauberer.«

Kapitel neunzehn

Am nächsten Morgen kann ich während der Geschichtsstunde nicht aufhören, Oscars Hinterkopf anzustarren und immer wieder in Endlosschleife zu denken: *Du bist also Zauberer. EIN ZAUBERER. Ein echter Zauberer. EIN ZAUBERER.* Ich bin so abgelenkt, dass ich kaum mitbekomme, wie mich Miss Campbell für eine weitere hervorragende Hausaufgabe lobt. Irgendwann hält es Merlin für erforderlich, sich in eine nervige Stechmücke zu verwandeln und direkt neben meinem Ohr zu summen: »Hör endlich auf, ihn mit großen Glupschaugen anzustarren! Du siehst aus, als wärst du verrückt geworden!«

Ich scheuche ihn einfach weg und starre weiter auf Oscars Kopf.

WIE KONNTE DAS PASSIEREN?

Habt ihr eine Ahnung, was für eine absolute Ausnahme es ist, als Hexe geboren zu werden? Oder als Zauberer? Welcher merkwürdige Zufall hat dafür gesorgt, dass wir an DERSELBEN SCHULE und dann auch noch in DERSELBEN KLASSE gelandet sind?! Das ist so was von irre, dass es partout nicht in meinen Kopf will.

Nachdem Oscar mir gestern Abend sein kleines Geheimnis verraten hatte, bekam ich zunächst so panische Angst, dass ich buchstäblich vom Sofa kippte.

Ja, ich kippte vom Sofa und landete unsanft auf dem Boden.

Sobald ich mich wieder halbwegs aufgerappelt hatte, wich ich entsetzt vor ihm zurück.

»Schon gut, ich tue dir nichts. Das ist hier keine Falle, in die ich dich gelockt habe, oder so was«, versicherte Oscar, zunächst erschrocken und dann ein wenig verletzt. »Du kennst mich doch, Emma!«

Aber ich kannte ihn eben nicht. Ich kannte ihn ganz und gar nicht. EIN ZAUBERER?! Mein Todfeind! Direkt vor mir auf dem Sofa!

Irgendwann setzte ich mich zaghaft an den Rand der Sofalehne, jederzeit bereit, mit den Fingern zu schnipsen und einen Angriff von ihm abzuwehren. Doch er tat gar nichts. Saß nur schweigend da und sah mich an. Als ich nach einer Weile meine Stimme wiederfand, war alles, was ich herausbrachte: »Harrungumpf.«

Obwohl das kein richtiges Wort war und keinerlei Sinn ergab, nickte Oscar und sagte mit matter Stimme: »Ja, ich weiß.«

Dann hörten wir Schritte aufs Wohnzimmer zukommen, und Oscar riss voller Panik die Augen auf und beugte sich zu mir, um mir zuzuflüstern: »Emma, du darfst niemandem davon erzählen! Keiner darf davon wissen, okay? Ich bewahre dein Geheimnis, und du bewahrst meins.«

Ich nickte benommen, und dann kam auch schon Oscars Vater herein, gut gelaunt und fröhlich, und bot uns an, eine

Tasse Tee für uns zu machen, nicht ahnend, dass sein Sohn mir, einer Hexe, gerade gestanden hatte, dass er ein Zauberer war.

Ich versuchte, mich so normal wie möglich zu verhalten, aber mein Gehirn war derart überfordert, dass ich meine Umgebung nur noch als verschwommenes Rauschen wahrnahm. Oscar rettete mich schließlich, indem er seinem Vater mitteilte, dass ich gerade hatte gehen wollen.

»Ich bringe dich noch raus auf die Straße«, sagte er. »Wir sehen uns ja morgen in der Schule, dann können wir weiter über das Bio-Projekt reden.«

»Urrghun«, erwiderte ich, während ich ihm durch den Buchladen folgte.

»Emma«, hielt er mich zurück, als ich auf den Gehweg hinaustrat. »Du glaubst mir vielleicht nicht, aber ich bin echt froh. Dass wir jetzt zu zweit sind, meine ich.«

»Mmm«, murmelte ich unbestimmt und machte mich auf den Weg zur Bushaltestelle, wobei ich die ganze Zeit Angst hatte, mich auf den Gehweg übergeben zu müssen.

Merlin war genauso schockiert wie ich, doch seine Reaktion fiel ein klein wenig anders aus als meine. Während ich für den Rest des Abends wie ein Zombie auf meinem Bett lag und zusammenhangloses Zeug vor mich hin brabbelte, schoss er in wechselnder Gestalt durch mein Zimmer und schmiedete kriegerische Pläne.

Ich achtete nicht weiter auf ihn, bis etwas, was er sagte, meine Aufmerksamkeit erregte.

»... und dann zerstören wir ihn, aber so richtig!«

»Moment mal«, sagte ich, nachdem mir plötzlich wieder

eingefallen war, wie man verständliche Sätze äußerte. »Wovon redest du da?«

»Ich rede davon, wie wir Oscar das Leben zur Hölle machen können«, antwortete Merlin und hüpfte in Gestalt einer Hyäne laut kichernd auf der Stelle.

»Warum sollten wir ihm das Leben zur Hölle machen wollen?«

»Weil er ein ZAUBERER ist? Ihr Hexen hasst doch Zauberer!«

»Ich weiß«, sagte ich und rieb mir den Kopf, der vor lauter Überforderung heftig pochte. »Aber er … er ist auch mein Freund.«

Merlin stieß sich vom Boden ab und landete als Pavian auf meinem Bauch. Mir blieb die Luft weg.

»Das war einmal!«, rief er und kratzte sich genüsslich am Kopf, während ich hustend und prustend unter ihm lag. »Zauberer sind eure großen Feinde, das weißt du doch. Ob es dir nun gefällt oder nicht: Du kannst nicht mehr mit Oscar Blaze befreundet sein. Das verbieten die Regeln.«

Ich gab es nie gern zu, wenn Merlin bei irgendetwas recht hatte, aber ganz von der Hand zu weisen war seine Argumentation nicht. Seine Worte sorgten dafür, dass ich mich die ganze Nacht unruhig umherwälzte und keinen Schlaf fand. Ich hatte nach wie vor Mühe, das alles zu begreifen. *Wie kann es sein, dass Oscar ein Zauberer ist? Und wenn es stimmt, was er sagt, was soll ich dann jetzt tun? Sollen wir einfach vorgeben, wir hätten nie erfahren, was der jeweils andere ist?*

Und jetzt bin ich hier im Geschichtsunterricht, starre auf

seinen Hinterkopf und überlege, wie um alles in der Welt er einfach so mitschreiben kann im Unterricht. Er sitzt doch tatsächlich da und macht sich Notizen! Und hebt den Kopf, um Miss Campbell zuzuhören! Und jetzt nimmt er wieder seinen Stift und schreibt!

Wie geht das? WAS STIMMT NICHT MIT IHM?

»Emma, alles okay bei dir?«

Ich schrecke auf, weil Joe mir auf den Arm tippt und mich besorgt ansieht.

»Alles okay?«, wiederholt er flüsternd.

»Ja, klar. Wieso?«

»Weil ich ... weil ich dir gerade viermal die gleiche Frage gestellt habe.«

»Oh. Sorry.« Ich räuspere mich. »Was war denn die Frage?«

»Ob du mir einen Rückwärtssalto beibringen kannst. Es wäre so cool, so etwas zu können! Dann würde ich einfach den Schulflur entlang schlendern, und plötzlich: BÄMM ...« Er schlägt mit der flachen Hand auf den Tisch und erschreckt mich fast zu Tode. »... mache ich einen Rückwärtssalto.«

»Joe und Emma, wollt ihr den Rest der Klasse ebenfalls an eurem Gespräch teilhaben lassen?«, fragt Miss Campbell und wirft uns einen strengen Blick zu.

»Ich habe Emma gerade gefragt, ob sie mir einen Rückwärtssalto beibringt«, verkündet Joe stolz.

»Oooh! Ich will auch lernen, wie man das macht!«, ruft jemand aus den vorderen Sitzreihen.

»Ich auch! Ich auch!«

Während ich immer tiefer in meinen Stuhl sinke, klopft Miss Campbell laut mit den Fingerknöcheln aufs Lehrerpult und sorgt so für Ordnung in der Klasse. Sie droht Joe mit Nachsitzen und setzt dann ihren Unterricht fort. Ich warte ungefähr acht Sekunden, bis ich meine bisherige Aktivität wieder aufnehme: Oscars Hinterkopf anzustarren. Er ist ein Zauberer. Ein Zauberer.

Was soll ich nur tun?

»Komm, wir setzen uns dort hinten hin«, sagt Oscar in der Mittagspause und geht mit seinem Tablett auf einen Tisch zu, der weit entfernt liegt vom Tisch unserer Freunde.

»Aber …« Ich werfe einen Blick zu Iris und Lucy hinüber. »Kommt es nicht komisch rüber, wenn wir uns nicht zu den anderen setzen?«

»Ist mir egal.« Er zuckt mit den Schultern. »Mir brennen so viele Fragen unter den Nägeln. Dir nicht auch?«

Ich muss zugeben, dass es mir genauso geht. Während wir ans andere Ende der Schulmensa gehen und uns dort allein an einen Tisch setzen, versuche ich, die neugierigen Blicke von Iris und Lucy zu ignorieren.

»Alles okay bei dir?«, fragt mich Oscar, nachdem wir uns hingesetzt haben, und nimmt einen Schluck aus seinem Glas. »Du wirkst heute ein bisschen … neben der Spur. Jedes Mal, wenn ich in deine Richtung schaue, sind deine Augen unnatürlich weit aufgerissen.«

»Mich schockt das Ganze ziemlich«, gestehe ich leise und blicke mich nervös um. »Aber ich glaube nicht, dass wir hier darüber reden sollten.«

»Warum nicht? Es hört uns doch niemand zu. Wir können uns ja ganz leise unterhalten.« Er greift nach seiner Gabel. »Also, nur noch mal zur Bestätigung: Du bist eine Hexe, richtig? Zugegeben hast du es bisher nämlich noch nicht.«

Ich nicke langsam, wohl wissend, dass leugnen sinnlos wäre. »Ja, bin ich. Ich kann das alles gar nicht glauben.«

»Ich auch nicht. Total verrückt, dass wir an derselben Schule gelandet sind. Wie gesagt: Ich bin vorher erst einmal einer Hexe begegnet, und das war keine besonders schöne Erfahrung. Sie hat mich und Mum verflucht. Mum hatte zum Glück einen Zaubertrank dabei, der den Fluch sofort wieder rückgängig gemacht hat.«

»Deine Mutter ist also die Zauberin in eurer Familie?«

»Ja. Es ist ein weit verbreiteter Irrtum, dass Zauberer immer männlich sind.« Oscar hält inne und grinst mich an. »Aber das muss ich dir ja nicht sagen. Von euch Hexen denken auch alle, ihr müsstet zwingend weiblich sein, stimmt's?«

»Stimmt.« Ich greife nach meinem Wasserglas. »Und dein Vater?«

»Der ist kein Zauberer. Er hat von nichts eine Ahnung, was manchmal echt schwierig ist. Meine Zaubertrank-Stunden muss ich zum Beispiel heimlich nehmen. Er denkt, dass ich bei einem Kochkurs mitmache.«

»Kenne ich. Die beste Freundin meiner Mutter ist auch mit jemandem verheiratet, der keine Ahnung hat, dass sie eine Hexe ist. Für sie ist das manchmal ganz schön hart.«

Oscar nickt, sieht mich an und flüstert kaum hörbar: »Darf ich mal deinen Vertrauten sehen?«

Ich zögere mit meiner Antwort – ich bin hin und her gerissen. Als Zauberer ist Oscar eigentlich mein ultimativer Feind. Keine Hexe, die etwas auf sich hält, würde ihren Vertrauten jemals einem Zauberer vorstellen. Das ist etwas sehr Persönliches, für das viel Vertrauen nötig ist.

Aber Oscar ist nicht irgendein wildfremder Zauberer, sondern mein Freund. Er ist der einzige Mensch, der von Anfang an nett zu mir war.

»Ja, okay«, antworte ich nervös. »Genau genommen hast du Merlin allerdings schon kennengelernt.«

»Die Vogelspinne.« Ein Lächeln breitet sich auf Oscars Gesicht aus. »Das ist so ziemlich das Einzige, auf das ich bei euch Hexen neidisch bin: dass ihr einen Vertrauten habt, der immer an eurer Seite ist.«

»Dieses romantische Bild muss ich leider zerstören. Merlin würdest du garantiert nicht an deiner Seite haben wollen. Er ist der unhöflichste, unangenehmste … Autsch!«

Ich klatsche mir mit der flachen Hand auf den Hals, weil Merlin mich mit seinen Beißwerkzeugen zwickt.

»Alles okay?«, fragt Oscar verwirrt.

»Er hat mich gerade gebissen«, erkläre ich und verdrehe die Augen. »Wo war ich stehengeblieben? Ach ja: Merlin ist ein echter Plagegeist. Aber du kannst ihn natürlich kennenlernen, wenn du willst. Vielleicht später, wenn es nicht so …«

Bevor ich zu Ende sprechen kann, ist Merlin schon von meinem Arm auf den Tisch gekrabbelt. Oscar bemerkt die kleine, sich ihm nähernde Spinne sofort. Er hebt den Kopf und sieht mich fragend an.

»Ja«, bestätige ich seufzend. »Das ist er. Merlin, bitte benimm dich. Wir sind hier in der Schulmensa.«

Merlin nickt mir zu und dreht sich dann wieder zu Oscar um.

»Vielleicht bilde ich mir das nur ein – er ist so winzig, dass man es nicht richtig erkennen kann«, sagt Oscar. »Aber ich glaube, er droht mir mit seinen Vorderbeinen.«

»Ja, das ist durchaus möglich«, antworte ich und piekse mit meiner Gabel ein paar Nudeln auf. »Ich hatte dich ja gewarnt. Merlin hasst Zauberer.«

»Verstehe.« Oscar wackelt mit dem Zeigefinger, um Merlin unauffällig zuzuwinken. »Schön, dich kennenzulernen, Merlin.« Er hält zögernd inne. »Jetzt droht er mir eindeutig.«

»Du hast deine Meinung hinreichend klargemacht, Merlin. Jetzt komm bitte zurück, bevor dich einer von uns versehentlich zerdrückt.«

Merlin krabbelt widerwillig zu mir zurück und erklimmt meine Hand, bevor er unter meinem Blusenärmel verschwindet.

»Trotzdem cool, einen Vertrauten zu haben, finde ich. Und wie ist es, auf einem Hexenbesen zu fliegen?«

»Oscar.« Ich lege meine Gabel beiseite und beuge mich vor. »Erstens finde ich nicht, dass wir hier in der Schule, wo uns jeder hören kann, über solche Sachen reden sollten. Und zweitens sind wir beide eigentlich dazu bestimmt ...«

»Feinde zu sein?« Er sieht mich mit hochgezogenen Augenbrauen an. »Du findest also, wir sollten uns jetzt hassen? Ich finde das nicht. Diese ganze Hexen-gegen-Zauberer-Geschichte ist doch bescheuert. Mir kam schon bei unserer ersten Begegnung der Verdacht, dass du eine Hexe sein könntest, aber ich wäre nie auf die Idee gekommen, dich nur deswegen zu hassen. Das ist doch total von vorgestern.«

Ich bin schockiert, weil er so nüchtern und sachlich über ein derart emotionsgeladenes Thema redet. Wie kann er bei einem GEWALTIGEN Problem wie diesem nur so ruhig bleiben? Mir selbst wurde mein Leben lang eingeimpft, Zauberer seien die schlimmsten Personen auf diesem Planeten, was durch meine eigene Erfahrung mit einer Zauberin leider bestätigt wurde.

Allein beim Gedanken an Daisy Hornbuckle läuft mir ein Schauder über den Rücken.

»Aber, Oscar, das ist nun mal die Realität«, widerspreche ich und rutsche nervös auf meinem Stuhl nach vorn. »Es ist einfach so viel zwischen uns passiert in der Vergangenheit. Wenn meine Mutter herausfinden würde, dass ich Umgang mit einem Zauberer habe, würde sie durchdrehen. Sie ist die Große Hexenmeisterin.«

Oscar reißt erschrocken die Augen auf. »Deine Mutter ist die *Große Hexenmeisterin*? Oha, das ist natürlich heftig.«

»Wem sagst du das.«

»Weiß sie, dass wir beide befreundet sind?«, fragt er und kaut unruhig auf seiner Lippe herum.

»Sie weiß nicht, dass du Zauberer bist, also spielt es keine Rolle, ob sie von unserer Freundschaft weiß oder nicht. Wir müssen einfach dafür sorgen, dass es so bleibt.«

216

»Emma«, sagt er und sieht mich mit ernstem Gesicht an. »Wenn deine Mutter die Große Hexenmeisterin ist, dann weiß sie aller Wahrscheinlichkeit nach, dass Oscar Blaze ein Zauberer ist, weil sie sämtliche Hexen und Zauberer der Gegend kennt. Deshalb überrascht es mich ja so, dass sie dich auf unsere Schule gehen lässt, obwohl ihr bekannt ist, dass sie auch von einem Zauberer besucht wird.«

Was Oscar gerade gesagt hat, klingt durchaus logisch. Mum weiß garantiert, dass die Blazes eine Familie von Zauberern sind. Ich schnappe nach Luft, als mir dämmert, warum Dora so eine Aversion gegen *Blaze Books* hat: nicht etwa, weil ich die alten Hexenbücher nicht lesen soll, die es dort gibt, sondern weil der Laden einer *feindlichen Familie* gehört!

»Mum hat wahrscheinlich gehofft, dass wir entweder niemals aufeinanderstoßen oder niemals herausfinden, wer der jeweils andere ist …«, sage ich nachdenklich. »Es gibt nicht so viele Schulen hier in der Gegend, für mich stand daher immer schon fest, dass ich auf die Blackriver-Schule gehen würde. Vielleicht dachte Mum, sie könnte einfach ein wenig im Auge behalten, mit wem ich mich anfreunde, und wenn ich dann erwähnen würde, dass ich Zeit mit einem Jungen namens Blaze verbringe …«

»… würde sie dir verbieten, jemals wieder ein Wort mit mir zu wechseln«, vollendet Oscar seufzend meinen Satz, und ich senke schuldbewusst den Blick auf meine Hände. »Mach dir nichts draus, Emma, meine Mum würde ganz genauso reagieren. Ihrer Ansicht nach sind Hexen unfähige Träumerinnen, die seit Tausenden von Jahren Pläne zur Machtübernahme schmieden, aber ihrem Ziel bis heute kein Stück näher gekommen sind.«

»Ganz schön hart. Na ja, laut *meiner* Mum sind Zauberer hilflose Möchtegern-Magier, die nichts als Ärger machen mit den kleinen Süppchen, die sie kochen.«

»*Süppchen?* Autsch!« Oscar lacht betreten. »Diese *Süppchen* haben unzählige Leben gerettet, ganz zu schweigen davon, dass sie uns große Macht verleihen. Ihr Hexen habt keine Ahnung, zu was unsere *Süppchen* alles in der Lage sind!«

Ich lege meine Hand beiläufig auf den Tisch und tue so, als würde ich prüfend meine Fingernägel betrachten. »Ein Fingerschnipsen von mir, Oscar, und ich verwandle dich in eine Kröte.«

»Oder du hetzt mir einen Schwarm Fledermäuse auf den Hals«, sagt er grinsend. »Apropos: Genau darüber wollte ich mit dir sprechen. Emma, diese ganze Sache muss ein Ende haben!«

»Was muss ein Ende haben?«

Er starrt mich blinzelnd an und scheint sich darüber zu wundern, dass mir nicht sofort klar ist, was er meint. »Dass du hier an der Schule herumhext. Damit musst du sofort aufhören.«

»Oscar, du kannst mir nicht vorschreiben, was ich zu tun habe. Warum sollte ich damit aufhören wollen?«

»Zunächst einmal, weil es viel zu gefährlich ist. Hast du deine magischen Fähigkeiten überhaupt schon voll unter Kontrolle? Wenn dieses Schuljahr dein erstes ist, hast du wahrscheinlich gerade erst die JHP bestanden.«

Ich trommle mit den Fingern auf den Tisch. »Du bist gerade SEHR nah dran, von mir in eine Kröte verwandelt zu werden.«

»Ich sage das nicht, weil ich gemein sein will, es war nur eine objektive Beobachtung.« Er sieht sich nervös nach allen Seiten um. »Emma, es gibt so viele Gründe, warum du an der Schule nicht hexen solltest, schon gar nicht so häufig und gedankenlos, wie du es gerade machst! Beispielsweise könnte dir beim Hexen ungewollt ein Fehler unterlaufen, und du könntest ernsthaften Schaden damit anrichten. Außerdem gehst du nicht besonders dezent vor.«

»Ich bitte dich!« Ich verdrehe die Augen. »Als ob für die Leute deshalb offensichtlich wäre, dass ich eine Hexe bin.«

»Für mich war es schon offensichtlich.«

»Du bist ja auch ein Zauberer!«

»Trotzdem, du musst damit aufhören. Sonst gerätst du irgendwann richtig in Schwierigkeiten.«

»Wieso sollte ich? Außerdem geht dich das doch gar nichts an.«

»Hey, Emma!«

Iris' Stimme lässt uns erschrocken auseinanderfahren. Statt wie bisher die Köpfe über dem Tisch zusammenzustecken, lehnen wir uns auf unseren Stühlen zurück.

»Ihr scheint ja ein sehr intimes Gespräch zu führen«, stichelt sie mit vielsagendem Blick. »Störe ich euch?«

»Nein! Nein, wir haben nur gerade ... es ging um ... traditionelle koreanische Rezepte«, antworte ich eilig.

Oscar wirkt von meiner Antwort ein wenig irritiert, spielt jedoch mit. »Ja, Emma ist ein echtes Kochgenie, was die koreanische Küche angeht. Ich habe sie um ein paar Tipps gebeten.«

»Oh. Okay. Damit … hätte ich jetzt nicht gerechnet«, sagt sie und sieht uns verwirrt an. »Wie auch immer. Emma, ich wollte dich fragen, ob du mir morgen nach der Schule ein paar neue Tanzschritte beibringen könntest.«

»Ich? Du willst, dass ich dir Unterricht gebe? Aber du bist doch schon so gut!«

»Nicht so gut wie du«, erwidert sie und fährt mit leuchtenden Augen fort: »Du könntest mir helfen, mich noch weiter zu verbessern. Eine Einzelstunde bei dir macht bestimmt voll Spaß! Vielleicht können wir gemeinsam ein paar zusätzliche Elemente choreographieren und in unseren Tanz einbauen. Was meinst du? Wäre das okay für dich?«

Ich nicke und antworte nach kurzem Zögern: »Ja. Klar kann ich dir weiterhelfen. Ich kann ja tanzen, also ist das kein Problem. Eine Einzelstunde wäre echt … toll.«

»Danke, Emma!« Sie strahlt. »Also, ihr zwei, wir sehen uns später.«

»Eine Einzelstunde. Könnte interessant werden«, sagt Oscar und lehnt sich mit einem frechen Grinsen auf seinem Stuhl zurück.

Kapitel zwanzig

Iris fährt sich verzweifelt durch die Haare. »Sorry, Emma, ich kapier's immer noch nicht. Kannst du es mir noch mal ein bisschen ausführlicher erklären?«

Ich werfe einen Blick auf die Wanduhr. Wir sind erst seit fünf Minuten hier. FÜNF MINUTEN! Und es fühlt sich an wie eine Ewigkeit. Die Einzelstunde läuft bisher alles andere als reibungslos. Ich habe nämlich keine Ahnung, wie ich das, was ich beim Tanzen tue, erklären soll, schließlich führe ich die Schritte nicht bewusst aus. Es passiert einfach.

»Ich weiß nicht, ob ich es noch verständlicher machen kann«, sage ich. »Du gehst einen Schritt nach vorn, so wie ich gerade ...«

»Ja, das mit den Vorwärtsschritt habe ich verstanden«, antwortet Iris fest entschlossen und lässt mich nicht aus den Augen.

»Und dann ...«

Ich drehe mich perfekt ausbalanciert auf der Stelle und füge eine schnelle Abfolge komplizierter Tanzschritte an. Nachdem ich fertig bin, lächle ich Iris aufmunternd zu.

»Hast du gesehen? Jetzt versuch du es!«

Sie holt tief Luft, macht einen Schritt nach vorn, führt

fehlerlos die Drehung aus, verliert dann jedoch das Gleichgewicht und taumelt zur Seite. Frustriert bleibt sie stehen und vergräbt den Kopf in den Händen.

»Vielleicht habe ich es nicht richtig erklärt«, beeile ich mich zu sagen, weil ich beim Anblick ihres enttäuschten Gesichts sofort ein schlechtes Gewissen bekomme. »Nach der Drehung machst du ...«

»Schon gut, Emma«, winkt sie ab und geht in eine Ecke der Turnhalle, um sich ihre Wasserflasche zu schnappen und einen Schluck zu trinken. »Vergessen wir es einfach. Es bringt nichts. Ich schaffe es nicht.«

»Wie bitte?« Ich folge ihr in die Ecke und baue mich vor ihr auf. »Natürlich schaffst du das!«

»Ich weiß nicht.« Sie seufzt. »Wir haben es jetzt schon so oft probiert, und ich bringe nicht mal die erste Schrittfolge zustande.«

»Iris, wir sind erst fünf Minuten hier! Ich weiß, fünf Minuten können sich lang anfühlen, aber ich würde die Schrittfolge trotzdem nicht so schnell abschreiben.« Ich halte zögernd inne. »Zumal der Fehler bestimmt bei mir liegt.«

»Nein, absolut nicht! Du bist echt toll. Aber ich ... vielleicht bin ich einfach nicht gut genug für dieses Niveau.«

»Doch, bist du. Nur bin ich leider eine miserable Lehrerin. Ernsthaft.« Ich lächle entschuldigend. »Wenn ich überhaupt etwas bewirke, dann, dass ich dich so verwirre, dass du durch mich schlechter wirst.«

Sie muss unwillkürlich lachen. »Weißt du was? Ich habe eine Idee, die uns weiterhelfen könnte.«

»Schieß los, ich bin ganz Ohr.«

»Ich könnte dich doch beim Tanzen filmen und das Ganze anschließend in Zeitlupe abspielen. Auf diese Weise kann ich jeden Schritt einzeln studieren und ihn mir selbständig erarbeiten, ohne dass du ihn erklären musst. Was meinst du?«

»Die Idee ist GENIAL!«

Ich gehe in Position und warte, bis sie bereit ist. Sie drückt auf Aufnahme und filmt mit ihrem Handy meine gesamte Choreographie ab. Dann sieht sie sich probeweise den Anfang an und hält zufrieden grinsend den Daumen hoch.

»Funktioniert. Danke, Emma!«

»Kein Problem.« Ich ziehe meinen Pullover über und greife nach meiner Tasche. Als ich merke, dass Iris keine Anstalten macht, sich ebenfalls anzuziehen, frage ich: »Gehst du nicht auch nach Hause?«

»Nein, ich glaube, ich bleibe noch eine Weile hier und übe«, antwortet sie und betrachtet aufmerksam das Video. »Ich will wenigstens eine dieser Schrittfolgen knacken. Morgen führe ich dir den Vorwärtsschritt mit der Drehung vor, bis dahin beherrsche ich ihn hoffentlich fehlerlos.«

»Okay«, nicke ich, erstaunt über ihre Zielstrebigkeit. »Viel Glück!«

»Danke.« Sie blickt von ihrem Handy auf und lächelt. »Ach, Emma. Bevor du gehst, wollte ich dir noch sagen, dass ... na ja, dass es mir leidtut. Ich war in deiner Anfangszeit hier an der Schule nicht so nett zu dir, wie ich es hätte sein sollen. Ich ... ich hasse nur einfach Spinnen.«

223

»Wie die meisten Menschen«, antworte ich. »Ist schon okay.«

»Nein, ich meine das ernst. Ich hätte nicht zulassen dürfen, dass Felix ständig auf dir herumhackt. Er kann echt ein ganz schöner Idiot sein.«

»Oh. Äh … danke.«

»Bis morgen!«, sagt sie und senkt den Blick wieder auf ihr Handy, um sorgfältig das Video zu studieren.

Als ich durch die Turnhallentür gehe, stoße ich fast gegen Oscar, der mir von draußen entgegenkommt.

»Was machst *du* denn hier?«, frage ich ihn.

»Ich wollte euch bei der Probe zusehen«, erklärt er und wirft verwirrt einen Blick auf seine Armbanduhr. »Hattest du Iris nicht versprochen, nach der Schule mit ihr zu trainieren?«

»Da kommst du zu spät. Der Unterricht ist schon beendet«, verkünde ich.

»Wie geht denn das? Schulschluss war doch erst vor nicht mal zehn Minuten.«

»Ich bin halt eine exzellente Lehrerin.«

Er wirft mir einen ungläubigen Blick zu, und ich verdrehe die Augen. »Na gut. Es lief nicht besonders toll.«

»Was für eine Überraschung.« Er grinst triumphierend und schiebt die Hände in seine Hosentaschen. »Könnte es eventuell daran liegen, dass du in Wirklichkeit gar nicht tanzen kannst und alles nur eine fette Lüge ist?«

»Pst!«, fahre ich ihn an und vergewissere mich, dass niemand in der Nähe ist. »Was soll denn das, Oscar? Willst du, dass wir erwischt werden? Zu deiner Information: Iris und ich haben beschlossen, dass es besser für uns beide ist, wenn sie meine Tanzschritte abfilmt und sich das Video dann in Zeitlupe anschaut. Sie ist noch in der Turnhalle geblieben und trainiert anhand des Videos weiter, also kann ich sehr wohl behaupten, dass ich ihr Unterricht gebe und sie von mir lernt. Dass du es nur weißt.« Ich setze meinen Weg mit hoch erhobenem Kopf fort. Oscar folgt mir. »Wir haben sozusagen eine ganz neue Lernmethode entwickelt«, erkläre ich. »Weißt du, was seltsam war? Ich habe gerade eine ganz neue Seite an Iris entdeckt. Eigentlich dachte ich immer, sie wäre megaselbstbewusst und könnte alles perfekt, aber als sie die erste Schrittfolge nicht sofort kapiert hat, war sie total selbstkritisch. Egal. Wir werden den Unterricht einfach per Video fortsetzen, dann ist sie bald genauso gut wie ich.«

»Mit dem Unterschied, dass Iris dann hart trainiert hat, um es ans Ziel zu schaffen, und dass ihr Können echt ist. Wohingegen du einfach mit den Fingern schnipst, um zu kriegen, was du willst.«

Ich seufze. »Mein Leben war deutlich amüsanter, als du noch nicht zu allem deine Kommentare abgegeben hast. Ich gestehe dir gern zu, dass ich mich immer ein bisschen schuldig fühle, wenn Iris von mir als Tänzerin schwärmt, aber wenn ich nicht gehext hätte, um mich beliebter zu machen, hätte ich immer noch keine Freunde und wäre für alle nur die verrückte Außenseiterin.«

»Wann hattest du denn keine Freunde? Und verrückt bist du immer noch.«

»Wenigstens bin ich keine Zauberin«, kontere ich. »Dann bin ich immer noch lieber der Schulfreak.«

Er bleibt unvermittelt stehen, streckt den Arm vor mir aus und fragt: »Was hast du da gerade gesagt?«

»Nichts.« Ich ziehe mein Handy aus der Tasche, um Dora anzurufen und sie zu bitten, mich jetzt schon abzuholen. »Gib doch einfach zu, dass du neidisch bist, weil ich mich mit einem Fingerschnipsen in eine Wahnsinnstänzerin verwandeln kann und du so etwas niemals fertigbringen würdest.«

»Du glaubst also, ich könnte mich nicht in einen Wahnsinnstänzer verwandeln?«

»Natürlich nicht, du bist ja kein Hexer. Ihr Zauberer heilt doch nur Leute mit Kräutersüppchen und so was alles.«

»WAS?« Oscar starrt mich fassungslos an. »Meinst du das ernst? Du denkst, das ist alles, was wir können?«

»Könnt ihr denn noch was anderes?«

»Okay, das reicht, Emma Charming«, erklärt er und droht mir scherzhaft mit dem Finger. »Dieses Wochenende kommst du zu mir nach Hause, und dann zeige ich dir, warum Zauberer die besseren Magier sind.«

»Auf keinen Fall! Ich kann nicht in ein Haus kommen, in dem Zauberer wohnen!« Ich sehe ihn stirnrunzelnd an. »Wenn das jemals meine Mutter oder eine andere Hexe herausfindet …«

»Dann sorgst du wohl besser dafür, dass es unser Geheimnis bleibt«, unterbricht mich Oscar ungerührt. »Oder hast du etwa Angst davor, dass ich dir wirklich beweise, dass Zauberer besser sind als Hexen?«

Ich funkele ihn trotzig an. »Also gut. Diesen Samstag. Bei dir zu Hause.«

Als ich am Samstag bei *Blaze Books* eintreffe, kichere ich schon vor Betreten des Ladens siegessicher in mich hinein. Oscars Vorhaben, die Ehre der Zauberer zu retten, ist wirklich lächerlich. Merlin findet, dass wir uns gar nicht erst die Mühe machen sollten, ihn eines Besseren zu belehren.

»Du darfst nicht mit einem Zauberer befreundet sein, das ist falsch und verboten«, wiederholt er immer wieder voller Abscheu. »Wenn irgendjemand herausfindet, dass du Zeit mit ihm verbringst, stecken wir TIEF in der Patsche.«

Ich gebe es nur ungern zu, aber Merlin hat absolut recht. Allein bei der Vorstellung, Mum könnte herausbekommen, dass ich Oscar besuche, obwohl ich weiß, dass er ein Zauberer ist, wird mir angst und bange.

Andererseits bin ich nun mal gern mit Oscar zusammen. Er war der Einzige, der vom ersten Tag an nett zu mir war. Seit ich ihn kenne, fällt es mir zunehmend schwer zu glauben, dass alle Zauberer böse sein sollen. Es klingt vielleicht seltsam, weil er ja ein Zauberer ist und kein Hexer, aber mir gefällt der Gedanke, einen Freund zu haben, mit dem ich über alles sprechen kann, auch über Dinge aus der Welt der Magie. Merlins Prognose, dass ich nie wirklich dazugehören werde, weil ich immer einen Teil von mir verheimlichen muss, trifft nicht mehr zu. Es gibt jetzt eine Person an der Schule, die mich voll und ganz versteht.

Außerdem hat Oscar mir versichert, dass seine Mutter heute den ganzen Tag unterwegs und unser Geheimnis daher nicht gefährdet ist.

»Wir müssen hoch auf den Dachboden«, verkündet er

bei meiner Ankunft leise und klopft auf seine Hosentasche, in der es klimpert. »Dort habe ich meinen Kessel aufgestellt.«

Ich muss grinsen, als er in so ernstem Tonfall von seinem Kessel spricht. Oscar sieht mich vorwurfsvoll an.

»Du hast keine Ahnung, zu was wir alles imstande sind«, informiert er mich. Sobald er mir den Rücken zudreht, werfe ich Merlin, der als schwarzer Kater um meine Beine streicht, einen vielsagenden Blick zu.

»Warum müssen wir auf diesen gruseligen Dachboden hinaufklettern?«, frage ich, nachdem ich die oberste Stufe der knarrenden Treppe erreicht habe und mir fast den Kopf an der niedrigen Decke stoße.

»Eine reine Vorsichtsmaßnahme«, antwortet Oscar. »Dad ist unten im Buchladen, und Mum ist unterwegs, aber wenn wir den Kessel im Wohnzimmer aufbauen, platzt vielleicht doch einer der beiden herein, und das wäre nicht so toll. Du weißt ja: Mein Vater hat keine Ahnung, dass ich ein Zauberer bin, und meine Mutter findet, dass deinesgleichen auf den Scheiterhaufen gehören.« Er macht eine ausladende Handbewegung. »Hier auf dem Dachboden ist es sicherer.«

»Okay.« Ich nicke und setze mich im Schneidersitz vor den Kessel. »Das sehe ich ein.«

»Ach ja, ich hab hier noch was für dich«, sagt Oscar und gibt mir ein kleines, mit Bildern illustriertes Kinderbuch.

Ich nehme es entgegen und lese den Titel auf dem Buchcover: *Klassische Märchen aus der Welt der Zauberer.*

»Ist das dein Ernst?« Ich blättere durch die Seiten. »Du willst, dass ich Kindermärchen lese?«

»So ist es. Ich dachte, es wäre vielleicht sinnvoll, wenn wir die Dinge mal aus der jeweils anderen Perspektive betrachten würden«, erklärt er und setzt sich mir gegenüber auf die andere Seite des Kessels.

»Oh. Verstehe. Dann vielen Dank.«

Ich lege das Buch beiseite, während Oscar mehrere kleine Glasfläschchen aus der Hosentasche zieht und sie ordentlich vor dem Kessel aufreiht. Neugierig beäuge ich ihren Inhalt. Sie scheinen mit Flüssigkeiten in verschiedenen Farben gefüllt zu sein.

»Wenn wir Zeit genug hätten, es richtig zu machen, würde ich die Rohzutaten verwenden«, erläutert Oscar, greift nach einem dicken Lederbuch, blättert darin herum und findet schließlich die Seite, die er sucht. »Da unsere Zeit jedoch begrenzt ist, können wir uns diesen Luxus leider nicht erlauben. Ich werde daher vorgefertigte Mixturen verwenden.«

»Hexen brauchen überhaupt keine Zeit, um ihre Magie zu entfalten«, verkündet Merlin würdevoll und stolziert mit hin und her peitschendem Katzenschwanz auf Oscar zu. »Und Zutaten brauchen sie dafür auch nicht.«

Oscar sieht ihn mit hochgezogenen Augenbrauen an. »Genau aus diesem Grund treffen Hexen auch so viele Fehlentscheidungen und richten mit ihren Spontanaktionen verheerende Schäden an. Schäden, die wir Zauberer mit unseren gut durchdachten, intelligenten Lösungen wieder in Ordnung bringen müssen.«

»Mit anderen Worten«, entgegnet Merlin und leckt sich eine Pfote. »Hexen haben Spaß, und Zauberer sind Langweiler.«

»Ist der immer so?«, fragt mich Oscar und wendet sich wieder seinem dicken Wälzer zu.

»Nein, sonst ist er noch schlimmer. Du hast Glück: Er hat heute gute Laune«, antworte ich. Merlin springt mit einem Satz zu mir zurück und wetzt seine Krallen an meinem Bein. »Versuch du mal, rund um die Uhr mit so einem griesgrämigen Zeitgenossen zusammenzuleben.«

»Okay, hier ist es.« Oscar fährt mit dem Finger die Seite entlang. »Mit diesem Trank fangen wir an.«

»Was ist das für ein Buch?«, frage ich und versuche, über den Kessel hinweg einen Blick hineinzuwerfen.

»Ein Nachschlagewerk für Zaubertränke.«

»Cool! Darf ich mal sehen?«

»Nein.«

»Warum nicht?«

»Weil du eine Hexe bist.«

Ich seufze. »Also gut. Was für einen Zaubertrank willst du denn brauen?«

»Einen, der mich in einen Wahnsinnstänzer verwandelt«, antwortet er grinsend. Er wählt einige der Glasfläschchen aus und begutachtet sie sorgfältig.

Dann kniet er sich direkt vor den Kessel, holt tief Luft, schließt die Augen und gießt den Inhalt des ersten Fläschchens – eine grellgrüne Flüssigkeit – hinein. Anschließend folgt der dunkelbraune Inhalt des nächsten Fläschchens. Merlin verwandelt sich in eine Wespe und schwebt über dem Kessel, um hineinzuspähen, während ich auf den Knien vorwärtsrutsche, um ebenfalls einen nervösen Blick über den Kesselrand zu werfen.

Die Flüssigkeit darin blubbert, als würde sie kochen. Ich vergewissere mich noch einmal, dass unter dem Kessel kein Feuer brennt. Nein, ich habe mich nicht geirrt.

»Da ist ja gar kein Feuer.«

Oscar öffnet ein Auge. »Gut beobachtet.«

»Woher kommt dann das Blubbern?«

»Zauberei.« Er lächelt. »Könntest du jetzt bitte einen Moment still sein, damit ich mich konzentrieren kann?«

Er greift nach einem weiteren Fläschchen und schließt wieder beide Augen, die Hand über dem Kessel erhoben. Dann fängt er an, unzusammenhängende Laute zu murmeln, ein Kauderwelsch, das keinerlei Sinn ergibt. Fasziniert beobachte ich, wie er den Inhalt des letzten Fläschchens in den brodelnden Kessel gießt, eine schwarze, an zähen Matsch erinnernde Flüssigkeit. Sobald sie hinzugefügt ist, nimmt der Zaubertrank eine wunderschöne, sattgolden schimmernde Farbe an.

Oscar öffnet die Augen und wirkt erleichtert, als er das von ihm fabrizierte Gebräu sieht. »Es hat funktioniert. Bist du bereit zum Probieren?«

»Was ist da drin?«, frage ich und starre in die dickflüssige goldene Masse, die langsam im Kessel herumwabert. »Was war in all diesen kleinen Fläschchen?«

»An deiner Stelle würde ich lieber nicht fragen.« Oscar zögert, gibt dann jedoch meinem flehenden Gesichtsausdruck nach. »Zum Beispiel jede Menge Kräuter, und dann

Sachen wie Fischpopel, Hufraspeln, Elefantenspeichel und eine Prise Salz. Und noch ganz viele andere Zutaten, aber ich glaube nicht, dass dir die gefallen würden.«

Ich starre ihn an. Er starrt zurück, ohne eine Miene zu verziehen.

»Ist das ein Witz?«, frage ich langsam.

»Ich hatte dich gewarnt: Frag lieber nicht.«

»Fischpopel gibt es doch gar nicht.«

»Doch. Das wissen allerdings nur Zauberer, weil wir die besten sind.« Er taucht eine Schöpfkelle in den Zaubertrank und hebt sie hoch. »Also, willst du probieren?«

»Ich kann dieses Zeug nicht probieren!«

»Warum nicht? Hast du Angst?«

Ich funkle ihn wütend an. »Nein! Aber ich bin eine Hexe. Wir sind Erzfeinde. Woher weiß ich denn, dass du mich nicht vergiften willst?«

»Na gut, dann probiere ich eben zuerst. Dieser Zaubertrank macht einen gut in allem, was man perfekt beherrschen möchte. Man muss nur an die jeweilige Sache denken, und schon ist man ein Meister darin.«

»Auf keinen Fall. Ich glaube dir kein Wort. Fischpopel und ein paar Zehennägelraspeln können unmöglich eine so mächtige Wirkung entfalten.«

»*Huf*raspeln«, korrigiert er mich. »Es sind nicht nur die Zutaten, sondern auch die dazugehörige Zauberformel. Es kann nicht einfach jeder daherkommen und diesen Trank brauen, nur weil er die entsprechenden Zutaten kennt.« Oscar zeigt mit dem Daumen auf seine Brust. »Ich bin Zauberer, schon vergessen?«

»Man trinkt dieses Zeug und wird gut, in was auch immer man will?« Naserümpfend betrachte ich die Flüssigkeit, die in der Schöpfkelle hin und her schwappt. »Es gibt wohl nur eine Möglichkeit, herauszufinden, ob du die Wahrheit sagst.«

»Tja, sieht so aus.« Er grinst. »Nimm aber bitte nur einen Schluck. Das meine ich ernst. Ein kleiner Schluck genügt. Der Trank ist sehr stark, und die Wirkung darf nicht länger als ein paar Minuten anhalten, damit wir nicht erwischt werden.«

Ohne auch nur einen Moment zu zögern, hebt er die Kelle an seine Lippen und nimmt einen Schluck, bevor er sie an mich weiterreicht. Ich halte mir die Nase zu, trinke rasch einen kleinen Schluck und lasse die Schöpfkelle zurück in den Kessel gleiten.

Die Wirkung setzt sofort ein. Es fühlt sich an, als würde warmer, köstlicher Honig meine Kehle hinunterrinnen. Ein Adrenalinstoß erfasst mich, und das Blut fängt an, in meinen Adern zu prickeln.

»Schau dir das hier an«, sagt Oscar grinsend, steht auf und macht aus dem Stand fünf Rückwärtssaltos hintereinander. Ich schnappe nach Luft, als ich sehe, wie er mühelos durch die Luft wirbelt und anschließend eine perfekte Landung hinlegt.

»Wie war das noch? Zauberer können sich nicht in Wahnsinnstänzer verwandeln?«, fragt er, geht zu einem Kistenstapel in einer Ecke des Dachbodens und zieht aus einem Karton eine alte Gitarre mit einer gerissenen Saite. »Hier, spiel mal auf der.«

»Ich kann nicht Gitarre spielen!«, protestiere ich.

Meine Hände scheinen trotzdem genau zu wissen, was sie tun müssen. Ehe ich mich's versehe, spiele ich das Gitarrensolo von Queens *Bohemian Rhapsody*. Ich breche ab und starre die Gitarre verblüfft an, während Oscar sich über meinen Gesichtsausdruck kaputtlacht.

»Das ist doch verrückt«, stammle ich. Meine Finger nehmen ihr Spiel wieder auf und tanzen geradezu über die Saiten. »Ich kann das nicht glauben.«

»Cool, oder? Und das alles durch einen einzigen kleinen Schluck. Stell dir vor, wie stark eine größere Dosis gewirkt hätte!« Er verschränkt die Arme. »Also, was denkst du jetzt über uns Zauberer? Glaubst du immer noch, wir könnten nur Menschen mit ein paar Kräutern heilen?«

»Ich gebe zu, dass ihr ein *klein* wenig in meinem Ansehen gestiegen seid.«

»Damit gebe ich mich vorerst zufrieden.« Er blickt auf die Uhr und grinst verschmitzt. »Wir haben noch ein oder zwei Minuten übrig, bevor der Zaubertrank seine Wirkung verliert. Wie wäre es mit einem Tanz-Battle?«

Ich lege die Gitarre beiseite und ziehe mein Handy hervor, um durch die Playlist mit tanztauglichen Songs zu scrollen, die Iris für mich erstellt hat.

»Ein Kräftemessen zwischen Hexe und Zauberer?« Ich rufe meinen Lieblingssong auf und drücke auf *Play*. Mitreißende Musik erfüllt den Dachboden. »Nichts lieber als das!«

Kapitel einundzwanzig

Am darauffolgenden Donnerstag kommt Oscar zu mir an mein Schließfach, wo ich gerade die Bücher heraussuche, die ich für den Nachmittagsunterricht brauche.

»Wir müssen uns unterhalten«, sagt er leise, aber bestimmt, nachdem er sich vergewissert hat, dass uns niemand zuhört.

»Okay. Später gerne. Ich treffe gleich Iris, um mit ihr ein paar Kostümideen für den Talentwettbewerb durchzugehen. Der Wettbewerb ist ja schon nächste Woche, uns bleibt also nicht mehr viel …«

»Nein, wir müssen uns jetzt sofort unterhalten«, unterbricht er mich stirnrunzelnd. »Ich habe gestern schon versucht, mit dir zu reden. Leider bist du mir ständig ausgewichen.«

»Was? Du spinnst doch! Ich bin dir überhaupt nicht ausgewichen!«

Das ist natürlich gelogen. Ich gehe Oscar schon die ganze Woche aus dem Weg.

Mir bleibt unglücklicherweise nichts anderes übrig. Nachdem wir am Samstag so viel Spaß mit dem Zaubertrank hatten, machte ich mir zunächst Hoffnungen darauf, an der Schule in Zukunft einen Verbündeten in Sachen Magie zu haben. Das Märchenbuch, das mir Oscar gab, las ich gleich am Samstagabend in einem Rutsch durch, und danach brannte ich darauf, mit ihm darüber zu reden. Hexen kamen in den Geschichten natürlich nicht besonders gut weg, aber die Märchen waren trotzdem bizarr und wunderbar zugleich.

Da gab es zum Beispiel die Geschichte des alten Zauberers Miraculus, der einen Zaubertrank braute, um den bösen Flüchen der Eishexe Frigusa ein Ende zu machen. Sie verwandelte jeden, der durch die Berge kam, in Eiszapfen und hängte diese an den Eingang ihrer Höhle.

In einem anderen Märchen ging es um den Zauberer Abramagus, der eine Hexe namens Glamora davon abhielt, die Macht über sein Dorf zu ergreifen, indem er kurz vor ihrem Eintreffen sämtliche Dorfbewohner mit Hilfe eines Zaubertranks in Wölfe verwandelte. Im Glauben, das Dorf sei unbewohnt, zog sie weiter und kehrte nie wieder zurück.

Besonders gebannt war ich jedoch von der Geschichte Eilfreds, eines jungen Zauberers, der auszog, um die böse und mächtige Hexe Koribella zu besiegen, die das Land beherrschte, indem sie überall Furcht und Schrecken säte und jeden verwünschte, der sich ihr widersetzte. Sie nahm ihren Gegnern die Seele, so dass sie wie Zombies durch die Welt wandelten. Der Legende nach trug sie die Seele ihres größten Widersachers Xanthus, des mächtigsten Zauberers jener Zeit, in einem Edelstein um den Hals. Eilfred nutzte Koribellas Streben nach größtmöglicher Macht und brachte sie mit einer List dazu, einen Zaubertrank zu trinken, der ihre eigene Seele in jenen Edelstein einschloss, Xanthus und all die anderen verwunschenen Seelen jedoch erlöste.

Aber Oscar wollte nicht über das Buch sprechen, obwohl ich ihm im Gegenzug eins meiner Hexen-Märchenbücher mitgebracht hatte. Und er war auch nicht sonderlich daran interessiert, mein Verbündeter in Sachen Magie zu werden. Ihm ging es einzig und allein darum, mich zu belehren. Am Montag erinnerte er mich gleich mehrmals daran, wie gefährlich es doch sei, an der Schule zu hexen. Unser Treffen am Samstag habe mir doch eigentlich zeigen sollen, dass jeder Zauber nur vorübergehend sei. Und so weiter und so fort. Bla, bla, bla.

»Magie ist nicht real, Emma«, sagte er und tippte mit dem Finger aufgebracht auf meine Hausaufgabe, über der in roter Schrift stand: *BESTNOTE! HERVORRAGENDE LEISTUNG, EMMA!* »Du musst jetzt damit aufhören, bevor die Sache vollkommen aus dem Ruder läuft und du erwischt wirst.«

»Ich werde nicht erwischt«, antwortete ich und schob seine Hand von meinem Hausaufgabenheft weg. »Was machst du überhaupt so ein großes Ding daraus? Ist doch nur eine Hausaufgabe.«

»Und was ist mit dem Tanzen?«

»Sobald der Talentwettbewerb vorbei ist, muss ich keine gute Tänzerin mehr sein und dementsprechend auch nicht mehr hexen. Also beruhige dich, bitte. Mein Gott, sind alle Zauberer solche Spielverderber? Kein Wunder, dass wir euch nicht mögen!«

Danach hoffte ich, er würde mich mit seinen Ermahnungen in Ruhe lassen, doch als ich am nächsten Tag rein zufällig und natürlich höchst verdient achtzehn Tore bei einem Hockeyspiel im Sportunterricht schoss, bombardierte er mich quer übers Spielfeld mit bösen Blicken. Nach der Sportstunde musste ich mir wieder einen seiner langweiligen Spaßbremsen-Vorträge nach dem Motto »Magie ist gefährlich« anhören.

Oscar kann es mir also nicht wirklich vorwerfen, dass ich ihm um jeden Preis auszuweichen versuche.

»Hör mal«, sagt er nun in ernstem Ton und verstellt mir den Weg, als ich versuche, den Flur entlang Reißaus zu nehmen. »Mir ist völlig egal, ob du versuchst mir auszuweichen oder nicht. Mir geht es darum, dass du Felix helfen musst.«

»Was hat denn Felix mit der ganzen Sache zu tun?«

»Ist dir noch gar nicht aufgefallen, dass er die ganze Woche nicht in der Schule war?«

»Doch, natürlich. Er hat die Grippe. Na und?« Ich verlagere meine Bücher auf den anderen Arm. »Es ist viel schöner hier, ohne dass er den Leuten das Leben zur Hölle macht.«

»Er hat nicht die Grippe. Er hat mich gestern Morgen angerufen und mir die Wahrheit gesagt.« Oscar verstummt vorübergehend, weil eine Gruppe Schüler an uns vorbeigeht. »Komm mit, wir brauchen einen ungestörten Ort, wo wir uns unterhalten können.«

»Iris wartet bestimmt schon auf mich. Die Mittagspause ist gleich zu Ende.«

»Emma, du bist für dieses Chaos verantwortlich, also musst du es auch wieder in Ordnung bringen.«

»Na schön.« Ich seufze und folge ihm in ein leeres Klassenzimmer, wo ich mich auf einen Stuhl plumpsen lasse, während er die Tür hinter uns schließt. »Falls du ein Heilmittel für Felix' Krankheit brauchst, worin auch immer die besteht, darf ich dich vielleicht daran erinnern, dass du hier der Zauberer bist. Brau doch selbst einen Zaubertrank für ihn. Ich hab echt keine Zeit …«

»Felix ist nicht krank«, unterbricht mich Oscar, der sich nicht hinsetzt, sondern nervös im Klassenzimmer auf und ab geht. »Er kann das Haus nicht mehr verlassen.«

»Warum nicht?«

»Wegen der Fledermäuse.«

»Wovon redest du?«

»Von den Fledermäusen, die du herbeigehext hast, damit sie ihn verfolgen. Du erinnerst dich vielleicht an diesen harmlosen kleinen Hexenzauber?«, fragt er ungeduldig.

Bei der Erinnerung an den wild herumrennenden, von Fledermäusen verfolgten Felix kann ich mir ein Grinsen nicht verkneifen.

»Eine ziemlich einfallsreiche Aktion von mir, findest du nicht? Gib es zu: Felix hatte es mehr als verdient.«

»Hat er es auch verdient, nie wieder das Haus verlassen zu können?«

»Was macht er denn so ein Drama daraus? Nur weil das Ganze einmal passiert ist, heißt das nicht, dass es jetzt jedes Mal passiert, wenn er aus dem Haus geht. Er braucht wirklich keine Angst zu haben: Ich verspreche feierlich, dass ich ihm nie wieder einen Schwarm Fledermäuse auf den Hals hetze.«

»Nimm doch nächstes Mal einen Schwarm Heuschrecken«, schlägt Merlin kichernd vor, der in Gestalt eines Skorpions meinen Arm hinunterkrabbelt und sich auf meine Hand setzt.

»Ich hatte eigentlich eher an einen Wespenschwarm gedacht, aber Heuschrecken sind *noch* besser«, antworte ich grinsend und zwinkere ihm zu.

Oscar sieht mich wütend an. »Im Moment bin ich mir nicht sicher, wer boshafter ist – du oder Merlin.«

»Definitiv Emma«, stellt Merlin klar und zeigt mit seinem Skorpionstachel auf mich. »Auf einer Party ihrer Mutter hat sie einer Hexe mal ein Stück Seife gegeben und behauptet, es wäre ein Vanilletörtchen.«

»Okay, aber ich muss dazusagen, dass diese Frau sich laut über Doras Outfit lustig gemacht hatte. Das war wirklich nicht nett von ihr«, verteidige ich mich. »Außerdem konnte ich ja nicht wissen, dass sie gleich so einen großen Bissen nimmt.«

»Felix macht kein Drama daraus«, fährt Oscar fort, ohne auf die Anekdote einzugehen. »Die Fledermäuse sind immer noch da. Sie sitzen vor dem Haus in einem Baum und beobachten ihn durchs Fenster. Jedes Mal, wenn er versucht, auch nur einen Schritt vor die Tür zu machen, gehen sie auf ihn los. Ich habe nicht gesagt, dass er das Haus nicht verlassen *will*. Ich habe gesagt, dass er das Haus nicht verlassen *kann*.«

Sobald wir bei Felix' Haus ankommen, sehe ich, dass Oscar die Wahrheit gesagt hat: In einem hohen Baum im Vorgarten, direkt vor einem Fenster, das vermutlich Felix gehört, sitzt ein großer Schwarm Fledermäuse. Wenn mich ihr Anblick nicht in eine derart schwierige Lage gebracht hätte, hätte ich mich über die vielen hübschen Tierchen gefreut, die dort mit dem Kopf nach unten in den Zweigen hingen, eingehüllt in ihre Flügel.

Obwohl Felix' Haus in einer ruhigen Seitenstraße liegt, stehen mehrere Leute in der Nähe herum und schießen Fotos von diesem eigenartigen Phänomen. Ich höre, wie eine Frau aufgeregt in ihr Handy spricht und verzweifelt versucht, einen Reporter davon zu überzeugen, dass sich hier, in einem kleinen Örtchen in Essex, tatsächlich ein Schwarm Fledermäuse auf einem Baum eingenistet hat.

»Ich habe Ihnen doch das Foto geschickt! Wie kann es da sein, dass Sie mir immer noch nicht glauben?«, fragt sie aufgebracht. »Das Foto sieht überhaupt nicht aus, als wäre es mit Photoshop bearbeitet! Ich versichere Ihnen, dass dem nicht so ist! Schnappen Sie sich ein Kamerateam, kommen Sie her und überzeugen Sie sich selbst! Die Fledermäuse sind schon die ganze Woche hier … Wie können Sie es wagen?! Ich bin alles andere als sensationslüstern! Hier sitzt wirklich *ein Riesenschwarm Fledermäuse*, direkt vor meiner Nase!«

Mir entgeht nicht, dass Oscar sich angesichts der Fledermäuse angewidert schüttelt. Ich stemme beide Hände in die Hüften.

»Hast du etwa Angst vor Fledermäusen?«

»Ich finde die Viecher schon ein bisschen gruselig.«

»Du bist doch ein *Zauberer*!«

»Ja, bin ich. Und wir Zauberer haben hauptsächlich mit pflanzlichen Zutaten wie Kräutern zu tun. Wer auf unheimliche Tiere steht, seid ihr Hexen.«

»Du hast letzten Samstag *Fischpopel* in einen Zaubertrank getan und das Zeug dann GETRUNKEN!«

»Können wir uns bitte darauf konzentrieren, die Fledermäuse loszuwerden?« Er weist auf den Baum und sieht mich flehend an. »Du musst etwas dagegen tun!«

»Na gut, ich versuche es. Allerdings habe ich keine Ahnung, ob es mir gelingt«, gestehe ich und schlucke den Kloß in meiner Kehle herunter.

»Du hast es doch schon einmal geschafft. Als du sie nach der Party wieder hast verschwinden lassen, meine ich.«

»Schon, aber die hier flattern jetzt schon eine ganze Weile herum, dabei hätten sie eigentlich nur einen Tag da sein sollen.« Ich beiße mir auf die Lippe. »Ich weiß nicht, ob es so leicht wird, sie wegzuhexen. Sie scheinen fest entschlossen zu sein, hierzubleiben.«

»Du musst es versuchen!«

Ich seufze und kremple meine Ärmel auf, was eigentlich nicht nötig ist, um mit den Fingern schnipsen zu können. Aber da es die Hexen in Filmen immer so machen, tue ich es trotzdem. Diese Geste verleiht entscheidenden Momenten ein bisschen mehr Dramatik, finde ich.

Nachdem ich mich vergewissert habe, dass niemand in unsere Richtung blickt, hole ich nervös Luft, konzentriere mich auf die Fledermäuse und versuche, sie mit meinem Willen dazu zu bringen, wieder zu verschwinden.

Dann schnipse ich mit den Fingern.

Zunächst passiert gar nichts. Oscar und ich schauen uns besorgt an. Dann breiten die Fledermäuse plötzlich alle gleichzeitig ihre Flügel aus, verlassen die Äste des Baumes und fliegen in den Himmel hinauf.

»Das wäre erledigt«, verkünde ich und atme erleichtert auf. Oscar blickt den Fledermäusen lächelnd hinterher.

Der Übertragungswagen eines Nachrichtensenders hält hinter uns am Straßenrand, und ein Reporter mit Mikrophon steigt aus, gefolgt von seinem Kamerateam. Die Frau mit dem Handy starrt entsetzt und mit offenstehendem Mund auf den inzwischen leeren Baum.

»Also, wo ist jetzt dieser Fledermausschwarm?«, fragt der Reporter und betrachtet prüfend sämtliche Bäume entlang der Straße. »Ich sehe keinen.«

»Ich *schwöre* Ihnen, dass die Fledermäuse gerade noch hier waren«, flüstert die Frau. »Dann sind sie plötzlich davongeflogen, kurz bevor Sie kamen!«

Der Reporter stößt einen langen Seufzer aus und schüttelt den Kopf, bevor er zu seinem Team zurückkehrt. »Zurück in den Wagen, Leute. War eine Falschmeldung, genau wie wir dachten.«

»Nein! Nein!«, schreit die Frau und zeigt auf den Baum. »Ich lüge nicht! Ich schwöre Ihnen, sie waren da!«

Der Übertragungswagen fährt davon, und die Frau stapft zurück zu ihrem Haus auf der gegenüberliegenden Straßenseite. Auch alle anderen Schaulustigen ziehen sich zurück. Oscar und ich bleiben allein auf der ruhigen, friedlichen Straße zurück.

»Siehst du, Oscar?«, sage ich selbstzufrieden und mache

kehrt, um zur Bushaltestelle zurückzugehen. »Es bestand überhaupt kein Grund zur Panik, das kannst du ...«

Ein flatterndes Geräusch in der Ferne lässt mich innehalten. Oscar und ich blicken beide zum Himmel auf, während das Flattern über unseren Köpfen immer lauter wird.

»Was ist das?«, fragt Oscar und späht angestrengt zu einigen kleinen schwarzen Punkten hinauf, die zwischen den Wolken auftauchen.

Ich schlucke, als die schwarzen Punkte größer werden. Was auch immer es ist, es kommt direkt auf uns zu.

»Vielleicht habe ich die Fledermäuse doch nicht endgültig weggehext.«

»Moment mal«, sagt Oscar und schüttelt den Kopf. »Ich glaube nicht, dass das Fledermäuse sind. Sie sehen ... größer aus.«

»Vielleicht irgendwelche großen Vögel, die gerade zufällig vorbeifliegen?«, frage ich hoffnungsvoll.

Wir stehen schweigend da und starren zum Himmel. Je näher die seltsamen Tiere kommen, desto besser erkennen wir sie. Zuerst denke ich, dass es Adler sind, aber dafür sind sie zu klein. Sie haben lange, spitz zulaufende Schwänze und große, fledermausähnliche Flügel. Und sie scheinen keine Federn, sondern ... Schuppen zu haben.

»Emma, das sind keine Vögel«, stammelt Oscar mit weit aufgerissenen Augen. Inzwischen stürzen die Tiere mit großer Geschwindigkeit auf uns herab. »Die sehen aus wie ... aber das kann doch nicht sein! Oder doch?«

»*O nein!*« Ich drehe mich voller Entsetzen zu ihm um. »Ich habe die Fledermäuse in *Drachen* verwandelt!«

Kapitel zweiundzwanzig

»Ich glaube, mir könnte da beim Hexen ein winzig kleiner Fehler unterlaufen sein.«

»DU GLAUBST?«, brüllt Oscar, der neben mir hinter einer Hecke kauert. »Emma, hier fliegen DRACHEN herum!«

»Lass uns nicht gleich in Panik verfallen. Ich muss den Hexenzauber nur wieder rückgängig machen.«

»Weißt du denn, wie das geht?«

Merlin, der in Gestalt eines Äffchens auf meiner Schulter sitzt, bricht in kreischendes Gelächter aus. »Sie hat gerade erst ihre JHP bestanden! Das Rückgängigmachen von Hexenzaubern ist bekannt dafür, äußerst schwierig und kompliziert zu sein.«

»Vielleicht wäre das sowieso nicht die beste Lösung«, sage ich rasch und bedenke Merlin mit einem finsteren Blick. »Dann würden sie sich doch bloß wieder in Fledermäuse zurückverwandeln.«

»Du musst sie verschwinden lassen. Für immer!«, drängt Oscar.

Wir spähen über die Hecke, um einen Blick auf die Drachen zu erhaschen. Wenigstens sind es Drachen im Miniaturformat. Keine riesigen, furchteinflößenden Fabelwesen. Sie haben sich auf den Ästen des Baums niedergelassen und schnappen nacheinander, um sich die besten Plätze zu sichern. Ich sehe, dass sich Felix' Vorhang bewegt. Der Arme denkt jetzt sicher, er hätte endgültig den Verstand verloren. Ich muss die Drachen möglichst schnell beseitigen. Einen Schwarm Fledermäuse kann man vielleicht noch als seltenes Naturphänomen abtun, aber eine Horde Drachen, die sich in einem Walnussbaum vergnügt?

Ich sitze so richtig in der Klemme.

Oscar zieht den Kopf ein, kauert sich wieder neben mich und sieht mich erwartungsvoll an. »Meinst du, du schaffst es allein, sie loszuwerden? Vielleicht sollten wir deine Mutter bitten, uns zu Hilfe zu kommen.«

»WAS? Bist du verrückt? Wir können meine Mum nicht um Hilfe bitten! Sie würde mich umbringen!«

»Tja, dann musst du wohl allein mit diesem Problem fertig werden«, sagt er. »Und zwar schnell, bevor den Leuten auffällt, dass sich Drachen in ihrer Straße tummeln.«

»Okay. Ich brauche Ruhe, um mich zu konzentrieren.«

Ich hole tief Luft und schließe die Augen, versuche, das Gefühl der Panik, das mich ergriffen hat, zu verdrängen und Ordnung in meine Gedanken zu bringen. Ich muss nur mit den Fingern schnipsen, rede ich mir ein, und die Drachen werden wieder verschwinden.

Ich öffne die Augen, hebe den Kopf und blicke einem der unheimlichen Wesen direkt ins Auge. Der Drache hat seinen Kopf so gedreht, dass er mir mit seinem leuchtend orangefarbenen Auge voll ins Gesicht sieht.

Mit zitternder Hand schnipse ich mit den Fingern.

Nichts passiert. Der Drache, der keine Lust mehr hat, angestarrt zu werden, öffnet sein Maul und speit einen Feuerstrahl in meine Richtung. Ich ziehe gerade noch rechtzeitig den Kopf ein. Der obere Rand der Hecke wird von den Flammen angesengt.

»Das hat ja prima funktioniert.«

»Klappe, Merlin!« Ich schüttle den Kopf. »Ich schaffe es einfach nicht! Anscheinend bin ich für so etwas noch nicht gut genug als Hexe. *Was machen wir denn jetzt?*«

Oscar hätte jetzt mit *Hab ich's dir nicht gesagt?* reagieren können. Er hätte mir einen Vortrag darüber halten können, dass ich als noch nicht voll ausgebildete Hexe niemals in der Öffentlichkeit hätte hexen dürfen. Er hätte mich einfach stehen lassen und nach Hause gehen können, hätte mich mit der ganzen Sache allein lassen können – schließlich war sie auch allein meine Schuld.

Stattdessen sagt er nur: »Schon gut, du kriegst das irgendwie wieder hin. Vielleicht müssen wir in eine andere Richtung denken?«

»Wie meinst du das?«

»Gibt es nicht eine Lösung, die uns ein wenig Verschnaufzeit verschafft, bis du herausgefunden hast, wie du die Drachen endgültig loswerden kannst? Könntest du sie vielleicht unsichtbar hexen? Oder versuchen, sie in ein anderes, weniger bösartiges Tier zu verwandeln?«

»Ja, in kleine Kätzchen zum Beispiel!«, rufe ich, und meine Miene hellt sich sofort auf. »Die Menschen lieben kleine Kätzchen. Und auf Bäume klettern tun sie auch.«

»Versuch es mal«, ermutigt mich Oscar.

Ich schnipse mit den Fingern. Nichts passiert.

Merlin ergreift mit seiner Affenhand meine Finger und betrachtet sie prüfend. »Sind die Dinger ausgeschaltet, oder wie?«

»Es muss doch irgendwas anderes geben, was wir tun können«, sagt Oscar mit konzentriert gerunzelter Stirn.

Wir hocken schweigend nebeneinander und denken nach. Dann kommt mir plötzlich eine Idee.

»Ein Zaun! Einen Zaun um den Baum zu hexen ist nicht schwer. Dann sieht es so aus, als würde Felix' Familie gerade Baumpflegearbeiten vornehmen lassen. Solange Felix nicht das Haus verlässt, müssten die Drachen eigentlich auf ihren Ästen bleiben. Von der Straße her versteckt sie dann der Zaun. Einen Zaun kriege ich hin, das weiß ich.«

»Mir fällt keine bessere Idee ein.«

»Kommt gerade jemand die Straße entlang?«

Oscar sieht sich nach links und rechts um und schüttelt dann den Kopf.

Ich schnipse mit den Fingern, und ein hoher Zaun erscheint. Er ragt bis zu den obersten Ästen des Baums auf und versperrt den Passanten die Sicht. Die Drachen nehmen kaum Notiz davon, sie sind viel zu fixiert auf Felix' Zimmer.

Ich setze mich wieder neben Oscar und lehne meinen Kopf an die Hecke. »Das muss erst mal reichen, bis ich herausgefunden habe, wie ich die Drachen loswerden kann. Danach müsstest du vielleicht versuchen, einen Zaubertrank zu brauen, der die Erinnerung von Felix' Familie auslöscht. Ich könnte mir vorstellen, dass sie ein bisschen … verwirrt auf das alles reagiert. Was auch immer passiert, wir dürfen es auf KEINEN Fall meiner Mutter erzählen!«

Oscar nickt. Nach einer Weile sagt er: »Auch wenn die ganze Sache eine ziemliche Katastrophe ist, eine positive Erkenntnis hat sie immerhin gebracht.«

»Und die wäre?«

»Dir ist es jetzt schon mehrmals passiert, dass deine Hexerei nur einen Tag anhalten sollte, jedoch viel länger wirksam war. Du hast Fledermäuse in echte, lebendige Fabelwesen verwandelt, die offenbar nicht so bald wieder verschwinden wollen.« Er seufzt und hebt den Kopf, um mir in die Augen zu sehen. »Eins ist damit klar geworden, denke ich: Du bist eine ziemlich mächtige Hexe, Emma Charming.«

Am nächsten Tag kehre ich direkt nach der Schule zu Felix' Haus zurück, um erneut zu versuchen, die Drachen verschwinden zu lassen – vergeblich. Meine Versuche am Samstagmorgen zeigen genauso wenig Wirkung. Es ist hoffnungslos. Nichts, was ich versuche, vertreibt die Drachen.

Was die Sache noch viel frustrierender macht, ist die Tatsache, dass sie sich köstlich über meine Hexversuche zu amüsieren scheinen.

Während ich hinter der Hecke kauere und schnipse und schnipse, sitzen sie auf ihren blöden Ästen und lachen so heftig, dass weißer Rauch aus ihren Nasenlöchern quillt. Und wenn ich den Hals recke, um zu sehen, ob sie noch da sind, versuchen sie, mir die Haare mit ihrem dämlichen Feueratem zu versengen. Man hätte meinen sollen, sie wären gegenüber der Person, die sie ERSCHAFFEN hat, ein bisschen respektvoller.

Ich habe jedenfalls beschlossen, dass ich Drachen nicht ausstehen kann.

Eigentlich hatte ich gehofft, am Wochenende einen Moment Zeit zu finden, mich in Mums Arbeitszimmer zu schleichen und durch ihre Hexenbücher zu stöbern, um darin vielleicht auf eine Lösung zu stoßen, aber sie musste unter der Woche so viel arbeiten, dass sie fest entschlossen ist, jede freie Minute mit mir zu verbringen. Zu allem Überfluss wiederholt sie auch noch ständig, wie stolz sie auf mich ist, weil ich mich so gut in der Schule eingewöhnt habe, nur noch hervorragende Noten mit nach Hause bringe und offensichtlich ein paar richtig nette Freunde gefunden habe.

Besser könnte sie meine Schuldgefühle gar nicht anfeuern.

Als ich am Samstag um Mitternacht meinen Hexenbesen erklimme, fängt sie schon wieder an mit ihrer Lobeshymne.

»Dora und ich können den Talentwettbewerb nächste Woche kaum noch erwarten! Ich bin so was von stolz auf dich, Emma! Seit ein paar Wochen wirkst du richtig glücklich.«

»Genau! Du schlägst dich so wacker in der Schule!«, schließt sich Dora an. »Du musst wahnsinnig fleißig sein, sonst würdest du nicht so tolle Noten schreiben! Maggie, habe ich dir schon erzählt, dass ich ein paar ihrer wirklich netten Freundinnen kennengelernt habe, als ich sie gestern mit dem Auto abgeholt habe? Da waren Irena …«

»Iris«, korrigiere ich.

»… und Lily …«

»Lucy.«

»… und Zara …«

»Zoey.«

»… und Katherine!«

»Karen.«

»Die Mädels himmeln Emma alle an, das habe ich sofort gemerkt«, fährt sie mit verträumtem Gesichtsausdruck fort. »Als ich mit dem Auto hielt, hingen sie total fasziniert an ihren Lippen, und als ich dann herüberkam, um Emma zu sagen, dass ich da bin, meinten sie, Emma wäre die beste Tänzerin überhaupt, und sie wären sich sicher, dank ihr den Talentwettbewerb zu gewinnen!«

»Oh, wie wunderbar!« Mum strahlt mich an. »Ich hatte ja keine Ahnung, dass dir das Tanzen so viel Spaß macht!«

Ich lache nervös. »Ich auch nicht.«

Weil ich nicht weiß, ob ich noch mehr ungerechtfertigtes Lob ertrage, stoße ich mich vom Boden ab und fliege in die Luft hinauf, froh, in der Stille der Nacht einen Moment für mich zu haben. Während ich den Blick über die Baumwipfel schweifen lasse, schwebe ich auf der Stelle und warte, bis die anderen zwei zu mir aufgeschlossen haben. Doch nicht einmal hier oben lässt sich das schreckliche Gefühl abschütteln, aufgrund meiner vielen Lügen in der Falle zu sitzen.

»Also«, sagt Mum, die inzwischen neben mir in der Luft schwebt. »Heute beschäftigen wir uns mit der Notbrem-

251

sung – ein einfaches, aber wichtiges Manöver. Du musst dich konzentrieren, Emma, ich merke, dass du heute ein bisschen abgelenkt bist. Um in Notsituationen möglichst schnell zu bremsen, musst du den Besenstiel nach oben reißen. Die Schwierigkeit daran ist, das Gleichgewicht zu halten und nicht vom Besen zu fallen, wenn dieser ruckartig eine senkrechte Position einnimmt. Bist du bereit?«

Dora und Mum führen mir die Notbremsung vor, indem sie in hohem Tempo an mir vorbeisausen und dann plötzlich abstoppen. Ich beobachte sie aufmerksam.

Als ich losfliege, rasend schnell durch die Bäume schieße und mich voll dem Adrenalinrausch hingebe, fallen endlich die lästigen Gewissensbisse von mir ab. Doch genau in dem Moment, als Mum mir das Signal zur Vollbremsung gibt, höre ich in der Ferne ein Geräusch, das mir das Blut in den Adern gefrieren lässt. Es ist ein hohes, heiseres Krächzen, bei dem Dora und Mum sich verwirrte Blicke zuwerfen.

Der Schrei eines Drachen.

Ich bin so abgelenkt davon, dass ich vergesse, die Vollbremsung auch wirklich einzulegen. Und schon … RUMS!

Ich knalle gegen einen Baum, rutsche von meinem Besen und rase auf den Boden zu. Mum schnipst hastig mit den Fingern, um meinen freien Fall zu stoppen. Die restliche Strecke schwebe ich sanft nach unten, bis ich am Fuß des Baumes auf der Erde liegen bleibe.

»Hast du dir weh getan, Emma?«, fragt Mum und landet zusammen mit Dora neben mir auf dem Waldboden. Beide beugen sich besorgt über mich.

Während ich mir die zerschrammte Nase reibe, überlege

ich verzweifelt, was ich gegen diese verdammten Drachen unternehmen soll. Wenn sie weiter laut krächzend durch die Gegend fliegen, werden Mum und die anderen Hexen möglicherweise misstrauisch, und wenn eine von ihnen herausfindet, dass ich für das plötzliche Auftauchen von furchteinflößenden Fabelwesen vor den Augen nicht magischer Personen verantwortlich bin, bin ich geliefert. Von all den seltsamen Vorgängen an meiner Schule gar nicht zu reden.

Würde Mum davon erfahren, dürfte ich bestimmt nicht mehr zur Schule gehen, vielleicht nie wieder. Sie und die anderen Hexen würden nicht riskieren wollen, dass ich weiter so leichtfertig mit ihrem wohl gehüteten Geheimnis umgehe. Dabei macht mir die Schule endlich so viel Spaß! Ich will nicht wieder die ganze Zeit allein sein müssen. Ob die Hexen mir auch verbieten würden, je wieder in der Öffentlichkeit zu hexen? Oder noch schlimmer: überhaupt je wieder zu hexen? Und was ist mit Mums Stellung als Große Hexenmeisterin? Möglicherweise würden die anderen Hexen sie wegen ihrer missratenen Tochter zum Rücktritt auffordern ...

»Nein, mir geht's gut. Alles in Ordnung«, antworte ich Mum und Dora.

Aber es ist *nicht* alles in Ordnung. Und es wird noch viel, viel schlimmer.

Kapitel dreiundzwanzig

»Emma?«, fragt Iris verwundert und stoppt die Musik, während die anderen mich stumm anstarren. »Alles okay bei dir?«

Unser Training hat gerade erst begonnen, wir wollen heute die Choreographie noch einmal von Anfang bis Ende durchgehen. Während der Dehnübungen zum Aufwärmen habe ich wie immer mit den Fingern geschnipst und dann meinen üblichen Platz ganz vorn in der Mitte eingenommen. Die Musik hat eingesetzt, und ich habe mich auf das vertraute magische Kribbeln in meinen Adern eingestellt, kurz bevor meine Füße von allein in die Choreographie starten.

Doch dazu kommt es nicht. Es passiert gar nichts. Ich stehe einfach nur da.

Und als ich versuche, aus eigenem Antrieb ein paar Schritte auszuführen, stolpere ich über meine eigenen Füße, taumele vorwärts und stoße unsanft gegen Iris.

»Sorry«, entschuldige ich mich, und meine Wangen glühen vor Scham. »Keine Ahnung, was los ist.«

»Sollen wir es noch mal von vorn probieren?«

»Ja. Lass uns loslegen. Entschuldigt. Diesmal konzentriere ich mich.«

Iris lächelt und greift nach ihrem Handy, um den Song noch einmal neu zu starten. Ich tue so, als würde ich meine Hände ausschütteln, und schnipse erneut mit den Fingern.

Nichts. Meine Füße reagieren nicht. Meine Arme auch nicht. Ich versuche, sie zu bewegen, damit sie endlich in Gang kommen, aber es funktioniert nicht. Ich stehe da und fuchtle wild mit den Armen, während der Rest der Gruppe perfekt synchron um mich herumtanzt.

»Oh-oh«, flüstert Merlin, der in Gestalt einer Fruchtfliege um meinen Kopf schwirrt. »Irgendwas stimmt da nicht.«

»Emma, was ist los?«, fragt Lucy, während Iris zum zweiten Mal die Musik anhält.

»Nichts, ich bin nur ... einen Moment, bitte.«

Ich führe noch einen letzten Test durch, tue so, als würde ich mit der Hand den Rhythmus vorgeben, schnipse entschlossen mit den Fingern und probiere dann einen Rückwärtssalto, etwas, was ich in den letzten Wochen fast täglich getan habe, und zwar mit Leichtigkeit. Ich springe in die Luft ... und lande polternd auf dem Rücken.

Die Mädchen kommen angelaufen und bilden einen Kreis um mich herum. Ich blicke in ihre bestürzten Gesichter.

Beschämt räuspere ich mich. »Würdet ihr mich bitte für den Rest der Probe entschuldigen?«

Ich rapple mich hastig auf und gehe zu meiner Tasche, die am Rand der Turnhalle liegt.

»Warte, Emma, du darfst die heutige Probe nicht verpassen!«, ruft Karen hinter mir her, während ich panisch auf die Tür zueile. »Es sind nur noch ein paar Tage bis zum Talentwettbewerb! Wir brauchen dich!«

»Iris kennt meinen Part der Choreographie. Übernimm du das Kommando, ja?«, flehe ich und winke den Mädchen zu, bevor ich die Turnhalle verlasse und so schnell ich kann den Flur entlang flüchte.

»Merlin, was geht da vor?«, frage ich die neben mir her flatternde Fruchtfliege.

»Ich weiß es nicht.«

»Kann man einen Hexenzauber nur soundso oft anwenden, bevor er sich abnutzt?«

»Ich habe keine Ahnung.«

»Kommt so etwas häufiger vor bei Hexen?«

»Da bin ich überfragt.«

»*Weißt du überhaupt irgendwas?*«, schreie ich verzweifelt.

»Ja. Dass du eine miserable Tänzerin bist.« Er landet auf meiner Schulter und verwandelt sich in eine Spinne, während ich die Eingangstreppe der Schule hinuntereile und Richtung Bushaltestelle renne. »Wo fahren wir hin?«

»Wir fahren zu jemandem, der mir – im Gegensatz zu dir – vielleicht weiterhelfen kann.«

»Gut«, sagt Merlin, während ich die Hand ausstrecke, um einem heranfahrenden Bus zu zeigen, dass ich mitfahren möchte. »Du brauchst nämlich eine MENGE Hilfe. Und zwar schnell.«

Ich platze in Oscars Wohnzimmer, nachdem mir sein Vater verraten hat, dass ich ihn dort finde. Er sitzt mit Jenny

und dem Rest seiner Gruppe auf dem Sofa und übt Zaubertricks.

»Hey, Emma«, begrüßt er mich überrascht, als ich atem-
los durch die Tür hereinstürze. »Was machst du denn
hier?«

»Können … wir … bitte … reden?«, keuche ich, weil ich
den ganzen Weg von der Bushaltestelle bis zum Buchladen
gerannt bin. *Jetzt gleich?*«

Offenkundig erstaunt über mein verzweifeltes Drängen
nickt er langsam und legt das Kartenspiel auf den Tisch, das
er gerade in der Hand hält.

»Emma, wenn du schon mal da bist«, spricht mich Jenny
schüchtern an. »Könntest du vielleicht diese Woche in irgendeiner Mittagspause mit mir meine Notizen zu *Viel
Lärm um nichts* durchgehen und mir ein paar Sachen erklären?«

»Was?« Ich wische mir mit dem Ärmel den Schweiß von
der Stirn. »*Viel Lärm um* was?«

Sie lacht, weil sie glaubt, dass ich einen Witz gemacht
habe.

Oscar, der sich inzwischen neben mich gestellt hat, zischt
mir zu: »Du weißt schon, das Shakespeare-Stück, das wir
gerade im Englischunterricht behandeln. Du hast neulich
eine Eins für das Arbeitsblatt bekommen, das wir zu dem
Thema ausfüllen sollten.«

»Ich finde die Sprache teilweise echt schwierig, und du
bist so gut in Englisch. Ich dachte, wir könnten vielleicht
eine kleine Arbeitsgruppe bilden und du könntest mir ein
paar Tipps geben. Natürlich nur, wenn du nichts dagegen

hast«, fügt Jenny eilig hinzu, den Blick verlegen zu Boden gesenkt.

»Ach so. Ja, klar, klingt doch super«, antworte ich. Jenny lächelt erleichtert. »Juchhu, eine Shakespeare-Arbeitsgruppe. Wird bestimmt lustig.«

Oscar wirft mir einen vernichtenden Blick zu und bedeutet mir, ihm den Flur entlang in die Küche zu folgen. Die Wohnzimmertür zieht er fest hinter uns zu.

»Was hätte ich ihr denn sonst antworten sollen, Oscar?«, frage ich trotzig und ärgere mich schon über ihn, bevor er auch nur den Mund aufgemacht hat. »Wenn ich nein gesagt hätte, hätte sie bestimmt gedacht, dass ich nichts mit ihr zu tun haben will. Das wäre voll gemein gewesen. Und noch dazu falsch. Ich mag Jenny nämlich.«

»Hast du *Viel Lärm um nichts* überhaupt gelesen?«, will Oscar von mir wissen und lehnt sich mit verschränkten Armen gegen einen Küchenschrank.

»Das hat doch niemand wirklich gelesen.«

»Von unzähligen Menschen auf der ganzen Welt einmal abgesehen, hat sich der Großteil unserer Klasse durchaus die Mühe gemacht, das Stück zu lesen, das wir gerade durchnehmen. Darunter auch Jenny.«

»Oscar, ich habe im Moment andere Probleme, als mit dir über *Viel Lärm im Nichts* zu streiten, oder wie auch immer dieses Stück heißt.« Ich hole tief Luft und verkünde dann: »Ich kann nicht tanzen.«

»Wovon redest du?«, fragt er genervt.

»Ich. Kann. Nicht. Tanzen. Wir hatten gerade eine unserer letzten Proben für den Talentwettbewerb, und egal, was ich versucht habe, mein Hexenzauber hat nicht funktioniert. Es ging gar nichts mehr!«

Er runzelt die Stirn. »Gar nichts?«

»*Nichts*. Ich war wieder … na ja, ich selbst!« Ich werfe verzweifelt die Hände in die Luft. »Auf der Fahrt hierher habe ich probeweise im Bus gehext, weil ich wissen wollte, ob ich vielleicht plötzlich meine magischen Kräfte verloren habe. Ich habe mich auf den Kopf des Mädchens vor mir konzentriert und dann mit den Fingern geschnipst. Und schon waren ihre Haare neon-grün. Das hat wunderbar geklappt, keinerlei Probleme!«

»Hast du ihre Haare wieder in die normale Farbe zurückverwandelt, bevor du ausgestiegen bist?«

»Können wir bitte beim Thema bleiben?!«

»Emma! Vielleicht war das Mädchen auf dem Weg zu einer wichtigen Veranstaltung, und du hast ihr die Haare grün gehext! Das ist nicht in Ordnung!«

»Ich hatte keine Zeit mehr! Der Bus war plötzlich an meiner Haltestelle angekommen. Ich habe einfach nicht schnell genug geschaltet! Sie kann ihre Haare doch einfach wieder überfärben. Die Frage, die du mir eigentlich stellen solltest, ist, warum ich nicht tanzen konnte, obwohl ich genau wie immer mit den Fingern geschnipst und mich mental darauf konzentriert habe, eine Wahnsinnstänzerin zu sein.«

Er schüttelt seufzend den Kopf, und ich trommle mit den Fingern ungeduldig auf die Küchenarbeitsfläche, während ich auf seine Antwort warte.

»Du kennst die Antwort auf diese Frage«, sagt er schließlich.

»Was? Nein, kenne ich nicht!«

»Doch, kennst du«, insistiert er. »Weil ich sie schon so oft wiederholt habe: *Magie ist nicht echt.* Deshalb heißt es ja auch Magie!«

»Na und? Wenn ich hexe, dann sollte der Hexenzauber auch funktionieren!«

»Ach ja? Du glaubst, es wäre so einfach? Wenn das so ist, warum hast du dann nicht schon bei deinem ersten Versuch mit fünf Jahren die JHP bestanden?« Er sieht mich eindringlich an. »Magie ist nie einfach. Sie ist einerseits eine übernatürliche Fähigkeit, aber sie ist auch ein Handwerk, das man erst nach vielen Jahren halbwegs perfekt beherrscht. Ich bin mir sicher, dass selbst deiner Mutter gelegentlich noch Fehler unterlaufen. Meine Mum vermurkst jedenfalls immer mal wieder einen Zaubertrank. Was glaubst du, warum die besten Hexen und Zauberer ihre Kunst so zurückhaltend einsetzen? Die laufen nicht herum und schnipsen mit den Fingern, um sich in berühmte Musiker oder Sportler zu verwandeln. Es ist unmöglich, eine Illusion über längere Zeit aufrechtzuerhalten. Nichts ist ermüdender, als etwas vorzuspielen, was man in Wirklichkeit nicht ist.«

Es dauert eine Weile, bis seine Worte zu mir durchgedrungen sind. »Das war es dann also? Meine herbeigehexten Tanzkünste sind verschwunden, und ich werde sie nie wieder zurückerlangen?«

Er zuckt mit den Schultern. »Ich weiß es nicht.«

»Oscar, du musst noch mal diesen Zaubertrank brauen! Den, bei dem man plötzlich alles kann. Dann trinke ich direkt vor dem Talentwettbewerb einen Schluck davon, und alles wird gut.«

Er sieht mich an, als wäre ich vollkommen verrückt geworden.

»Einen Teufel werde ich tun! Hast du überhaupt ein Wort von dem verstanden, was ich dir gerade gesagt habe?«

»Ich weiß, dass du diesen Zaubertrank brauen kannst, Oscar, ich habe es doch selbst gesehen!«

»Ja, und dabei habe ich die meisten Zutaten verbraucht …«

»Ich werde dir dabei helfen, neue zu sammeln! Wir könnten zusammen losziehen und die Rohzutaten aufspüren. Es sei denn … Kann ich die nötigen Mixturen nicht auch einfach herbeihexen?«

»Nein!«, antwortet er mürrisch. »Die Zutaten müssen direkt aus der Natur stammen. Außerdem habe ich überhaupt nicht zugestimmt, den Trank für dich zu brauen.«

»Und warum nicht?«

»Weil das *Betrug* wäre! Ich habe dich gewarnt, dass so etwas passieren könnte, und du hast mich ignoriert. Hast du inzwischen wenigstens das Drachenproblem gelöst?«

»Daran arbeite ich noch.«

»Und was ist mit Mr. Hopkins? Er tritt als Direktor zurück, weil er nicht aufhören kann zu tanzen.«

»Dieses Problem steht auch auf meiner Liste.«

»Emma, ich denke, du solltest aufhören, dir wegen des Talentwettbewerbs Gedanken zu machen, und dich auf das Wesentliche konzentrieren. Du machst den Leuten das Leben kaputt! Es ist noch nicht zu spät, dich aus der Tanzgruppe zurückzuziehen und das Kommando wieder an Iris zu über-

261

geben. Sie hat es verdient, die Leitung zu übernehmen, weil sie das ganze Halbjahr hart an sich gearbeitet hat.«

»*Oder* du gibst mir einfach ein paar Schlucke von deinem Zaubertrank, damit ich den Mädels nicht ihren großen Auftritt vermassle! Sie werden mich hassen, wenn ich so kurz vor dem Wettbewerb einfach aufgebe! Ich weiß wirklich nicht, warum du so eine große Sache daraus machst«, schnaube ich wütend.

»Weil es eine große Sache *ist*. Du hast alle um dich herum belogen.«

»Warum willst du mir nicht helfen?«, rufe ich frustriert und senke dann die Stimme, weil mir Oscars Gruppenmitglieder im Wohnzimmer wieder einfallen. »Ich dachte, du wärst mein Freund! Wenn ich keinen Zaubertrank von dir bekomme, stehe ich vor der ganzen Schule da wie die letzte Idiotin!«

»Ich *bin* dein Freund! Genau deshalb will ich dir ja helfen, indem ich dir die Wahrheit sage! Du kannst nicht einfach immer weiter herumlaufen und dir alles so zurechthexen, wie es dir in den Kram passt.«

»Typisch Zauberer«, murmele ich mit mühsam unterdrückter Wut.

Er verengt die Augen zu Schlitzen. »Was hast du da gerade gesagt?«

»Ich habe gesagt: *typisch Zauberer*. Du bist neidisch.«

»Oh, na klar. Ich bin neidisch«, erwidert er aufgebracht. »Neidisch auf die Person, die ihre eigenen magischen Fähigkeiten nicht unter Kontrolle hat!«

»Und genau deshalb können Hexen nicht mit Zauberern

befreundet sein«, platze ich heraus. »Du bist neidisch, weil ich die bessere Magierin von uns beiden bin, und so wird es auch immer sein!«

Ich bereue meine Worte, sobald ich sie ausgesprochen habe. Oscar zuckt zurück, als hätte ich ihn geschlagen. Er starrt mich verletzt an.

»Du solltest jetzt besser gehen«, sagt er leise, macht die Küchentür auf und geht den Flur entlang, zurück zum Wohnzimmer. »Wir sehen uns in der Schule.«

»Oscar«, krächze ich und eile hinter ihm her. »Warte, ich wollte nicht …«

Er knallt die Wohnzimmertür hinter sich zu und lässt mich allein in der Stille des Flurs zurück.

Kapitel vierundzwanzig

Ein dampfender Becher heißer Schokolade schwebt durchs Zimmer und verharrt über meinem Kissen in der Luft.

Ich hebe den Kopf und sehe Mum in meiner Zimmertür lehnen.

»Darf ich reinkommen?«, fragt sie.

Ich sinke zurück in mein Kissen, auf dem sich Merlin neben mir in Gestalt eines schwarzen Katers zusammengerollt hat. »Klar.«

Sie umrundet mein Bett und schiebt meine Beine zur Seite, damit sie sich auf die Bettkante setzen kann. Helena kommt in Gestalt einer Schwalbe hereingeflogen und landet anmutig auf ihrem Knie. Mum weist mit dem Kinn auf den Becher, der immer noch über meinem Kopf schwebt.

»Mit extra vielen Marshmallows.«

»Danke.«

»Ich dachte mir, dass du vielleicht Redebedarf hast«, sagt sie sanft. »Dora hat mir erzählt, dass du sie gebeten hast, dich direkt nach dem Unterricht abzuholen. Wäre heute nicht eigentlich die Generalprobe für den morgigen Talentwettbewerb?«

»Der habe ich mich heute irgendwie nicht gewachsen gefühlt.«

Sie nickt. »Ist denn wirklich alles in Ordnung mit dir? Du wirkst die ganze Woche schon so bedrückt.«

»Ja, alles okay.«

Darauf erwidert sie nichts, und ich starre weiter an die Decke und spiele stumm an meiner Halskette herum. Nach einer langen Gesprächspause wird mir klar, dass sie nicht so bald wieder aus meinem Zimmer verschwinden wird. Ich stoße einen Seufzer aus.

»Mum?«

»Ja?«

»Ist es dir je schwergefallen, irgendwo dazuzugehören, ohne auf Magie zurückzugreifen?«

Sie nimmt sich Zeit mit ihrer Antwort. »Ja, und das geht mir heute noch manchmal so. Es ist nie leicht, einen Teil dessen verstecken zu müssen, was einen ausmacht.«

Ich stemme mich aus meiner liegenden Position hoch und schüttle mein Kissen auf, um mich sitzend dagegenzulehnen. Merlin springt verärgert auf und verzieht sich als Fledermaus an die Gardinenstange, wo er seine Ruhe hat. Ich greife nach dem Becher mit heißer Schokolade und trinke einen Schluck.

Die vergangenen Tage waren echt komisch.

Seit ich Oscar bei seinem Zaubertrick-Abend gestört habe, hat er kaum noch ein Wort mit mir geredet. Ich fühlte mich furchtbar schlecht, weil ich ihn ungewollt beleidigt hatte, und versuchte am nächsten Tag, vor dem Unterricht mit ihm zu reden, aber er wies mich eiskalt ab.

Als ich trotzdem versuchte, mich bei ihm zu entschuldigen, sah er mich mit hochgezogenen Augenbrauen an und fragte: »Entschuldigst du dich, weil du willst, dass wir wieder Freunde sind, oder tust du es nur, weil du auf den Zaubertrank spekulierst?«

»Frag nicht so dumm. Ich entschuldige mich, weil es mir ernsthaft leidtut.«

»Ich hätte nie gedacht, dass du auf diese dämliche *Hexen und Zauberer müssen Feinde sein*-Leier hereinfällst«, sagte er leise. »Ich hatte dich für cooler gehalten.«

Auch danach versuchte ich noch mehrmals, mit ihm zu reden, doch er wollte mir nicht zuhören. Offenbar hatte ich ernsthaft seine Gefühle verletzt, und ich hatte keine Ahnung, wie ich die Sache wieder geradebiegen konnte. Felix' leerer Stuhl tat sein Übriges, um mir die Laune zu verderben – das Drachenproblem ging mir keine einzige Sekunde aus dem Kopf. Ich musste endlich eine Lösung dafür finden.

Und als hätte ich damit nicht schon genug Sorgen, mehrten sich auch noch die schlimmen Gerüchte über unseren Direktor. Es war Joe, der mir gestern Morgen vor unserer Geschichtsstunde bei Miss Campbell davon erzählte.

»Hast du schon gehört, was mit Mr. Hopkins los ist?«, fragte er, nachdem ich mich neben ihn gesetzt hatte.

»Nein. Was denn?«

»Angeblich ist er zum totalen Einsiedler geworden und weigert sich, das Haus zu verlassen.«

Einer der Jungen am Tisch vor uns drehte sich auf seinem Stuhl um, um sich an unserem Gespräch zu beteiligen. »Ich habe gehört, dass er sogar verhaftet wurde. Eine Freundin von meiner Mutter hat gesehen, wie er im Supermarkt wahllos irgendwelche Leute genötigt hat, mit ihm zu tanzen. Daraufhin hat ihn jemand angezeigt, und es kam ein Polizeibeamter, um ihn zur Rede zu stellen. Mr. Hopkins ist einfach weiter um den armen Kerl herumgetanzt und wurde deshalb gleich mit auf die Wache genommen, wegen mangelnder Kooperationsbereitschaft.«

»*Was?* Und jetzt verlässt er das Haus nicht mehr?«

»So ist es«, bestätigte Joe mit ernster Miene. »Wenn ich ehrlich bin, tut er mir ein bisschen leid. Er war zwar manchmal ein ziemlicher Griesgram, aber kein schlechter Mensch.«

Nach dieser Neuigkeit fühlte ich mich noch mieser. Nicht genug damit, dass Felix wegen mir in seinem eigenen Haus in der Falle saß, ich hatte auch noch Mr. Hopkins sozial isoliert. Auch wenn ich mich nicht gut mit ihm verstanden hatte, war es nie meine Absicht gewesen, ihm derart übel mitzuspielen.

Den Rest des Tages verbrachte ich tief in Gedanken versunken. Hinzu kam meine Angst vor der nächsten Tanzprobe. Ich beschloss, an ihr teilzunehmen, um mich noch einmal zu vergewissern, dass mein Hexenzauber wirklich nicht mehr funktionierte. Nach fünf Minuten war mehr als offensichtlich, dass ich schlechter tanzte als je zuvor. Ich musste die anderen erneut bitten, ohne mich weiter zu trainieren, unter dem Vorwand, mich nicht besonders gut zu fühlen.

»Vielleicht hast du ja die gleiche Grippe wie Felix«, mutmaßte Lucy und machte ängstlich einen Schritt von mir weg.

»Meinst du, du bist morgen wieder fit für die Generalprobe?«, fragte Iris, und ich versicherte ihr, dass ich kommen würde.

Aber heute habe ich es einfach nicht fertiggebracht. Was hätte es auch gebracht, daran teilzunehmen? Ich beschloss, dass es sinnvoller war, die Zeit zu Hause zu verbringen und Mums Hexenbücher zu durchforsten, solange sie noch bei der Arbeit war. Vielleicht gab es ja doch noch eine andere Möglichkeit, meine Tanzkünste wiederzuerlangen.

Aber die Bücher in ihrem Büro waren viel zu kompliziert und unverständlich geschrieben, als dass eine Junghexe wie ich daraus hätte schlau werden können. Sie steckten voller Magie für erwachsene, fortgeschrittene Hexen. Irgendwann gab ich frustriert auf, stellte sie zurück und ging in mein Zimmer, um auf dem Bett zu liegen und an die Decke zu starren. Die einzige Chance, noch beim Talentwettbewerb mitzutanzen, bestand nun darin, dass Oscar mir vielleicht doch ein wenig von seinem Zaubertrank zur Verfügung stellte.

Wenn man bedachte, dass er mich inzwischen zu hassen schien, war das nicht besonders wahrscheinlich.

Mein Handy hatte ich ausgeschaltet, um nicht die Nachrichten lesen zu müssen, mit denen die Mädchen mich vermutlich bombardierten. Bestimmt wollten sie wissen, wo ich steckte und warum ich am Abend vor dem Wettbewerb die Generalprobe schwänzte. *Morgen werden alle von mir erwarten, dass ich der Star unserer Tanzshow bin,* dachte ich verzweifelt. *Und stattdessen werde ich meiner Gruppe die Choreographie vermasseln, an der sie das ganze Halbjahr gearbeitet hat. Ich werde die unbeliebteste Person auf diesem Planeten sein.*

Das Einzige, was noch schlimmer ist, als keine Freunde zu haben, ist, welche zu haben und sie dann wieder zu verlieren.

Ich stelle den Becher heißer Schokolade ab. »Entschuldige, Mum. Meine Laune ist nicht so besonders heute.«

»Ist doch völlig okay. Gibt es vielleicht etwas Bestimmtes, über das du mit mir reden möchtest?«

Ich schüttle den Kopf. »Es ist nur ... Ich habe da in letzter Zeit ein paar nicht so kluge Entscheidungen getroffen.«

Merlin kichert höhnisch und murmelt: »Das ist die Untertreibung des Jahrhunderts.« Wir ignorieren ihn beide.

»Tja, das ist uns allen schon mal passiert.« Mum lächelt. »Wir Hexen sind sogar bekannt für unsere unbedachten, unklugen Entscheidungen. Was glaubst du, warum wir in den Märchen immer so schlecht wegkommen? Wir tappen seit Jahrhunderten von einem Fettnäpfchen ins nächste.«

»Du tappst nie in irgendwelche Fettnäpfchen«, widerspreche ich.

Sie legt den Kopf schräg und sieht mich fragend an. »Wie meinst du das?«

»Erst hattest du nur tolle Noten in der Schule und warst mega-beliebt, und jetzt bist du eine total erfolgreiche Geschäftsfrau. Und das alles ohne Magie. Als Hexe bist du auch in allem die Beste, deshalb wurdest du ja als jüngste Hexe aller Zeiten zur Großen Hexenmeisterin gewählt.«

Ich seufze. »Keine Ahnung, wie es sein kann, dass *ich* deine Tochter bin. Ich habe nicht nur ewig gebraucht, um meine JHP abzulegen, sondern sorge auch in der Schule nur für Ärger.«

Während meiner kleinen Ansprache hat Mum mir schweigend zugehört, aber nun wirft sie den Kopf in den Nacken und lacht.

Ich sehe sie beleidigt an. »*Mum*, du darfst nicht über mich lachen! Ich habe dir gerade mein Herz ausgeschüttet!«

»Entschuldige«, sagt sie und wischt sich eine Lachträne aus dem Auge. »Ich lache nicht über dich, wirklich nicht. Es ist nur so lustig.«

»Was ist lustig?«, knurre ich. »Dass ich die totale Versagerin bin?«

»Nein, es ist lustig, dass du glaubst, ich wäre so erfolgreich in allem!«

»Bist du doch auch«, beharre ich und runzle verwirrt die Stirn.

»Ach, Emma, bin ich überhaupt nicht! Habe ich dir je erzählt, wie ich in der Schule mal versucht habe, Melanie Cotton in eine Kröte zu verwandeln, weil sie über meine Schuhe gelacht hat?« Bei der Erinnerung schüttelt sie amüsiert lächelnd den Kopf. »Ich hatte damals weiße Turnschuhe, die ich schrecklich öde fand und deshalb mit schwarzen Katzen und Hexenbesen vollkritzelte ...«

»Wie auf meinem Rucksack?«

»So ähnlich, nur dass ich im zarten Alter von sechs Jahren nicht gerade die talentierteste Zeichenkünstlerin war. Glaub mir, meine Schuhe sahen viel schlimmer aus als dein Rucksack. Als ich mit ihnen in die Schule kam, zeigte Melanie Cotton sofort darauf und lachte sich schlapp, womit sie natürlich die anderen ansteckte, die mich ebenfalls deswegen aufzogen. Ich war so sauer, dass ich wartete, bis ich Melanie allein erwischte, und dann unauffällig mit den Fingern schnipste und versuchte, sie in eine Kröte zu verwandeln. Leider verhexte ich sie stattdessen in einen Schirmständer. Meine Mutter war fuchsteufelswild, als sie davon hörte. Kannst du dir vorstellen, wie schwierig es für sie war, die Sache wieder geradezubiegen? Wir mussten uns eine MENGE Zaubertrank besorgen, um den Vorfall aus Melanies Gedächtnis zu löschen.«

»Moment mal.« Ich hebe die Hände. »Du hast in der Schule gehext?«

»Ich weiß, das war dumm von mir. Und ich bin ja auch prompt in Schwierigkeiten geraten. Was glaubst du, warum ich dich so eindringlich davor gewarnt habe, den gleichen Fehler zu machen?«

»Als Teenager hat sie dann aber doch wieder in der Schule gehext«, merkt Helena an. »Diesmal ging es sogar noch schlimmer aus.«

»Du hast sogar *mehrmals* in der Schule gehext?«

»Hör mal, komm jetzt bloß nicht auf blöde Ideen«, warnt mich Mum. »Ich würde dir das normalerweise gar nicht erzählen, aber du sollst nicht denken, dass deine Mutter immer alles richtig gemacht hat. Ich war damals dreizehn, und William Hedley machte mal wieder abfällige Bemerkungen über mich, weil ich beim Warmlaufen Letzte geworden war …«

»Warte mal, ich dachte, du warst so gut im Sportunterricht!«

»Nicht in Leichtathletik. Da war ich die totale Niete und bin immer als Letzte ins Ziel gekommen. Ich mag zwar gut im Besenfliegen sein, aber Laufen und Weitsprung und solche Dinge liegen mir überhaupt nicht. William Hedley war ein furchtbarer Tyrann, und an dem Tag hatte ich einfach genug von seinen Sticheleien und bin völlig ausgerastet.«

»Was hast du getan?«, frage ich.

»Na ja, eigentlich wollte ich ihm eine Glatze hexen.«

»WAS?«

»Er hatte wunderschöne dicke, glänzende, braune Haare, die noch dazu immer perfekt frisiert waren, und ich wollte, dass er merkt, wie es ist, nicht so perfekt zu sein.« Sie verdreht die Augen. »Irgendwas ging schief, weil ich wütend war beim Hexen. Wie du ja weißt, ist es nie eine gute Idee, im Gefühlsüberschwang zu hexen. Statt nur *seine* Haare ausfallen zu lassen, bewirkte ich, dass *allen* die Haare ausfielen – der ganzen Klasse, einschließlich der Lehrerin. Wieder war eine Menge Zaubertrank nötig, damit sich hinterher niemand mehr daran erinnerte.«

»Wow.« Ich lehne mich staunend im Kissen zurück. »Das wusste ich alles gar nicht. Danke, Mum.«

»Meine Horrorgeschichten haben dich also ein bisschen aufgemuntert?«

»Ja. Weil ich mich jetzt nicht mehr so … allein fühle.«

Sie beugt sich vor und drückt meine Hand. »Emma, selbst

272

wenn du in allem die Schlechteste wärst, wäre ich die stolzeste Mutter der Welt.«

»Danke, Mum. Ich wünschte nur, ich wüsste, wie ich *meine* Baustellen wieder in Ordnung bringen kann.«

»Du wirst schon auf die richtige Lösung kommen«, sagt sie zuversichtlich und steht auf. »Ich lasse dich in Ruhe weitergrübeln. Falls du mich brauchst, bin ich in meinem Arbeitszimmer. Ach ja, bevor ich gehe: Dieses Päckchen hat jemand für dich vor die Haustür gelegt.«

Sie hält mir einen gepolsterten Umschlag hin, auf dem in krakeliger Schrift mein Name steht.

Ich warte, bis ich ihre Schritte auf der Treppe nach unten höre, bevor ich den Umschlag aufreiße. Ein kleines Fläschchen mit goldschimmerndem Zaubertrank fällt zusammen mit einem Zettel in meinen Schoß.

Für alle Fälle.

»Oscar hilft dir also doch«, lautet Merlins Kommentar. Er ist herübergeflogen, um von meiner Schulter aus den Inhalt des Päckchens zu begutachten. »Wirklich ungewöhnlich für einen Zauberer.«

»Merlin«, sage ich und starre auf das Fläschchen mit dem Zaubertrank. »Mir ist plötzlich klar geworden, was ich tun muss. Ich warne dich lieber vorher: Es wird dir nicht gefallen.«

»Warum?«

»Weil wir sehr lange Hausarrest bekommen werden.«

Ich springe vom Bett und renne zur Tür.

»Warte!«, ruft Merlin und flattert mir panisch hinterher. »Was hast du …«

»MUM! Könntest du noch mal zu mir hochkommen?«,
rufe ich die Treppe hinunter. »Es gibt doch etwas, was ich
dir erzählen will ...«

Kapitel fünfundzwanzig

»Wenn ich es Ihnen doch sage!«, schreit die Frau ins Telefon. »Ich weiß, dass ich beim letzten Mal von Fledermäusen gesprochen habe, aber die sind längst weggeflogen. Und jetzt sitzen hier DRACHEN auf dem Baum! Sie müssen noch einmal Ihren Übertragungswagen schicken!«

Mum und Dora tauschen einen entsetzten Blick aus. Mein Zaun mag dafür gesorgt haben, dass die meisten Anwohner noch immer nichts von den Fabelwesen ahnen, die in ihrer Straße herumlungern. Die entschlossensten Nachbarn konnte er jedoch offenbar nicht vom Baum und seinen Insassen fernhalten. Von unserem Aussichtsposten hinter der Hecke aus beobachten wir, wie die Frau frustriert gestikulierend vor Felix' Haus auf und ab geht.

»Nein, ich bin NICHT verrückt geworden! Glauben Sie mir, diese Befürchtung hatte ich in letzter Zeit auch des Öfteren, aber ich habe die Drachen mit eigenen Augen vom Himmel herabfliegen sehen! Und als ich über die Straße ging, um den Baum in Augenschein zu nehmen, sah ich, dass in Windeseile ein hoher Zaun um ihn errichtet worden war. Ich versichere Ihnen, äußerst seltsam und gefährlich aussehende Tiere sitzen auf seinen Ästen, Tiere, die FEUER

SPEIEN! Ich habe Fotos mit meinem Handy gemacht. Bevor sie jetzt wieder damit anfangen: Nein, die sind NICHT mit Photoshop bearbeitet!«

Mum schließt die Augen und schüttelt den Kopf, während Dora das Gesicht verzieht, als hätte sie Schmerzen.

»Es könnte schlimmer sein, oder?«, versuche ich die Sache herunterzuspielen.

Mum dreht sich zu mir um und starrt mich an. »Wie könnte so etwas noch schlimmer sein?«

»Äh …« Ich überlege krampfhaft. »Wenn die Drachen jemanden gefressen hätten?«

»Stimmt!« Dora nickt heftig. »Zum Glück haben sie das nicht. Bis jetzt, zumindest.«

»Dafür, dass sie Drachen sind, sind sie eigentlich ganz niedlich«, merke ich an und beobachte nervös Mums Unheil verheißendes Stirnrunzeln.

»Ja, richtig niedlich sogar«, stimmt mir Dora zu. »Am liebsten würde ich einen mit nach Hause nehmen!«

Genau in diesem Moment hustet ein Drache, woraufhin eine Feuerkugel an uns vorbeifliegt und nur knapp Doras Kopf verfehlt.

»Allerdings weiß ich nicht, ob mein Gästezimmer groß genug wäre«, quiekt Dora und streicht sich über die Haare, um sicherzugehen, dass sie kein Feuer gefangen haben.

»Unfassbar, dass du uns nicht früher von dieser Katastrophe erzählt hast, Emma!«, schimpft Mum. »Weißt du, wie peinlich es für mich wird, zum Großen Zaubermeister zu gehen und ihn um genügend Zaubertrank zu bitten, um das Gedächtnis aller Beteiligten auszulöschen? Er bekommt garantiert einen Lachanfall, und du weißt ja, wie sehr er beim Reden spuckt. Beim Lachen ist es noch viel schlimmer.«

»Und das, nachdem du ihm letzte Woche noch gründlich die Meinung gesagt hast wegen dieses Zauberers in Frinton«, wirft Dora ein und erzählt mir, was passiert ist: »Der Kerl hat doch tatsächlich als Tee getarnten Zaubertrank in einem Altersheim verteilt! Kaum hatten die alten Leute davon getrunken, fuhren sie auf Skateboards herum und führten die spektakulärsten Tricks aus! Angeblich hatten sie dabei den Spaß ihres Lebens. Einfach wunderbar! Aber natürlich absolut unverantwortlich«, fügt sie schnell hinzu, nachdem Mum ihr einen strengen Blick zugeworfen hat.

»Ich will gar nicht wissen, was der Große Zaubermeister dazu sagt, dass meine eigene Tochter ganz Essex in einen Schauplatz aus *Game of Thrones* verwandelt hat! Das wird er mir noch in hundert Jahren vorhalten!«

»Aber der Zaun war eigentlich keine schlechte Idee«, sagt Dora, und ich lächle ihr dankbar zu. »Die meisten Anwohner haben auf diese Weise nichts mitbekommen, da bin ich mir sicher. Gut gemacht, Emma!«

»Tja, ich bin zwar eine miserable Hexe, aber die einfachen Sachen bekomme ich noch hin«, antworte ich leise.

»Wieso miserable Hexe?«, fragt mich Mum erstaunt.

»Schau dir doch an, was ich getan habe«, antworte ich und zeige auf die Drachen. »Obwohl ich so lange für meine JHP geübt habe, schaffe ich es immer noch, alles falsch zu machen. Bestimmt bin ich eine der schlechtesten Hexen aller Zeiten.«

Mum schweigt eine Weile nachdenklich. Dann legt sie

mir ihre Hände auf die Schultern und sieht mich eindringlich an.

»Emma, das hier ist dein Chaos, also beseitigst du es auch wieder.«

»W-was?«

»Du hast mich verstanden. Ich werde dir nicht dabei helfen, diese Drachen loszuwerden.«

»Aber ich schaffe das nicht alleine! Ich habe es versucht! Ich kann das nicht!«

»So wie vor ein paar Monaten, als du meintest, du könntest nicht auf einem Besen fliegen? Oder wie letzten Sommer, als du sagtest, du würdest die JHP nie bestehen?« Sie verschränkt die Arme. »Beides hat sich als falsch herausgestellt, und so wird es auch in diesem Fall sein.«

»Mum, diesmal ist es bitterer Ernst, das musst du mir glauben!«, flehe ich. »Ich finde einfach keine Lösung für dieses Problem! Ich brauche eine richtige Hexe, die mir hilft!«

»Du *bist* eine richtige Hexe, Emma Charming«, sagt Mum, worin ihr Dora energisch nickend beipflichtet. »Der einzige Grund, warum es dir bisher nicht gelungen ist, die Drachen loszuwerden, ist der, dass du nicht an dich glaubst. Sobald du fest daran glaubst, dass du es schaffst, werden sie auf dein Fingerschnipsen ein für alle Mal verschwinden.«

»So einfach wird es bestimmt nicht«, widerspreche ich.

»Ein Versuch schadet nicht«, ermuntert mich Dora. »Na los, steh auf und stell dich diesen Drachen entgegen. Du bist eine überaus mächtige Hexe, das werden sie schon noch merken!«

»Aber …«

»Du schaffst das!«, versichert mir Mum. »Jede Hexe, die solche magischen Wesen herbeihexen kann, ist auch mächtig genug, sie wieder verschwinden zu lassen.«

Ich schlucke und richte mich langsam auf. Ein Drache wird auf mich aufmerksam und legt amüsiert den Kopf schief, offenbar entzückt darüber, dass ich wieder einen Versuch wagen will. Ich werfe Mum einen hilfesuchenden Blick zu. Sie lächelt nur, als wüsste sie etwas, was ich nicht weiß. Ich hole tief Luft und denke an das, was Mum und Dora gerade gesagt haben.

Die beiden könnten durchaus recht haben. Bei jedem bisherigen Versuch, die Drachen loszuwerden, war ich mir insgeheim sicher, ohnehin nichts ausrichten zu können. Ich schnipste zwar mit den Fingern, glaubte jedoch selbst nicht an den Erfolg.

Aber Mums Worte haben einen Nerv getroffen.

Jede Hexe, die solche magischen Wesen herbeihexen kann, ist auch mächtig genug, sie wieder verschwinden zu lassen.

Als ich in der vorherigen Woche versucht habe, die Fledermäuse zu beseitigen, und dabei versehentlich die Drachen erschaffen habe, meinte Oscar, ich müsse eine sehr mächtige Hexe sein. Ich glaubte ihm nicht.

Vielleicht muss ich meine Meinung revidieren und ihm und Mum doch Glauben schenken. Vielleicht können die beiden mich besser einschätzen als ich mich selbst.

Ich richte erneut den Blick auf den amüsierten Drachen, der sich gerade bereitmacht, eine Feuerkugel in meine Richtung zu schießen. Verärgert hebe ich die Hand. Dies sind keine echten Drachen. Es ist nur Magie. *Meine* Magie.

Ich hole tief Luft und schnipse mit den Fingern.

Im ersten Moment passiert nichts. Dann sind die Drachen urplötzlich verschwunden. Mum und Dora springen auf und fangen an zu klatschen und zu jubeln, während ich ungläubig zum nun leeren Baum hinaufstarre. Mum kommt zu mir, um mich zu umarmen, und Dora tanzt im Kreis und wiederholt immer wieder: »Die Schülerin wird zur Meisterin! Die Schülerin wird zur Meisterin!«

Mum blickt zu der Frau mit dem Handy hinüber, die immer noch lautstark auf den Reporter einredet und nichts von dem mitbekommt, was hinter ihrem Rücken vorgeht. Sie schnipst mit den Fingern, und der Zaun verschwindet. Die von Feuerkugeln versengten braunen Flecken im Vorgarten verwandeln sich wieder in sattgrünen Rasen.

»Danke, Sie werden es nicht bereuen!«, sagt die Frau mit dem Handy zufrieden und dreht sich um. »Dann warte ich hier auf Sie und Ihre ...«

Ihr Handy fällt scheppernd zu Boden, als ihr Blick auf Felix' Haus fällt. Im ersten Moment ist sie so schockiert, dass sie vorübergehend verstummt, aber dann fängt sie an, mit weit aufgerissenen Augen vor sich hin zu murmeln.

»A-aber da war ... da war ein Zaun ... dort drüben ... der Baum ... Drachen ...«

»Oje«, flüstert Dora und beobachtet, wie die Frau ungläubig die Augen schließt und sie dann wieder aufreißt. »Wir müssen ihr schnell ein wenig Zaubertrank geben. Sonst denkt sie am Ende wirklich, sie wäre verrückt geworden.«

»Ich bitte den Großen Zaubermeister, sich so schnell wie möglich um sie und Felix' Familie zu kümmern«, verspricht Mum und macht sich auf den Rückweg zum Auto. »Wenigstens kann Felix jetzt wieder ohne Gefahr das Haus verlassen. Gut gemacht, Emma!«

Während wir ins Auto steigen und davonfahren, hält hinter uns der Übertragungswagen, und ich sehe das Kamerateam herausspringen.

Schuldbewusst ziehe ich den Kopf ein.

»Gut. Auf zur Lösung des nächsten Problems«, sagt Mum. »Wo finden wir Mr. Hopkins?«

»Merlin und ich sind ihm einmal nach der Schule gefolgt«, antworte ich und gebe Dora mein Handy, damit sie die Adresse des Direktors ins Navi eingeben kann. »Sein Haus ist nicht weit von der Schule entfernt, wir müssten also in ein paar Minuten da sein.«

»Was ist denn mit Mr. Hopkins?«, fragt Dora.

»Das wirst du gleich sehen.«

Wir hatten vor unserem Aufbruch keine Zeit mehr, Dora zu erklären, was passiert ist. Als Mum und ich aus dem Haus stürmten, wollte sie gerade auf eine Tasse Tee vorbeischauen, weil Howard heute seinen Pokerabend hat. Kurz zuvor hatte ich Mum gebeichtet, was ich in diesem Halbjahr alles an der Schule angerichtet hatte.

Sowohl Mums als auch Merlins Reaktion auf meine Beichte waren vorhersehbar gewesen: Merlin spricht seither nicht mehr mit mir und hat sich als Floh in meine Hosentasche zurückgezogen, um dort vor sich hin zu schmollen, und Mum hat mir für die gesamten Weihnachtsferien

Hausarrest verordnet. Es passt Merlin gar nicht, dass er jetzt drei Wochen zu Hause eingesperrt ist und nur mich als Gesellschaft hat.

Dabei sind wir meiner Meinung nach noch glimpflich davongekommen.

Als ich Mum gestand, dass einer meiner Klassenkameraden nicht mehr aus dem Haus konnte, weil ich ihm Drachen auf den Hals gehetzt hatte, und dass unser Direktor zurücktreten wollte, weil ich ihn verhext hatte und er seither immer weitertanzte, beobachtete ich, wie ihr Gesichtsausdruck sich von neugierig über erschrocken und sauer in stinkwütend verwandelte. Meine Prognose war, dass sie mich für den Rest meines LEBENS zu Hause einsperrte, daher war ich erleichtert, dass der Hausarrest nur für die Weihnachtsferien gelten sollte.

Außerdem ist mir sowieso egal, was Merlin sagt oder denkt. Nachdem ich monatelang nur Mist gebaut habe, habe ich endlich eine richtige Entscheidung getroffen. Mum die Wahrheit zu sagen hat sich angefühlt, als würde ein Riesengewicht von meinen Schultern abfallen.

Nun, da ich weiß, dass ich meine Fehler auch ohne ihre Hilfe hätte wiedergutmachen können, kommt mir meine Beichte allerdings ein bisschen unnötig vor.

Egal, *ehrlich währt am längsten* und so.

Als wir bei Mr. Hopkins ankommen, dauert es eine Ewigkeit, bis er die Haustür öffnet. Mum muss fünfmal klingeln, bevor die Tür einen winzigen Spalt aufgeht und er mit einem Auge herausschielt.

»Hallo, Mr. Hopkins«, beginne ich. »Entschuldigen Sie

bitte die Störung. Wir … äh … wir wollten uns vergewissern, dass es Ihnen gut geht.«

Dora und Mum stehen hinter mir und winken ihm fröhlich zu.

»Oh. Das ist aber nett.«

»Ich habe gehört, dass es Ihnen nicht so gut geht im Moment, und ich glaube, wir können Ihnen helfen. Dürfen wir reinkommen?«

»Nein! Nein, das ist keine gute Idee«, antwortet er hastig.

»Sie brauchen sich keine Sorgen zu machen, Mr. Hopkins«, versichert Mum, die einen Schritt nach vorn gemacht hat und ihm aufmunternd zulächelt. »Ich kenne die Krankheit, an der Sie leiden.«

»W-wirklich? Aber kein Arzt hat je davon …« Er gerät ins Stocken und kann ein lautes Schluchzen nicht unterdrücken. »Ich kann nicht mehr aufhören, Salsa zu tanzen! Egal, was ich tue, ich tanze die ganze Zeit! Die Ärzte sind ratlos! Sie wollen sogar eine Fallstudie aus mir machen! Ich bin der Erste, der je so etwas hatte, sagen sie.«

Auf Doras Gesicht erscheint ein breites Grinsen. Sie dreht sich zu mir um und fragt leise: »Dauerhaftes Salsa-Tanzen? Wie bist du denn auf *die* Idee gekommen?« Sie beißt sich auf die Lippe, um nicht in lautes Gelächter auszubrechen.

»Ich muss mich bei dir entschuldigen, Emma«, sagt Mr. Hopkins, der Doras Reaktion zum Glück nicht mitbekommen hat. »Ich war unfair zu dir, weil ich es dir übel genommen habe, dass du von meiner Leidenschaft fürs Salsa-Tanzen wusstest. Die hatte ich nämlich immer hinter meiner strengen, einschüchternden Direktorenfassade versteckt. Nicht, dass das jetzt noch eine Rolle spielen würde. Ich bin sehr traurig, dass ich meine Lehrerlaufbahn aufgeben muss, aber ich kann einfach nicht weiter als Direktor tätig sein, wenn ich überall, wo ich hingehe, Salsa tanze. Bei dem ganzen Gewackel werde ich wohl bald eine künstliche Hüfte brauchen.« Dora unterdrückt mühsam ein Kichern. »Jedenfalls vielen Dank, dass du vorbeigekommen bist, Emma. Viel Glück weiterhin.«

»Warten Sie, Mr. Hopkins. Wie gesagt, mir ist Ihre Krankheit bekannt«, nimmt Mum den Faden wieder auf und schiebt ihren Fuß vor, damit er die Haustür nicht zumachen kann. »Ich weiß, wie sie sich heilen lässt. Es ist gar nicht kompliziert.«

»Ach ja?« Der Direktor öffnet die Tür ein Stück weiter, und wir sehen nun sein ganzes Gesicht und hören seine tanzenden Füße auf dem Boden trippeln. »Was muss ich dafür tun?«

»Einen Schluck aus dieser Flasche trinken«, antwortet Dora und hält ihm eine Wasserflasche hin, die wir im Auto liegen hatten.

Er nimmt die Flasche von ihr entgegen und betrachtet sie misstrauisch. Sie scheint ihn nicht recht zu überzeugen. Mir geht auf, dass es besser gewesen wäre, wenn wir der Flasche vorher ein anderes Erscheinungsbild verpasst oder zumindest das Etikett entfernt hätten.

»Das ist Wasser«, stellt er verwundert fest, nachdem er an der Flasche gerochen hat.

»Stimmt. Aber dieses Wasser stammt aus einer Quelle

auf einem hohen, weit entfernten Berg, und dieser Berg liegt wiederum in einer sehr abgelegenen Gegend«, erklärt Dora in geheimnisvollem Tonfall. »Er ist wirklich sehr weit entfernt, dieser Berg, stimmt's, Emma?«

»Ja, stimmt. Er heißt … äh … Hoher … Weit Entfernter … Berg.«

Mum verdreht die Augen, und auch Dora wirkt nicht gerade beeindruckt von meinem mangelnden Einfallsreichtum. Mr. Hopkins starrt uns verwirrt an.

»*Hoher Weit Entfernter Berg?*«, wiederholt er und betrachtet ratlos die Flasche.

TUT MIR LEID! ICH STAND UNTER ZEITDRUCK, MIR IST AUF DIE SCHNELLE NICHTS BESSERES EINGEFALLEN!

»Kein sehr origineller Name für einen Berg«, sage ich mit einem nervösen Lachen.

»Das Wasser verfügt dennoch über seltene Heilkräfte«, flüstert Mum und sieht sich nach allen Seiten um, als hätte sie ihm gerade ein gut gehütetes Geheimnis verraten. »Vertrauen Sie mir. Nehmen Sie einen Schluck aus der Flasche, und warten Sie ab, was passiert.«

»Tja, ich denke, einen Versuch ist es wert«, sagt er seufzend und hebt die Flasche an seine Lippen.

Während Mr. Hopkins den Kopf zurücklegt und einen ordentlichen Schluck trinkt, nickt Mum mir zu, und ich schnipse mit den Fingern. Er schraubt den Deckel wieder auf die Flasche, und seine Augen weiten sich plötzlich. Ungläubig starrt er auf seine Füße hinunter. Dann hebt er ruckartig den Kopf, und ein breites Grinsen breitet sich auf seinem Gesicht aus. Ich atme erleichtert auf. Es hat funktioniert! Ich habe es geschafft!

»Meine Füße! Sie … sie haben aufgehört zu tanzen! Sie haben aufgehört zu tanzen!«

Er reißt die Haustür ganz auf, damit wir uns selbst überzeugen können. Ich wünschte, er hätte es nicht getan, denn er hat offenbar nicht mit Besuch gerechnet und trägt einen Baumwollpyjama, der über und über mit Teddybären bedruckt ist.

Dieses Bild werde ich garantiert nie wieder aus dem Kopf bekommen.

»ICH BIN GEHEILT!«, ruft Mr. Hopkins euphorisch und stürzt nach vorn, um uns alle drei fest zu umarmen. »ICH HABE AUFGEHÖRT ZU TANZEN! DANKE, DANKE, DANKE!«

Mum muss lachen, weil er so überglücklich ist. Sie ermahnt ihn, niemandem von dem Wasser vom Hohen Weit Entfernten Berg zu erzählen – ich kassiere ob meiner unkreativen Namensgebung erneut einen missbilligenden Blick –, und beteuert, sie freue sich schon darauf, wenn er morgen seine Rückkehr auf den Posten des Schuldirektors verkünde.

»Das werde ich ganz bestimmt!«, versichert Mr. Hopkins und strahlt mich an. »Wir sehen uns bei der Schulversammlung, Emma. Viel Glück dir und deiner Gruppe beim Talentwettbewerb!«

»Ach ja, der ist ja morgen!«, ruft Dora aufgeregt. »Ich kann es kaum erwarten! Wie fühlst du dich, Emma, bist du schon nervös?«

»Nein, ich habe ein gutes Gefühl. Ein richtig gutes.«

Ich fange Mums Blick auf und lächle. Dann schiebe ich meine Hand in die Jackentasche und schließe meine Finger fest um Oscars Zaubertrankfläschchen.

»Du hast sie doch nicht mehr alle!«

Lucy starrt mich mit weit offenem Mund an. Karen schnappt theatralisch nach Luft. Zoey sieht aus, als würde sie gleich in Ohnmacht fallen. Iris sagt nichts, verschränkt nur die Arme und betrachtet mich neugierig.

»Was soll das heißen, du kannst nicht tanzen?«, jammert Lucy. »Zieh dir sofort dein Kostüm an! Wir müssen gleich auf die Bühne!«

»Ihr werdet die Choreographie ohne mich durchziehen müssen.« Ich zucke mit den Schultern. »Wie schon gesagt: Ich kann nicht tanzen.«

»Aber wir haben doch gesehen, dass du tanzen kannst!«, protestiert Karen. »Du bist die beste Tänzerin weit und breit!«

»Wir brauchen dich! Du musst uns zum Sieg verhelfen!«, fleht auch Zoey.

»Nein, ihr braucht mich eben nicht. Hört zu …« Ich hole tief Luft. »Ich war nicht ehrlich euch gegenüber, aber ich werde es jetzt sein: Ihr habt alle richtig hart daran gearbeitet, diese unglaubliche Choreographie auf die Beine zu stellen. Iris, du bist die unangefochtene Anführerin der Truppe und kannst problemlos wieder die Führung übernehmen. Ihr trainiert ja ohnehin schon seit ein paar Tagen ohne mich und kommt gut allein zurecht.«

»Ich kann nicht glauben, dass du uns das antust!«, sagt Lucy und sieht mich kopfschüttelnd an. »Ich dachte, du wärst echt cool, Emma! Da habe ich mich wohl geirrt. Du bist immer noch voll die Loserin!«

Sie stapft wütend Richtung Seitenbühne davon. Zoey und Karen folgen ihr. Iris wartet, bis die drei verschwunden sind, und dreht sich dann noch einmal zu mir um.

»Bist du dir auch wirklich sicher?«, fragt sie.

»Ja. Tut mir leid, dass ich euch in letzter Minute im Stich lasse, aber ihr seid ohne mich besser dran, glaub mir. Du hast es mehr als verdient, die Gruppe anzuführen. Und keine Sorge wegen der Beleuchtung: Ich hab die ganze Nacht damit verbracht, mir ein paar coole Effekte auszudenken, die ich dann heute Morgen mit dem Technikspezialisten von der Theatergruppe durchgegangen bin. Meine Lightshow steht, es ist alles bereit. Mit Mrs. Fernley habe ich auch schon gesprochen. Sie meint, es gilt trotzdem als Gruppenprojekt, auch wenn ich nicht mittanze. Du brauchst also keine Angst zu haben, dass ihr disqualifiziert werdet.«

Iris nickt und scheint nicht recht zu wissen, was sie sagen soll.

»Du solltest jetzt schleunigst auf die Bühne und ich ans Beleuchterpult. Viel Glück!«, wünsche ich ihr.

»Emma«, hält mich Iris zurück. »Danke. Für die Lightshow und auch sonst alles. Entschuldige bitte Lucys heftige Reaktion. Sie kriegt sich bestimmt wieder ein.«

»Schon okay. Ich hab's nicht besser verdient.« Ich zucke mit den Schultern und gehe grinsend Richtung Beleuchterpult. »Außerdem kann ich ihr jederzeit eine süße kleine Vogelspinne in die Handtasche schmuggeln, wenn sie noch mal auf die Idee kommt, mich *Loserin* zu nennen.«

Kapitel sechsundzwanzig

Mum zwingt mich, auf die Party zu gehen.

Eigentlich habe ich überhaupt keine Lust, an dieser dämlichen After-Talentshow-Party teilzunehmen. Nicht etwa, weil ich Angst hätte, wie Mum mir vorgeworfen hat, sondern weil ich jede freie Minute zum Lernen brauche. Schließlich werde ich in Zukunft nicht mehr hexen in der Schule, was bedeutet, dass ich in sämtlichen Fächern GNADENLOS hinterherhinke.

Also gut, ich habe doch ein bisschen Angst.

Aber ich muss zugeben: Die Lehrer haben die Turnhalle mit Hilfe von Luftballons, Luftschlangen und bunten Deko-Elementen in eine echte Augenweide verwandelt. Funkelnde Discokugeln hängen von der Decke, und für die Musik sorgt Miss Campbell, die ein erstaunlich guter DJ ist.

Ich drücke mich zunächst in einer Ecke herum und lasse die Atmosphäre auf mich wirken. Dann schleiche ich seitlich an der Tanzfläche entlang zum Tisch mit den Getränken, schnappe mir einen Becher rosafarbener Limonade und nippe vorsichtig daran. Dabei überlege ich, wie lange ich wohl hier herumstehen muss, bis ich Mum anrufen und sie bitten kann, mich abzuholen. Warum habe ich mich bloß überreden lassen herzukommen?

Kein einziger Mensch an dieser Schule redet noch mit mir.

Die Geschichte, ich hätte in allerletzter Minute einen feigen Rückzieher gemacht und die beliebtesten Mädchen der Klasse einfach hängengelassen, hat sich in Windeseile herumgesprochen. Seit meiner Ankunft habe ich mehr böse Blicke kassiert, als ich zählen kann, und selbst hier, neben dem von Lehrern bedienten Getränketisch, kann ich der Erkenntnis nicht entfliehen, dass ich für immer eine Außenseiterin sein werde.

»Hast du das mit Emma Charming gehört?«, sagt vor mir eine Lehrerin zu einer anderen, nicht ahnend, dass ich direkt hinter ihr stehe. »Sie hat doch tatsächlich kurz vor dem Auftritt gekniffen, und das, nachdem sie seit Wochen mit ihren Tanzkünsten herumprahlt!«

Die andere Lehrerin schüttelt missbilligend den Kopf, und ich schleiche auf Zehenspitzen davon und suche nach einem neuen Versteck. Seufzend ziehe ich mein Handy heraus und fange an, eine Nachricht an Mum zu tippen, um ihr mitzuteilen, dass es ein großer Fehler war, auf diese Party zu gehen.

Davon bin ich so abgelenkt, dass ich versehentlich gegen ein vor mir stehendes Mädchen stoße.

»Iris! Sorry!«

»Hi, Emma!«, begrüßt sie mich strahlend. »Schön, dass du hier bist! Ich hatte gehofft, dass du kommst, war mir aber nicht sicher.«

»Na ja, ich bin auch schon wieder auf dem Rückzug. Wir sehen uns nach den Ferien.«

»Warte mal, warum gehst du schon?« Sie runzelt fragend die Stirn. »Die Party hat doch gerade erst angefangen, und wir haben allen Grund zu feiern!«

»Stimmt.« Ich lächle matt. »Herzlichen Glückwunsch zu eurem Sieg beim Talentwettbewerb. Ihr habt es wirklich verdient.«

»*Wir* haben es verdient«, verbessert sie mich. »Es war eine Teamleistung, und deine Beleuchtung hat unserem Auftritt erst das gewisse Etwas verliehen. Echt coole Disco-Atmosphäre, die du da kreiert hast!« Sie zögert. »Tut mir leid, wenn dir jetzt ein paar Leute das Leben schwermachen. Ich habe versucht, allen zu erklären, dass du nichts dafür kannst. Dass wir gewonnen haben, haben wir dir zu verdanken.«

»Wieso, ich habe gar nichts …«

»Doch, Emma. Du warst diejenige, die mich dazu motiviert hat, an mir zu arbeiten und eine bessere Tänzerin zu werden«, sagt Iris ernst. »Ich wollte schon aufgeben, weil ich dachte, dass ich es nie auf dein Niveau schaffe, aber du hast es nicht zugelassen, erinnerst du dich? Wenn ich also sage, dass der Sieg eine Teamleistung war, dann meine ich es auch so.«

»Wow.« Ich lächle dankbar. »Danke, Iris.«

Ihr Blick fällt auf jemanden hinter meiner Schulter, und auf ihrem Gesicht erscheint ein Strahlen. Ich drehe mich um.

»FELIX!«, ruft sie und rennt zu ihm, um ihn stürmisch zu umarmen. »Du bist wieder da!«

»Hallo, Iris«, sagt er und lacht, weil sie ihn fast umwirft mit ihrer Umarmung. »Ich habe euren Auftritt gesehen. Du warst echt der Hammer! Der Sieg ist absolut verdient.«

»Wenn *du* mitgemacht hättest, hätte definitiv deine Gruppe gewonnen! Eure Jo-Jo-Tricks waren megabeeindruckend. Wie geht's dir, erzähl!«

»Besser, danke. Ich hatte eine total üble Grippe«, antwortet er und reibt sich die Stirn. »An die letzten Wochen kann ich mich nur noch ganz verschwommen erinnern. Ich lag völlig flach.«

»Muss echt schlimm gewesen sein!«

»Ja. Ich war nicht der Einzige, den es erwischt hat: Meine ganze Familie hat sich angesteckt und auch ein paar Nachbarn.« Er schiebt die Hände in seine Hosentaschen. »Zum Glück geht es inzwischen allen wieder besser.«

Er sieht, dass ich verlegen hinter Iris herumstehe und so tue, als würde ich mich für die Wand interessieren.

»Hey, Emma! Hättest du nicht eigentlich auch in Iris' Gruppe mittanzen sollen?«, fragt er mit einem höhnischen Grinsen. »Wie ich gehört habe, hast du in letzter Sekunde gekniffen.«

»Oh, hallo, Felix!«, sage ich, als hätte ich ihn gerade erst bemerkt. »Schön, dass du wieder ganz der Alte bist.«

»Emma hat bei unserem Tanz die Beleuchtung übernommen«, erklärt Iris schnell. »Ich glaube, das hat uns den entscheidenden Vorteil gebracht. Die andere Tanzgruppe im Wettbewerb hatte einfach nur helles Licht auf der Bühne, ohne farbige Scheinwerfer oder einzelne Spots. Unsere Beleuchtung hat dagegen total professionell gewirkt.«

Felix schnaubt. »Du warst so schlecht im Tanzen, dass sie dich stattdessen hinters Beleuchterpult gesteckt haben? Ich lach mich schlapp!«

Es juckt mir in den Fingern, aber ich balle sie zur Faust und zwinge mich zu einem Lächeln.

»Viel Spaß noch auf der Party«, sage ich. »Man sieht sich.«

Während ich mich umdrehe und davongehe, höre ich Felix murmeln: »Freak.« Aus dem Augenwinkel sehe ich, wie Iris ihm einen empörten Klaps auf den Arm gibt und ihm zuzischt, dass er die Klappe halten soll. Ich grinse in mich hinein und sehe der Zeit nach den Weihnachtsferien endlich ein bisschen zuversichtlicher entgegen. Wenigstens weiß ich jetzt, dass Freundschaft echt ist, im Gegensatz zu Magie.

Umso wichtiger ist es, dass ich meine Freundschaft zu der einzigen Person rette, die von Anfang an zu mir gehalten hat.

Nachdem ich mich im Getümmel umgesehen habe, entdecke ich Oscar, der sich gerade mit Jenny und ein paar anderen aus seiner Gruppe unterhält. Schüchtern bleibe ich in der Nähe stehen und winke ihm zu, um seine Aufmerksamkeit zu erregen. Er lächelt, als er mich sieht. Ich bin erleichtert und erröte aus irgendeinem Grund, während er auf mich zukommt.

»Hi«, begrüßt er mich.

»Hi. Können wir einen Moment rausgehen? Ich muss mit dir unter vier Augen reden.«

Er nickt, und wir verlassen zusammen die Aula und setzen uns draußen auf die kalten Steinstufen der Schultreppe. Nachdem ich mich vergewissert habe, dass niemand in der Nähe ist, greife ich in die Tasche und halte Oscar das unberührte Fläschchen Zaubertrank hin.

»Du hast es letztendlich also doch nicht gebraucht.«

»Nein, habe ich nicht. Weil du vollkommen recht hattest. Zum Glück war es noch nicht zu spät, das Richtige zu tun.« Ich seufze schwer. »Auch wenn das leider bedeutet, dass mich jetzt alle hassen.«

Er lacht und steckt das Fläschchen ein. »Wenigstens hast du noch Merlin, der dich durch diese schwierige Zeit begleitet.«

»Merlin redet momentan nicht mit mir.«

»Klingt nach himmlischer Stille.«

»O ja.«

Merlin hüpft als Floh aus meiner Hosentasche und landet als Leopard vor uns auf der Treppe. Seine leuchtend gelben Augen funkeln Oscar wütend an, und er entblößt drohend sein scharfes Raubtiergebiss, aus dem Speichel auf den Boden tropft.

»Er ist ein bisschen beleidigt, weil ich am Ende doch lieber deinem Rat gefolgt bin als seinem«, erkläre ich, während Merlin demonstrativ seine tödlichen Klauen an der Steintreppe wetzt. »Er wollte nämlich unbedingt diesen neuen Horrorfilm mit den bösartigen Hexen sehen, die mit ihrer Zombie-Armee die Weltherrschaft an sich reißen, aber da wir Hausarrest haben, bezweifle ich, dass Mum uns ins Kino lässt.«

»Sorry, Merlin«, sagt Oscar mit gespieltem Bedauern.

»Ich kann mir den Film gern für dich anschauen und dir dann das Ende verraten.«

Merlin faucht und duckt sich zum Angriff.

»Hey, Merlin, schalt mal einen Gang zurück!«, rufe ich ihm zu und sehe mich erneut nach potenziellen Augenzeugen um. »Könntest du für den Fall, dass uns jemand hier draußen sieht, vielleicht netterweise die Gestalt eines Tiers annehmen, das in diesen Gefilden auch wirklich vorkommt?«

Er verwandelt sich widerwillig in eine gewaltige Kobra, kriecht die Stufen empor und wickelt sich um mein Bein, um drohend den Kopf zu heben und Oscar zornig anzustarren.

»Eine Kobra ist natürlich um Längen besser«, murmele ich sarkastisch.

Oscar ignoriert Merlin einfach und sagt: »Ich glaube, du hast das Richtige getan.«

»Das glaube ich auch. Trotzdem danke für den Zaubertrank. Das war echt cool von dir.«

»Kein Problem.« Er grinst. »Du solltest nicht denken, dass *alle* Zauberer Spielverderber sind.«

»Was ich über euch Zauberer gesagt habe, tut mir echt leid, Oscar«, beteuere ich ernst. »Ich war wütend und bin einfach gedankenlos vorangeprescht. War nicht so gemeint.«

»Ich weiß. Schon okay.«

»Falls du dich dadurch besser fühlst: Mum hat mich gezwungen, selbst mit dem Großen Zaubermeister zu sprechen und ihn um den benötigten Zaubertrank zu bitten. Du weißt schon, zum Auslöschen der Erinnerung von Felix und seiner Familie und einigen Anwohnern. Der Große Zaubermeister hat mir ganze zehn Minuten ohne Unterbrechung ins Gesicht gelacht. Ich hatte überall seine Spucke hängen.«

»Ganz schön mutig von ihm, der Tochter der Großen Hexenmeisterin ins Gesicht zu lachen. Ich habe gehört, dass deine Mutter eine ziemlich respekteinflößende Erscheinung ist«, erwidert Oscar kichernd. »Was würde sie wohl tun, wenn sie herausfinden würde, dass du mit einem Zauberer befreundet bist?«

»Ich weiß es nicht. Was würde *deine* Mutter tun, wenn sie herausfinden würde, dass du mit einer Hexe befreundet bist?«

Schweigend denken wir über diese Frage nach. Ich spiele an meiner Halskette herum, und die Luft kommt mir plötzlich kälter vor.

Wenn ich ehrlich bin, habe ich eine gewisse Ahnung, was meine Mutter tun würde: Sie würde mich ausgiebig anbrüllen, mir verbieten, mich je wieder mit Oscar zu treffen oder auch nur mit ihm zu reden, und mich dann noch ein bisschen mehr anbrüllen. Außerdem würde sie mir vorwerfen, die gesamte Hexengemeinschaft verraten zu haben. Ich würde jahrelang Hausarrest bekommen. Und sie würde mich aus der Blackriver-Schule nehmen und mich auf eine andere Schule schicken.

Weil ich gegen die wichtigste aller Regeln verstoßen habe. Das würde sie mir bestimmt niemals verzeihen.

Allein beim Gedanken daran, Oscar vielleicht nie wiederzusehen, werde ich traurig. *Richtig* traurig.

»Keine Hexe und kein Zauberer darf je erfahren, dass wir Freunde sind«, sagt Oscar leise. »Auf keinen Fall.«

»So ist es.« Ich seufze schwer. »Ganz schön riskant, oder? Dass wir Freunde sind, meine ich.«

»Ja, stimmt.« Er hält inne und sagt dann voller Zuversicht: »Aber ich bin gern bereit, dieses Risiko einzugehen. Falls du es auch bist.«

»Ja. Bin ich.«

Er dreht den Kopf und lächelt. Ich lächle zurück. Wieder ertappe ich mich dabei, dass ich erröte, als wir uns in die Augen sehen. Ich wende rasch den Blick ab und starre auf meine Füße, damit er es nicht bemerkt.

»Wir sollten wieder reingehen. Es wird langsam kalt«, schlägt Oscar vor und steht auf. »Also, was hast du vor: Wirst du nächstes Halbjahr wieder in der Schule hexen?«

»Nicht, wenn es sich irgendwie vermeiden lässt«, antworte ich entschlossen und stehe ebenfalls auf, obwohl Merlin immer noch mein Bein umklammert. »Ich kann für eine Weile ganz gut auf Ärger verzichten.«

Oscar versucht vergeblich, ein Grinsen zu unterdrücken.

»*Was?*«, frage ich. »Was soll dieser Blick?«

»Nichts. Es ist nur …« Er zögert und fährt dann fort: »Du scheinst Ärger irgendwie magisch anzuziehen. Vielleicht hat es etwas damit zu tun, dass du eine Hexe bist. Du kannst einfach nicht anders.«

»Hey! Hexen können Ärger durchaus aus dem Weg gehen!«, protestiere ich und versuche, überzeugter zu klingen, als ich in Wahrheit bin. »Mir sind da nur in letzter Zeit ein paar kleine Ausrutscher passiert, das ist alles.«

Oscar hebt lachend die Hände. »Vor mir musst du dich nicht rechtfertigen, Emma. Wenn *ich* meine magischen Kräfte nicht unter Kontrolle hätte, würde ich auch nicht riskieren, sie in der Schule anzuwenden.«

»Ich habe meine magischen Kräfte sehr wohl unter Kontrolle, vielen Dank! Ich werde sie im nächsten Halbjahr nur besser einsetzen. So, zum Beispiel.«

Ich schnipse mit den Fingern, und Oscar trägt plötzlich ein Clownskostüm inklusive roter Nase und weiß geschminkten Gesichts.

»Sehr witzig«, sagt er, als ich bei seinem Anblick in Gelächter ausbreche. »Was Besseres hast du nicht zu bieten?«

Ich schnipse wieder mit den Fingern, und diesmal ist er als Spargel verkleidet. Noch ein Fingerschnipsen, und er steckt in einem Siebzigerjahre-Discooutfit mit goldenen Pailletten und lila funkelnden Plateaustiefeln. Nach dem nächsten Fingerschnipsen ist er ein zu groß geratenes Brathähnchen.

»Das zahle ich dir heim«, knurrt er. Ich schnipse erneut mit den Fingern, und er ist plötzlich Herr Kartoffelkopf aus *Toy Story*. »Warte nur, bis ich meinen Kessel in die Finger kriege!«

»Oooh, deinen Kessel! Da zittere ich ja vor Angst! Gib einfach zu, dass Hexen besser sind als Zauberer, dann höre ich auf.«

»Niemals.«

Ich kreische vor Lachen, als er sich in ein funkelndes rosafarbenes Einhorn verwandelt und entrüstet die Hände in die Hüften stemmt.

»Du bist die mit Abstand nervigste Hexe, die ich kenne«, sagt er.

»Ich bin die *beste* Hexe, die du kennst.«

Nachdem ich wieder mit den Fingern geschnipst und ihn in ein Erdferkelkostüm gesteckt habe, muss selbst er mit mir mitlachen.

Plötzlich hören wir hinter uns ein erschrockenes Keuchen.

Wir fahren herum und sehen Iris im Schuleingang stehen. Sie betrachtet uns mit weit aufgerissenen Augen.

»Iris!« Ich schlucke. »Wie lange stehst du schon da?«

»M-Emma«, stammelt sie, und ihr Blick schießt zu der Kobra an meinem Bein. »Hast … hast du gerade gesagt, du wärst eine … eine *Hexe*?«

Kaum hat sie die Frage zu Ende gestellt, fällt sie in Ohnmacht. Ich mache hastig einen Satz nach vorn, um sie aufzufangen, bevor sie auf dem Boden aufschlägt. Oscar, der immer noch als Erdferkel verkleidet ist, kommt mir rasch zu Hilfe, und wir legen sie vorsichtig ab. Dann richten wir uns auf und sehen uns panisch an.

Merlin verwandelt sich in einen schwarzen Kater und hüpft der bewusstlos daliegenden Iris auf den Bauch. Vergnügt schlägt sein Schwanz hin und her.

»Ich sehe schon, das nächste Schulhalbjahr wird ein Riesenspaß!« Seine grünen Katzenaugen funkeln. »Wie war das, Emma? Du wolltest dich in Zukunft von Ärger fernhalten?«

Ende Band eins

Oje, erwischt! Wenn du wissen willst, wie es

*weiter ergeht, blättere schnell um –
da gibt es schon mal eine kleine Leseprobe aus
dem zweiten Band. Das ganze Buch gibt es ab
Frühjahr 2022 überall da, wo es Bücher gibt!*

Der erste Tag des neuen Halbjahrs ist meine Chance, noch einmal ganz neu anzufangen.

Das rede ich mir zumindest ein, während ich Mum zum Abschied zuwinke und durchs Schultor gehe. Nervös fummle ich an der Kette herum, die sie mir letztes Jahr zum Geburtstag geschenkt hat. Während ich aufs Hauptgebäude der Schule zugehe, fängt es an zu nieseln, und als ich die letzten Stufen der Treppe erklimme, schüttet es plötzlich wie aus Kübeln. Rasch schiebe ich mich durch die Tür und werde sofort von lautem Stimmengewirr empfangen. Aufgeregt plaudernde Schüler schieben sich die Gänge entlang und erzählen sich gegenseitig, was sie in den Ferien gemacht haben. Blackriver ist eine sehr große Schule, und da ich bis zum Beginn dieses Schuljahrs zu Hause unterrichtet wurde, bin ich noch immer überfordert von den Schülermassen, die hier unterwegs sind. Ich ziehe den Kopf ein, als von irgendwoher ein Fußball angeflogen kommt. Er prallt am Kopf eines Schülers ab und sorgt für lautes Gekicher.

Darauf achtend, dass ich niemandem im Weg bin, schlängle ich mich zu meinem Schließfach durch und sortiere die Bücher aus, die ich für den heutigen Schultag nicht brauche. Ein älterer Schüler rempelt meine Schulter an und macht sich nicht die Mühe, sich zu entschuldigen. Er stürmt einfach weiter den Flur entlang.

»Vielleicht hast du ja recht und musst wirklich hier und da ein wenig hexen«, murmelt Merlin griesgrämig. Er sitzt in Spinnengestalt auf meiner Schulter und starrt den Hinterkopf des rüpelhaften Jungen wütend an. »Dürfte ich dir nahelegen, diesen jungen Mann in eine Kröte zu verwandeln?«

»Ich werde darüber nachdenken.«

»Wenn wir ihm das nächste Mal über den Weg laufen, verwandle ich mich in einen Panther und knabbere ein wenig an seinem Arm.«

»Mir wäre es wirklich lieber, wenn du das bleiben ließest«, sage ich seufzend und schiebe mein Geschichtsbuch zurück in meinen Rucksack. »Du kannst dich sicher erinnern, wie toll es für mich lief, als du dich an meinem ersten Schultag der gesamten Schule als Vogelspinne präsentiert hast.«

Merlin kichert in sich hinein. »Das war ein Riesenspaß! Du hättest Felix' Gesicht sehen sollen, als ich ihm mit einem Spinnenbein zugewinkt habe!«

»Ich *habe* Felix' Gesicht gesehen«, rufe ich ihm zähneknirschend in Erinnerung. »Alle dachten, ich wäre ein totaler Freak, der seine zahme Spinne mit in die Schule bringt.«

»Das heißt also, das mit dem Panther fällt flach?«

»Allerdings.«

»Du bist so eine Spielverderberin«, nörgelt Merlin. »Ich wünschte, ich wäre der Vertraute einer richtig bösen, unheilbringenden Hexe. Mein Leben wäre so viel interessanter.«

Ich verdrehe die Augen und weigere mich, auf Merlins Beschwerde einzugehen. Er gibt öfter Kommentare wie diesen von sich, um mich auf die Palme zu bringen. Aber jeder Protest wäre sinnlos. Hexen dürfen sich den Vertrauten, mit dem sie ihr ganzes Leben verbringen müssen, nicht aussuchen, genauso wenig, wie sich Vertraute ihre Hexe aussuchen dürfen. Merlin und ich haben einander am Hals, ob wir das nun gut finden oder nicht.

Ein Umstand, der mich manchmal furchtbar deprimiert.

»Hi, Emma!« Oscar erscheint neben mir und fährt sich grinsend mit der Hand durch die dunklen, zottigen Haare. »Bereit für den ersten Schultag nach den Ferien?«

»So einigermaßen«, antworte ich und weiche zurück, weil mich schon wieder jemand beinahe umrennt. »Bist du auf dem Weg zur Schulversammlung?«

»Ja, lass uns zusammen gehen«, schlägt er vor. Ich knalle mein Schließfach zu und gehe mit ihm den Flur entlang. »Du hast nicht auf meine Nachrichten geantwortet«, fährt er fort. »Ich finde, wir sollten darüber reden, was auf der Party passiert ist.«

Er schielt mit einem frechen Grinsen zu mir herüber. Ich funkele ihn wütend an.

»Gar nichts ist passiert.«

»Du hättest fast Iris' Haus abgefackelt.«

»Könntest du bitte leiser sprechen?«, zische ich und sehe mich um. »Ich habe NICHT ihr Haus abgefackelt! Ich hatte die Situation vollkommen unter Kontrolle.«

»HAHA!« Er schüttelt den Kopf. »Du willst mich wohl auf den Arm nehmen. Die Leute mussten die Flucht ergreifen!«

»Genau das war auch beabsichtigt. Du hast dir eine große Show gewünscht, und die habe ich dir geliefert.«

»Dabei hättest du um ein Haar mich und mehrere unserer Schulfreunde umgebracht.«

»Übertreib nicht so. Du wärst keineswegs beinahe gestorben, nur weil ein paar kleine Feuerwerkskörper verrückt gespielt haben.«

»Diese kleinen Feuerwerkskörper sind übrigens der Renner auf YouTube«, merkt er an und unterdrückt mühsam ein Lachen. »Iris' Nachbar hat sogar die Polizei gerufen.«

Ich verziehe das Gesicht.

»Aber keine Angst, es weiß ja keiner, dass du das warst«, schiebt Oscar hinterher, als er meine Reaktion sieht.

»Gott sei Dank!« Ich stoße einen langen Seufzer aus. »Ich habe keine Ahnung, wie mir das passieren konnte. Feuerwerkshexerei ist eigentlich eine meiner leichtesten Übungen.«

Oscar zuckt mit den Schultern. »Mach dir keinen Kopf deswegen. Bei Hexen passiert so was doch dauernd.«

»*Wie bitte?*« Ich zwinge ihn zum Anhalten, kurz bevor wir die Doppeltür zur Aula erreichen. »Was soll denn das heißen?«

»Nichts! Das ist nur so eine … du weißt schon, so eine typische Hexeneigenschaft«, flüstert er und zieht mich von der lärmenden Menge weg, die in die Aula drängt. »Ist nicht persönlich gemeint.«

»Was soll denn das sein, *eine typische Hexeneigenschaft*?«

Seine Mundwinkel zucken, weil er sich mühsam ein Grinsen verkneift. »Na, zum Beispiel, dass du dich an einem Hexenzauber versuchst, den du noch gar nicht richtig beherrschst.«

Mir fällt die Kinnlade herunter. »WAS?!«

»Bitte«, flüstert mir Merlin ins Ohr, »*bitte* lass zu, dass ich mich in einen Löwen verwandle und ihm den Kopf abbeiße. Es wäre so *einfach*.«

»Hallo, Merlin«, sagt Oscar, ohne sich von Merlins Drohgebärde beeindrucken zu lassen. »Wie geht's dir so?«

»Rede nicht mit meinem Vertrauten!«, herrsche ich Oscar an. »Wie kannst du es WAGEN, so etwas über uns Hexen zu sagen?! Nimm das sofort zurück!«

»Ach, komm schon, Emma.« Er lacht und genießt es sichtlich, mich in Rage gebracht zu haben. »Du musst doch zugeben, dass so etwas ständig passiert. Ihr Hexen schlagt über die Stränge, alles geht schief, und wir Zauberer müssen wie immer dafür sorgen, dass sich hinterher keiner daran erinnert. Das ist ja auch gar nicht schlimm. Ich schätze, wir Zauberer sind einfach ein bisschen kontrollierter und ausgeglichener. Wir warten erst, bis unsere Magie perfekt ist, bevor wir sie ausprobieren.«

»Wir Hexen verwenden ausschließlich perfekte Magie!«

»Ach ja? So wie bei dem Feuerwerk?«

»Das war ein einmaliger Ausrutscher. Außerdem seid ihr Zauberer viel schlimmer, was fehlgeschlagene Magie angeht. Erst neulich musste der Große Zaubermeister meine

Mutter bitten, eine RIESENKATASTROPHE wiedergutzumachen, die dadurch zustande kam, dass ein Zauberer einen Zaubertrank getrunken hatte, von dem er hoffte, dass er ihn in einen Dschinn verwandeln würde. Stattdessen hat der Trank ihn jedoch in eine riesige Stehlampe verwandelt, die durch die ganze Stadt spazierte! Und was ist mit deinem Zaubertrank, der Iris' Erinnerung auslöschen sollte? Das soll perfekt sein?«

»Du hast mich dazu gezwungen, diesen Zaubertrank zu brauen. Ich hatte dir gesagt, dass ich ihn vorher noch nie allein gebraut hatte.«

»Außerdem hast *du* mich dazu überredet, das Feuerwerk spektakulärer zu machen!«

»Ich weiß. Tut mir leid. Du hättest mir sagen sollen, dass du für so einen Hexenzauber noch nicht bereit bist. Hör zu, ich sage ja nicht, dass Hexen nicht genial sind. Du … bist genial, auf deine ganz eigene Weise«, räumt er ein und verzieht das Gesicht, als würde ihn dieses Eingeständnis schmerzen. »Ich meine nur, dass es besser wäre, wenn du dich mit einfachen Hexereien begnügen würdest, die du oft genug geübt hast und sicher beherrschst. Und die nicht um ein Haar deine gesamte Klasse auslöschen.«

»Du IRRST dich. Ich beherrsche den Feuerwerkszauber. Und du bist die nervigste Person auf diesem Planeten!«

Oscar hebt seufzend die Hände. »Also gut, lassen wir das Thema. Können wir jetzt zur Schulversammlung gehen? Oder willst du, dass wir zu spät kommen und uns direkt am ersten Schultag nach den Ferien Nachsitzen einhandeln?«

»Ich kann mehr als einfache Hexereien«, teile ich ihm

mit, während er mir die Tür aufhält und wir die volle Aula betreten. »Das werde ich dir beweisen.«

»Was?« Er starrt mich stirnrunzelnd an. »Emma, was meinst du damit?«

»Das wirst du schon sehen«, antworte ich mit einer Grimasse und setze mich.

Er setzt sich neben mich und macht ein nervöses Gesicht. »Emma, du hast doch nicht etwa vor, jetzt zu hexen?«

UND OB ICH DAS VORHABE, OSCAR. UND OB.

»Natürlich nicht«, flüstere ich mit einem unschuldigen Lächeln zurück. »Hexen schlagen nie über die Stränge.«

ICH WERDE GLEICH GANZ GEHÖRIG ÜBER DIE STRÄNGE SCHLAGEN.

»Guten Morgen, alle zusammen!« Mr. Hopkins, unser Direktor, betritt mit großen, selbstbewussten Schritten die Bühne. Stille kehrt ein. »Willkommen zurück an der Schule. Ich hoffe, ihr hattet schöne Ferien! Bestimmt könnt ihr es kaum erwarten, in den Unterricht zu kommen.« Kollektives Stöhnen ist zu hören. »Daher werde ich euch nicht lange aufhalten. Ich habe lediglich ein paar Ankündigungen zu machen …«

So sanft und ruhig wie möglich konzentriere ich mich auf meinen EINFACHEN kleinen Hexenzauber und schnipse dann mit den Fingern.

Oscar hört das Geräusch und dreht sich mit entsetzt aufgerissenen Augen zu mir um.

»Die erste Ankündigung«, fährt Mr. Hopkins fort, »besteht darin, dass in diesem Halbjahr eine neue Physiklehrerin zu uns stößt. Bitte heißt sie herzlich will…«

»GRUNZ! GRUNZ! GRUNZ!«

Mr. Hopkins wird unhöflich von Oscar unterbrochen, der laut zu grunzen beginnt. Er schlägt sich erschrocken die Hände vor den Mund, während die versammelten Schüler in Gelächter ausbrechen.

»Oscar Blaze!« Miss Campbell, unsere Geschichtslehrerin, dreht sich in der Reihe vor uns zu Oscar um. »Was soll denn das?«

»Entschuldigung«, murmelt er, rutscht auf seinem Sitz nach unten und sieht wütend zu mir herüber.

»Äh, nun ja, keine Ahnung, was es damit auf sich hatte«, sagt Mr. Hopkins, räuspert sich und reckt den Hals, um Oscar über die vielen Köpfe hinweg einen warnenden Blick zuzuwerfen. »Wenn ich dann also fortfahren dürfte? Bitte heißt unsere neue Physiklehrerin Miss Kelly herzlich willkommen!«

In der Aula wird applaudiert, und eine Frau in der ersten Reihe steht umständlich auf, winkt verlegen in die Runde und nimmt wieder Platz.

»Die zweite Ankündigung betrifft den Schulausflug, der im Sommer ansteht. Ich gebe zu, dass das noch eine ganze Weile hin ist …«

»QUAK! QUAK! QUAK!«

· Oscars Imitation einer Ente sorgt für erneutes lautes Gelächter. Alle blicken in unsere Richtung.

»*OSCAR!*«, schimpft Miss Campbell und fährt herum, um ihn finster anzusehen. »Ich habe keine Ahnung, warum du dich heute so ganz anders verhältst als sonst, aber noch ein Mucks von dir, und du musst nachsitzen! Ist das klar?«

Oscar nickt mit zusammengebissenen Lippen. Nachdem sie sich wieder nach vorn gedreht hat und Mr. Hopkins erneut versucht, für Ruhe im Publikum zu sorgen, wendet sich Oscar mit fuchsteufelswildem Gesichtsausdruck zu mir um.

»Okay, du hast deinen Standpunkt klargemacht. Kannst du jetzt *bitte* damit aufhören?«

»Gerne«, flüstere ich, während Merlin auf meiner Schulter vor Vergnügen kichert. »Wenn du zugibst, dass Hexen besser sind als Zauberer.«

»Niemals.«

»Du hast es so gewollt.«

»Wie ich gerade gesagt habe«, ruft Mr. Hopkins zunehmend ungehalten und klatscht laut in die Hände, damit ihm alle wieder zuhören. »Mir ist klar, dass es noch ziemlich früh ist, um an den Schulausflug im Sommer zu denken, aber Mrs. Fernley, die ihn organisiert, hätte gern schon einmal eine ungefähre Vorstellung davon, wer alles mitfährt. Und die letzte Ankündigung für heute betrifft ...«

»MÄÄÄÄÄÄÄÄÄÄÄH!   MÄÄÄÄÄÄÄÄÄÄÄH! MÄÄÄÄÄÄÄÄÄÄÄH!«

Als Oscar aus voller Brust in die Aula hinein blökt, verliere ich die Beherrschung und lache so heftig, dass mir die Tränen die Wangen hinunterlaufen. Ich bin nicht die Einzige. Die Schüler brüllen vor Lachen und applaudieren Oscar sogar. Manche stehen auf, um die Person, die für dieses Chaos verantwortlich ist, besser sehen zu können.

»DAS REICHT!«, schreit Mr. Hopkins über den Lärm

hinweg. »Oscar Blaze, du hast dir gerade eine ganze Woche Nachsitzen eingehandelt!«

»MÄÄÄÄÄÄÄÄÄÄÄH!«

»*Zwei* ganze Wochen!«, brüllt Mr. Hopkins mit vor Entrüstung hochrotem Gesicht.

»Also gut«, krächzt Oscar, der auf seinem Stuhl inzwischen so tief heruntergerutscht ist, dass er fast auf dem Boden sitzt. »Hexen sind besser.«

Ich nicke zufrieden und beende sein Martyrium mit einem Fingerschnipsen, obwohl mir sehr wohl aufgefallen ist, dass er die Finger gekreuzt hatte. Er ist dennoch genug gestraft, finde ich.

Von nun an wird er sich gut überlegen, ob er noch einmal eine Hexe beleidigt. Ja, ich weiß, ich habe Mum versprochen, nie wieder in der Schule zu hexen, aber wenn sie den Grund dafür wüsste, würde sie mich voll unterstützen. Zauberer haben es nun mal nötig, dass man ihnen ab und zu einen kleinen Dämpfer verpasst. Ehrlich gesagt ist der heutige Vormittag der perfekte Beweis dafür, dass Hexen tatsächlich besser sind – schließlich kann ich magische Handlungen vollführen, wann immer ich möchte. Oscar hingegen kann sich nicht sofort an mir rächen. Er müsste sich erst davonschleichen, seinen Kessel holen und dann eine Ewigkeit damit zubringen, den passenden Zaubertrank zu brauen. Und dann müsste er sich immer noch überlegen, wie er ihn mir unbemerkt unterjubelt. Tja, und ich muss einfach nur mit den Fingern schnipsen, um ihn zu blamieren.

Seht ihr? Zauberer sind die totalen Versager.

»Schluss jetzt!«, ruft Mr. Hopkins in die kichernde Menge. »Beruhigt euch alle wieder! Ich habe eine sehr wichtige letzte Ankündigung, und danach könnt ihr gehen.«

Er reibt sich die Stirn und wartet, bis endlich Ruhe eingekehrt ist. Schon jetzt sieht er aus, als könnte er wieder Urlaub gebrauchen. Oscar durchbohrt mich mit wütenden Blicken und murmelt leise etwas von »völlig übertriebener Reaktion«. Nachdem die in der Aula versammelten Schüler sich einigermaßen beruhigt haben, wirft Mr. Hopkins Oscar einen letzten vernichtenden Blick zu und ergreift dann erneut das Wort.

»Ich habe aufregende Neuigkeiten: In diesem Halbjahr wird die Blackriver-Schule an dem Quizwettbewerb SCHÜLER-CHALLENGE teilnehmen! Wie einige von euch vielleicht schon wissen, konzentriert sich der Wettbewerb jeweils auf eine Region, in der zwei Schulen bei einem Quiz gegeneinander antreten. Abgefragt werden die verschiedensten Themenbereiche, es geht also um eure Allgemeinbildung. Unser Gegner wird die Woodvale-Schule sein.«

Buhrufe hallen durch die Aula. Mr. Hopkins quittiert sie mit einem amüsierten Lachen.

»Genau, unsere ewigen Rivalen hier vor Ort! Die uns natürlich in keiner Weise gewachsen sind. Es wird vier Runden geben, von denen jede schwieriger wird als die vorherige. Das Team, das am Ende der letzten Runde die meisten Punkte vorweisen kann, hat gewonnen. Dabei haben die Teammitglieder unserer Schule die einmalige Gelegenheit, Fernsehstars zu werden, denn die letzte Runde des Quizwettbewerbs wird aufgezeichnet! Nachdem das Gewinnerteam gekürt wurde, findet ein großer Schulball statt, zu dem uns Woodvale freundlicherweise einlädt und bei dem wir einen hoffentlich fairen Wettkampf und zweifellos auch unseren Sieg feiern können!«

Diese Verkündung wird vom Publikum mit Jubel und Hurrarufen aufgenommen. Vor allem die Aussicht auf einen Schulball sorgt für aufgeregtes Getuschel.

»Das Quizteam wird sich aus freiwilligen Kandidaten der Jahrgänge neun und zehn zusammensetzen«, fährt Mr. Hopkins fort, der sich sichtlich über die begeisterte Reaktion freut. »Bitte teilt euren Klassenlehrern bis morgen Nachmittag mit, ob ihr dabei sein wollt.«

Erscheint bei FISCHER KJB

Die englischsprachige Originalausgabe erschien 2020
unter dem Titel *Morgan Charmley: Spells and Secrets*
bei Scholastic Children's Books, London.
Text © Katy Birchall, 2020
Für die deutschsprachige Ausgabe:
© 2022 Fischer Kinder- und Jugendbuch Verlag GmbH,
Hedderichstraße 114, D-60596 Frankfurt am Main
Aus dem Englischen von Verena Kilchling
Mit Vignetten von Eva Schöffmann-Davidov
ISBN 978-3-7373-4249-0

Dank

Zunächst ein Riesendankeschön an Lauren, Eishar, Aimee, Peter, Harriet, Kate und das gesamte Scholastic-Team, das einfach nur großartig ist! Euer Engagement hat dieses Buch erst möglich gemacht, ich kann mich glücklich schätzen, mit euch zusammenarbeiten zu dürfen. Danke, dass ihr an Emma geglaubt und ihre Geschichte zum Leben erweckt habt.

Wie immer gilt mein besonderer Dank meiner Agentin und genialen Freundin Lauren. Du bist meine größte Inspiration! Danke, dass du sofort begeistert ja gesagt hast, als ich dich anrief und fragte, ob ich ein Buch über eine freche kleine Hexe und ihren sarkastischen Vertrauten schreiben sollte.

Meiner wunderbaren Familie und meinen ebenso wunderbaren Freunden danke ich dafür, dass sie mich immer unterstützen und meine größten Fans sind. Ohne euch hätte ich das alles niemals geschafft! Und mein Rettungshund Bono: Danke, dass du immer an meiner Seite bist.

Nicht zuletzt gilt mein Dank meinen grandiosen Leserinnen und Lesern. Ich kann es kaum erwarten, euch endlich Emma vorzustellen und euch an ihren verrückten Abenteuern teilhaben zu lassen! Danke für eure unschätzbare Unterstützung. Ihr seid ganz einfach magisch (ich weiß, es ist verlockend, aber versucht bitte, niemanden in eine Kröte zu verwandeln!).

Wenn man Glück backen könnte ...

Rose und ihre Familie haben ein Geheimnis. Es ist das alte Familienbackbuch, in dem so zauberhafte Rezepte wie Liebesmuffins und Wahrheitsplätzchen gesammelt sind – oder auch Törtchen, um verlorene Dinge wiederzufinden. Roses Eltern hüten das Buch wie ihren Augapfel, keines der Kinder darf auch nur einen Blick hineinwerfen. Doch dann müssen die beiden Zauberbäcker verreisen. Rose und ihre Geschwister versprechen, sich von dem verbotenen Buch fernzuhalten. Doch dieses Versprechen ist gar nicht so einfach einzuhalten – und bald geht es in dem kleinen Dorf drunter und drüber ...

Ein Buch zum Dahinschmelzen wie Schokolade
auf einem warmen Muffin!

Kathryn Littlewood
**Die Glücksbäckerei –
Das magische Rezeptbuch**
Aus dem Amerikanischen
von Eva Riekert
Mit Vignetten von
Eva Schöffmann-Davidov
Band 81111

Das gesamte Programm gibt es unter
www.fischerverlage.de

Emily hat ein großes Geheimnis: Sie ist halb Mensch, halb Meermädchen!

Emily Windsnap lebt mit ihrer Mutter auf einem Segelboot am Meer, aber sie war noch nie im Wasser. Als sie endlich einen Schwimmkurs besuchen darf, fühlt sie sich wie in ihrem Element – aber da ist auch ein seltsames Ziehen in den Beinen. Als sie nachts heimlich schwimmen geht, passiert es dann: Emily wird zu einem Meermädchen! Natürlich darf das keiner erfahren. Heimlich macht sich Emily auf, die faszinierende Welt unter Wasser zu erkunden.

Der spannende Auftakt der phantastischen Emily-Windsnap-Serie.

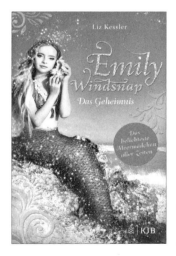

Liz Kessler
**Emily Windsnap –
Das Geheimnis**
Aus dem Englischen von
Eva Riekert
272 Seiten, gebunden

Weitere Informationen zum Kinder- und Jugendbuchprogramm der S. Fischer Verlage finden sich auf *www.fischerverlage.de*

AZ 596-85687/1

So schmecken Geheimnisse!

Fernab vom coolen London verbringen die zwölfjährige Winnie, ihre große Schwester Cecilia und ihr kleiner Bruder Henry ihre Sommerferien bei den Großeltern in einem Kaff am Ende der Welt – so fühlt es sich wenigstens an. Noch dazu ohne Internet (»Haben wir hier nicht!«) oder Ausflüge ins Dorf (»Viel zu gefährlich!«). Stattdessen »dürfen« die Geschwister in einer düsteren Fabrik unter der Aufsicht äußerst sonderbarer Hausangestellter Lakritzbrocken herstellen – grässlich! Da experimentiert Winnie nur zum Spaß mit einer neuen Zutat herum – und löst damit einen Sturm unglaublicher Ereignisse aus. Hat Winnie etwa das magische Talent ihres Großvaters geerbt? Doch von diesem Geheimnis darf niemand erfahren ...

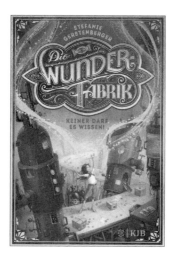

Stefanie Gerstenberger
Die Wunderfabrik
Keiner darf es wissen!
Band 1
352 Seiten, gebunden

Weitere Informationen zum Kinder- und Jugendbuchprogramm der S. Fischer Verlage finden Sie unter *www.fischerverlage.de*

AZ 7373-4190/1